대성
臺城

강 위에 비 흩뿌리고 강가의 풀은 가지런한데
육조의 영화는 꿈과 같고 새만 부질없이 울고 있다
무정한 것은 궁성에 늘어진 버드나무이건만
변함없이 연기처럼 십리 제방을 감싸고 있다

江雨霏霏江草齊
六朝如夢鳥空啼
無情最是臺城柳
依舊煙籠十里堤

사자후 7
설봉 新무협 판타지 소설

초판 1쇄 찍은 날 § 2005년 12월 6일
초판 1쇄 펴낸 날 § 2005년 12월 16일

지은이 § 설봉
펴낸이 § 서경석

편집장 § 문혜영
편집책임 § 김민정
편집 § 장상수 · 서지현 · 최하나

펴낸곳 § 도서출판 청어람
등록번호 § 제1081-1-89호
등록일자 § 1999. 5. 31
어람번호 § 제2-0759호

주소 § 경기도 부천시 원미구 심곡1동 350-1 남성B/D 3F (우) 420-011
전화 § 032-656-4452 팩스 § 032-656-4453
http://www.chungeoram.com
E-mail § eoram99@chollian.net

ⓒ 설봉, 2004

ISBN 89-5831-852-X 04810
ISBN 89-5831-331-5 (SET)

※ 파본은 본사나 구입하신 서점에서 교환하여 드립니다.
※ 저자와 협의하여 인지를 붙이지 않습니다.

Fantastic Oriental Heroes

설봉 新무협 판타지 소설

사자후

獅　子　吼

혈룡포효(血龍咆哮)

목차

第四十三章 애병필승(哀兵必勝)   7

第四十四章 견일발이동전신(牽一髮而動全身)   49

第四十五章 궁즉변(窮則變), 변즉통(變則通)   87

第四十六章 부도황하심불사(不到黃河心不死)   137

第四十七章 피일시야(彼一時也), 차일시야(此一時也)   181

第四十八章 명지산유호(明知山有虎), 편향호산행(偏向虎山行)   227

第四十九章 양호상투(兩虎相鬪) 필유일상(必有一傷)   261

第四十三章
애병필승(哀兵必勝)

슬픔을 갖고 있는 병사는
반드시 이긴다

애병필승(哀兵必勝)
…슬픔을 갖고 있는 병사는 반드시 이긴다

창! 까앙……!

조자부는 잇달아 세 번이나 검을 쳐냈고, 백포인은 별 힘을 들이지 않고 간단히 막아냈다.

'무섭도록 빠른 자다!'

경각심을 돋울 필요도 없었다. 신경이란 신경은 모두 맹수를 만난 고슴도치처럼 바짝 곤두섰다.

피로 목욕을 하고 비명 소리를 자장가 삼아 살아왔는데…… 자신의 검이 어디서 나타났는지도 모를 백포인조차 감당하지 못할 정도라고는 믿고 싶지 않았다.

현실은 냉혹하다. 간신히 버티고는 있지만 백포인이 확실히 한 수 위다.

조가벽의 거친 숨소리가 뚜렷하게 들려왔다.

모든 기력을 정점으로 끌어올린 후 일거에 쏟아내는 검법을 사용하다 보니 내력 소모가 극심하다. 일검, 일검… 초수가 늘어날 때마다 전신은 물먹은 솜처럼 노곤해진다.

조가벽은 한계에 이르렀다.

조자부는 여동생의 위험을 직감하면서도 도와줄 방도가 떠오르지 않았다. 도와주기는커녕 자신 역시 검권(劍圈)에서 벗어나기가 쉽지 않았다. 찰나라도 신경을 분산시킨다면 두 번 다시 검을 잡을 일은 없게 된다.

담정영과 성금방도 핍박을 당하기는 마찬가지다.

깡! 까앙!

누군가가 검을 부딪쳤다.

소리만 들어도 상황을 짐작할 수 있다. 백포인이 놀리듯 검을 쳐냈고, 쩔쩔매면서 간신히 막아냈으리라.

도대체 이런 가공할 고수들이 어디서 나타났단 말인가. 왜, 무엇 때문에 아무런 연관도 없는 자신들을 공격한단 말인가. 말을 건네도 병어리처럼 입을 꾹 다문 채 무조건 검만 뻗어오니 기가 차고 환장할 노릇이다.

사 대 사라면 어떻게든 버텨보겠는데, 한쪽에서 팔짱을 낀 채 구경하고 있는 백포인이 신경을 거슬린다. 그마저 싸움에 가담한다면 저울추가 급격하게 기울 건 불 보듯 뻔하다.

'이 정도였나. 겨우 이 정도에 불과한 것을 가지고 쾌검을 얻었다고 자부했던가.'

신경질이 났다. 자신의 무능에 화가 난다.

"차앗!"

한 올의 진기마저 모두 모아 검에 실었다. 혼신을 다해 검초를 전개했다. 비쾌섬광파의 정수(精髓)가 감탄이 절로 나올 만큼 빠르게 펼쳐졌다.

깡! 까앙! 까앙!

예상은 했지만 백포인은 너무 가볍게 막아낸다.

진기도 별로 깃들이지 않고 슬쩍슬쩍 쳐올리는 검에 번번이 막힌다.

'뭐 이런 귀신같은 자들이 있지?'

아예 싸울 의욕까지 죽여 버리는 검법이다.

"됐다. 끝내."

한쪽에서 구경만 하던 백포인이 입을 열었다.

순간, 백포인들이 검을 들어올렸다. 검세에서 흘러나오는 살기는 등줄기에 찬바람을 일으킨다.

'최후의 검.'

조가벽, 성금방, 담정영도 조자부와 같은 생각을 하고 있을 게다.

'이대로 죽을 수는 없어. 오냐! 동귀어진이라도……'

죽어서도 여한이 없도록 젖 먹던 힘까지 쥐어짜내어 검에 실었다.

검을 쳐오면 맞아준다. 죽이기로 작심했으니 일 검은 막아낸다고 해도 이 검째는 막을 수 없으리라. 그럴 바에는 차라리 맞아준다. 그냥 맞아주기만 하면 서운할 테니 이쪽도 베어준다.

조자부의 검에서도 살기가 무럭무럭 피어났다.

두 눈은 터질 듯이 부릅떠졌고, 전신 근육은 팽팽하게 당겨졌다. 아랫입술은 짓씹듯 꽉 깨물어 의지도 다졌다.

일촉즉발(一觸卽發), 누가 보더라도 다음 한 수에서 승패가 갈라질 것은 환히 보였다.

그때다. 머리 속에서 사부님의 음성이 천둥처럼 울렸다.

―구구묵념(久久默念), 시신체자동조정택념적반응(是身體自動調整擇念的反應), 지극념후점점십마도망도(至極念後漸漸什麽都忘掉), 일편공(一片空), 입정여숙수(入靜如熟睡)……

(오래도록 마음으로 생각하라. 신체는 생각이 이끄는 대로 조정된다. 지극히 생각한 후에는 점차 모두를 잊어버려야 한다. 하늘 한쪽이 되라. 달게 자는 것처럼 안정하라…….)

조자부는 퍼뜩 깨달아지는 바가 있었다.
한 번도 들어본 적이 없는 심공(心功)이지만 자신이 어떻게 행동해야 할지를 가르쳐 주는 밝은 빛이었다.
조자부는 즉각 전신을 이완시켰다.
눈동자에 깃든 힘도 풀었고, 팽팽하게 곤두선 근육도 느슨하게 풀어냈다. 얼굴에 바람의 움직임, 공기의 흔들림이 느껴질 만큼 완전하게 이완시켰다.
검이 무겁다. 너무 무거워서 들고 있을 힘도 없다.
자연히 검을 든 손은 밑으로 쳐졌다. 검을 들고 있기는 하지만 금방이라도 손아귀에서 빠져나갈 듯 힘이 없어 보였다.
쒜에엑!
백포인이 짓쳐 온다.
이상한 노릇이다. 두 눈을 부릅떠도 식별할 수 없어서 반사적인 직감으로 막아내던 검이었는데, 흐르는 검로가 명확하게 보인다.
'좌로 한 걸음…….'

움직이려는 노력은 하지 않았다. 단지 생각만 했다.

하늘이 좌로 한 걸음 움직이면 어떻게 될까? 움직일 수나 있을까? 움직일 필요가 있을까?

세상천지가 하늘이다. 하늘은 늘 한곳에 머물러 있으면서도 세상 곳곳에 있다.

스윽!

생각이 몸을 이끌었다.

검이 뻗어나가며 옆구리에서부터 명치로, 심장을 가르고, 오른쪽 어깨로 빠져나간다.

"커억!"

짤막한 비명이 어렴풋이 들려왔다.

조자부는 깜짝 놀라 정신을 차렸다.

백포인이 붉은 피를 꾸역꾸역 쏟아내며 널브러져 있다.

자신이 행한 짓임은 분명하다. 한데 꿈결처럼 아련하다.

검을 내려다봤다.

검은 백포인의 몸을 베면서 묻어난 핏방울을 점점이 떨구고 있다.

확실히 자신이 베었다. 평생 단 한 번도 수련해 보지 않은 검초로 백포인을 죽였다. 또한 그 검공은 자신이 지금껏 수련한 어떤 검공보다도 수 배는 빠른 검초였다.

'시, 심득(心得)이야! 심득을 얻었어!'

조자부의 몸이 흥분으로 가늘게 떨렸다.

그러나 마냥 감격하고 있을 틈이 없다. 누이동생, 성금방, 담정영!

위험에 처한 사람들에게 생각이 치밀어 고개를 돌렸을 때, 그는 다시 한 번 아연해졌다.

몸통과 머리가 분리된 시신 한 구, 털썩 무릎을 꿇은 채 두 손으로 심장에 틀어박힌 검을 꽉 움켜잡고 있는 시신 한 구, 큰대 자로 누워 오장육부를 쏟아내고 있는 시신 한 구.

모두 백포인들이다.

"어떻게 이런 일이……."

조자부는 말도 안 되는 광경을 목도한 사람처럼 경악했다. 혼잣말이 자신도 모르게 새어 나왔다.

"사부님의 음성을 들었는데……."

담정영이 제일 먼저 입을 열었다.

백포인은 신법도 탁월했다. 멀찌감치서 구경만 하던 백포인은 상황이 급변하는 것을 본 즉시 신형을 날려 사라져 갔다.

네 사람은 백포인을 쫓지 못했다. 어찌어찌 하여 심득은 얻었지만 신법에까지 응용할 정도는 되지 않았다.

"나, 나도, 나도 사부님 음성을 들었는데?"

성금방이 입을 쩍 벌리며 말했다.

"저도 들었어요. 구구묵념, 신체자조정택염적반응……."

"지극념후점점심마도망도, 일편공, 입정여숙수……."

조자부가 조가벽의 말을 받아 뒷부분을 읊었다.

심득인 줄 알았는데 심득이 아니었다. 네 사람이 동시에 똑같은 심득을 얻을 수는 없다. 더군다나 글자 한 자 틀리지 않으니.

"누군가 도와줬다는 이야긴데."

"혈살괴마 아닐까요?"

성금방이 제일 먼저 고개를 내둘렀다.

"그 자식은 어디로 사라졌는지 보이지도 않잖아. 나타나기만 하면 이번에야말로 한판 붙어봐야겠어."

성금방의 말에는 왠지 힘이 들어 있지 않았다.

무림을 떠돌면서 누구에게 도움을 받아본 적이 없다. 도와준다고 해도 받지 않았겠지만, 도와주려는 사람도 없었다.

백납도가 삼명에 둥지를 틀지 않았다면 청화장 문도들을 도와줄 사람은 많았다. 하지만 백납도가 떠나지 않고 눌러앉았으니 그의 눈치를 보지 않을 수 없고, 당연히 멸문한 청화장과는 거리를 두어야만 했다.

이것이 복건무림인들이 살아가는 방식이다.

아무도 도와주지 않는다.

범인들은 따뜻한 밥 한 공기라도 내밀지만, 무인들은 찬밥 덩이조차 던져 주지 않는다.

절정심공 전수? 어림도 없는 소리다. 석 삼 년 삶은 애동호박에 이빨도 안 들어갈 소리다.

"그가 누구인지 모르지만 초절정고수야. 상승심공을 알려준 것도 그렇지만…… 입을 열어 허공에 내뱉은 소리라면 이자들도 들었을 거야. 우리가 즉시 반응을 한 만큼 이들도 반응을 했어야지."

담정영이 조리있게 추리했다.

"그래, 이놈들은 전혀 듣지 못한 듯했어."

"내공이 지극에 이르면 무형의 기를 유형화시킬 수 있다고 했는데, 그런 경지란 말이야?"

성금방과 조자부가 거의 동시에 말했다.

"사람을 선택해서 말하는 것. 난 혜광심어(慧光心語)밖에 생각나지 않아."

"에이, 설마… 그 정도 고수라면 내공만으로도 구파일방 장문인들과 겨룰 수 있을 텐데, 이 복건에 그만한 자가……."

성금방은 말끝을 흐렸다.

한 사람, 아니, 한 놈이 생각난다.

터무니없이 강한 놈, 혈살괴마.

장주가 살인밖에 모르는 놈과 친분을 맺었다는 것도 불가해한 일이지만, 희대의 살인마가 장주의 지인이라는 이유만으로 자신들을 살려 준 것도 납득하기 힘들다.

혈살괴마만 생각하면 머리가 지끈 아파온다.

모두들 말은 하지 않지만 절체절명의 순간 구원의 손길을 뻗어준 자가 혈살괴마가 아닐까 하는 생각을 지우지 못하고 있었다.

하지만 그는 주위에 없다. 아무리 오감을 높여봐도 주위에 누가 있다는 느낌은 들지 않는다.

"에잇! 도대체 어떤 놈들인지 낯짝이나 봐야겠어."

담정영이 답답함을 떨치려는 듯 벌떡 일어나서 죽은 백포인들에게 걸어갔다. 백포를 거둬내자 어디서나 볼 수 있는 평범한 얼굴이 드러났다.

"누군지 알겠어?"

"전혀."

성금방이 고개를 저으며 말했다. 조자부도 고개를 가로저었다.

도대체 이들은 누구이기에 느닷없이 나타나서 살검을 휘두르는가.

"귀신이 곡을 해도 한참 할 노릇이군."

"모두들…… 심득을 수련해. 완벽하게 자신의 것으로 소화해 내. 그것만 완벽해져도 우리 무공은 배로 증진할 거야. 혈살괴마는 말없이 떠났지만…… 내 생각이 틀림없다면 반드시 돌아올 거야. 이유가 있어서 잠시 떠났을 뿐…… 자, 수련하자고!"
조자부가 당장 할 일을 제시했다.

쒜액! 쒜엑!
조가벽도 검을 휘둘렀다.
심득은, 아니, 누군가가 전수해 준 심공은 놀라운 것이었다. 비쾌섬 광파를 비롯한 대삼검에 꽉 들어맞아서 단숨에 무공을 배가시켜 줄 수 있는 절정심공이었다.
마치 대삼검만을 위해서 존재하는 심공이라고 할까?
그런지 아닌지는 확신할 수 없지만 대삼검을 모르는 사람이 창안했다고는 믿기 어려웠다.
'장주야…… 장주가 왔어…….'
모두들 혈살괴마를 떠올리고 있었지만 조가벽만은 금하명을 떠올렸다.
가타부타 말들은 많았지만 모두 잊고 있는 게 있다.
음성, 돌아가신 사부님의 음성.
확실했다. 사부님이 현신하신 것은 아닌가 하고 착각을 할 만큼 사부님 음성과 흡사했다.
음성이란 사람의 얼굴 모습만큼이나 천차만별이다. 또 특이한 점은 같은 혈육끼리는 비슷한 음성을 지닌다는 특색이 있다.
현 무림에서 돌아가신 사부님의 음성과 흡사한 음성을 지닌 사람은 그분의 아들인 금하명밖에 없다.
'틀림없어. 장주의 음성이었어. 못된 사람. 곁에 왔으면 얼굴이라도

보여주고 떠날 것이지.'

조가벽은 있는 힘껏 검을 휘둘렀다.

그 속에 비쾌섬광파의 쾌속함이나 갑작스럽게 얻어진 신공의 현묘한 묘리는 깃들어 있지 않았다. 눈을 가리기 위하여, 오라버니와 사형들의 이목을 속이기 위하여 무작정 휘두르는 손길에 지나지 않았다.

능완아는 너무 아름다웠다. 보옥처럼 빛나는 살결은 여자가 봐도 눈이 부셨다. 그녀는 건강미까지 지녔다. 생기 가득한 눈동자에 땀에 젖은 머리카락을 휘날릴 때면 꼭 껴안고 싶은 충동이 치밀곤 했다.

자질도 뛰어나서 사형들도 쩔쩔매는 초식들을 습자지에 먹물 스며들 듯이 흡수해 냈다. 지혜는 더욱 뛰어났다. 문일지십(聞一知十)이라는 말은 그녀를 위해 존재하는 듯했다.

질투가 치밀 만큼 완벽한 여자다.

청화장 가족들 중에 그녀를 마음에 품지 않은 사람이 없을 정도라면 말해 무엇 하랴. 오라버니도, 성금방 사형이나 담정영 사형도, 다른 많은 사형, 사제들도 능완아에게서 따뜻한 말 한마디 건네받은 날이면 좋아서 어쩔 줄 몰라 했다.

혹, 자신에게 마음이 있는 것은 아닌지.

혹, 금하명에게는 없는 어떤 장점이 자신에게 있는 것은 아닌지. 자신에게 능완아의 마음을 끌어당기는 매력이 있는 건 아닌지.

금하명과 능완아의 사랑이 선명하게 눈에 보였고, 공공연하게 드러냈던 관계로 딴생각은 품지 못했지만……. 그렇지만 않았다면 그녀를 놓고 사형제들 간에 칼부림이 일어났을지도 모른다.

금하명 곁에는 그녀가 있고, 그녀 곁에는 금하명이 있었다.

다른 사내가, 다른 여인이 두 사람 사이를 비집고 들어간다는 것은 생각도 하지 못했다.

그러던 두 사람인데…….

가문의 몰락은 두 사람을 갈라놨다.

단지 헤어진 게 아니다. 적과 적이 되어서 서로의 가슴에 검을 겨누는 처지가 되었다.

두 사람이 다시 합쳐질 수 있을까?

어림도 없다. 두 사람의 성격으로 보아서 옛날처럼 지내기란 낙타가 바늘구멍을 통과하는 것보다 어렵다.

'나에게도 기회가 생긴 거야. 이 기회를 놓치면 영원히 후회하게 될 거야. 왜 심공만 전수하고 사라졌는지 몰라도…… 분명히 그 사람 음성이었어. 내 곁으로 다가왔어.'

조가벽은 무의식적으로 검을 휘둘렀다.

❷

금하명은 물러서는 백포인을 놓치지 않았다.

경험이 없다면 모를까, 백포인들의 단호한 면을 보았던 터라 신중하게 따라붙었다.

"내게 자진할 수 없게 만드는 방법이 있어."

화부용 당운미가 속삭이듯 말했다.

금하명은 대답하지 않았다.

청화장 문도는 같은 식구이니 동행을 하지만 당운미는 때에 따라서는 적이 될 수도 있는 여자다. 구파일방, 오대세가는 복건무림을 침범

하지는 않았지만 호의적이지도 않다. 그녀가 따라붙는 것은 단순한 호기심 때문이니 동행이라고 할 수 없다.
 어차피 삼명이 지척이다. 백납도와의 싸움도 불가피하게 되었다.
 싸움이 벌어지면 많은 사람이 관전을 하게 될 터이고, 그 속에는 당운미를 비롯해 개방도들도 섞여 있으리라.
 싸움을 벌일 때까지는 곁에 있어도 그만, 없어도 그만이라는 게 솔직한 심정이다.
 금하명은 당운미의 도움을 받지 않고 백포인을 생포할 수 있는 방법에 골몰했다.
 혈도를 제압하는 것은 불안하다. 워낙 지독한 자들이라서 위기를 느끼는 순간 어떤 짓을 벌일지 모른다.
 "잡아줘?"
 '내키지는 않지만 기습해야겠어. 판단할 짬조차 줘서는 안 돼. 시작과 동시에 끝내야 해.'
 남해검문의 적엽은막공이면 승산이 있다.
 백포인의 행로를 유심히 살폈다. 지금까지 지나쳐 온 길과 앞에 전개되는 지형을 관찰해 보면 나아갈 길도 대충은 그려진다.
 '인적이 드문 산길만 타고 있어. 다행인 점은 길이 없는 곳은 가지 않는다는 것. 빨리 달리기 위해서겠지. 쉬워졌군. 저기 중간쯤에 매복해서 기습하면 되겠어.'
 금하명은 앞산 중턱을 쳐다봤다.
 백포인이 달리는 길과 자신이 가로지를 지름길도 눈짐작으로 설정했다. 백포인의 신법과 자신의 신법을 비교해 볼 때, 길 없는 곳으로 달리기는 하지만 백포인의 이목을 속이며 감쪽같이 은신할 시간은 충분해 보였다.

'됐어.'

그때다. 옆에서 따라오던 당운미가 불쑥 앞으로 치달려 나갔다.

'엇! 무슨……!'

금하명이 깜짝 놀랐을 때는 이미 늦었다.

백포인은 뒤통수가 간질거렸는지 뒤를 돌아다봤고, 바싹 따라붙고 있는 일남일녀를 발견해 냈다.

쐐에엑!

백포인의 신형이 배로 빨라졌다. 지금까지 전개한 신법도 빨랐지만 작심하고 내력을 끌어올리자 발바닥이 땅에 닿는 모습조차 보이지 않았다.

"되게 빠르네."

당운미의 양볼은 홍조로 물들었다. 백포인을 뒤쫓기는 하지만 내력에서 워낙 처지니 뱁새가 황새를 따라가는 격이다.

금하명은 당운미와 보조를 맞췄다.

백포인이 방심하도록, 도주가 가능하다는 점을 인식시켜 주려고 일부러 걸음을 늦췄다.

이제 믿을 수 있는 것은 당운미에게 독절이란 명예를 부여해 준 독술뿐이다.

백포인은 알고 있을까? 자신이 뒤돌아보는 순간 무색투명한 가루가 전신을 뒤덮었다는 사실을.

금하명은 당운미의 옷소매에서 은빛 피리가 나타났다가 사라지는 모습을 보았다.

무색투명한 가루는 은빛 피리에서 나왔다. 둥그런 단환이 둥그런 포물선을 그리며 백포인의 머리 위로 떨어져 내렸다. 그리고 봉지 터지듯 탁 터지며 백포인의 전신을 휩쌌다.
 소리는 일절 없었다. 단환이 날아가 터지는 시간은 찰나에 불과했다. 가루가 흩날리는 느낌도 들지 않는다.
 '이거였군.'
 금하명은 당운미를 뒤쫓는 동안 당했던 수많은 독 중에서 한 가지를 떠올렸다.
 아무런 느낌도 없었는데, 중독되는 줄도 몰랐는데, 단지 뭔가 찜찜한 기분만 들었는데…… 뒤쫓다 보니 사지가 무력해졌다. 아니, 몸이 이상하다 싶은 느낌이 드는 순간 마혈이란 마혈은 죄다 짚인 것처럼 일시에 몸이 굳어졌었다.
 파천신공, 태극오행진기도 감지해 내지 못한 기독(奇毒).
 "아휴! 저 속도면 앞으로 십 리는 더 쫓아가야 되겠는데. 정말 발바닥에 땀나네."
 당운미가 귀찮다는 듯 투덜거렸다.
 "그러지 않아도 될 것 같군."
 금하명은 음침한 음성으로 말했다.
 백포인은 일 리쯤 치달린 후 갑자기 속도를 늦췄다. 늦추다 뿐인가? 몸을 돌려 되돌아왔다.
 "어! 쟤 되돌아오네? 더위 먹었나?"
 "죽이려는 거겠지."
 "우릴?"
 "널."
 "진짜 목소리가 어떤지 궁금해. 지금 이 목소리도 나쁘진 않아. 좀

듣다 보니 귀에 익어지는데? 음성이야 변성했으니 어쩔 수 없다고 하고, 말투나 고치면 되겠네. 없으면 죽고 못사는 연인은 아니지만 내 얼굴 정도면 말 상대로는 괜찮잖아?"
　말을 하는 동안 백포인이 지척까지 다가왔다.
　"화부용 독절 당운미, 내 몸에 수작을 부렸군."
　백포인은 말을 함과 동시에 검을 뽑았다. 날카롭게 날이 갈려서 바람도 피해갈 것 같은 청검이 드러났다.
　"궁금하잖아, 벌건 대낮에 백포를 뒤집어쓴 모습이. 못생겨서 그래? 그럼 내가 고쳐 줄 수 있고."
　"독절이 안하무인이라더니 정말이군. 딱 한 마디만 한다. 해약을 내놓던가, 목숨을 내놓던가 양자택일해."
　"도망가다 보니 우리 정도는 상대할 자신이 생긴 모양이지? 다시 돌아와 협박하는 걸 보면."
　"긴 시간은 주지 않는다. 셋만 센다. 하나!"
　백포인은 철저하게 무심했다. 자신의 목숨에 대한 미련도 없어 보였다. 셋을 센 다음에는 틀림없이 공격해 올 게다, 인정이라고는 조금도 담기지 않은 살심으로.
　"하! 그래도 난 독절인데⋯⋯ 복건에 와서 망신이란 망신은 톡톡히 당하네. 한 사람은 만독불침지신이고, 다른 한 명은 독을 두려워하지 않고. 살이 녹고 피가 타 들어가도 공격을 멈추지 않을 테니 내 독도 무용지물이네?"
　백포인의 눈동자가 미미하게 흔들렸다.
　당운미가 말한 것 중에 만독불침지신이라는 말이 그의 부동심을 깨뜨린 듯하다.

그의 눈길이 잠시 금하명에게 머물렀다.

또 한 번 눈동자가 흔들렸다, 혈살괴마의 독문표식이나 마찬가지인 넓은 방갓, 키를 훌쩍 넘기는 묵봉을 발견하는 순간에.

그러나 그는 이내 무심함을 되찾고 수를 헤아렸다.

"둘!"

'죽음을 생각하고 있어!'

금하명은 백포인의 내심을 읽었다.

하나를 헤아릴 때만 해도 당운미를 죽이겠다는 살심으로 가득 찼는데, 둘을 헤아릴 때는 살심의 방향이 자기 자신에게로 돌려졌다.

"당운미, 네가 건 싸움이니 네가 마무리해. 난 이런 싸움에는 흥미없으니 돌아간다. 뒤쫓아올 생각은 하지 마."

금하명은 냉랭히 말하며 돌아섰다.

백포인은 독에 중독되었다는 사실을 자각했다. 그렇다면 자신의 경험에 비추어볼 때 완전 마비까지 이르는 데는 얼마 남지 않았다. 곧 사지가 자르르 저릴 테고, 저림을 느낀 후에는 어떠한 행동도 취하지 못한다. 자신처럼 극독을 밀어낼 수 있는 강력하면서도 특이한 내공이 존재하지 않는다면.

금하명은 놀란 토끼눈으로 쳐다보는 당운미를 아랑곳하지 않고 정말 등을 돌려 멀어져 갔다.

한편으로는 기감(氣感)을 극도로 끌어올렸다.

백포인이 일말의 희망이라도 가진다면 생포할 수 있다. 하지만 자신에게 향한 검을 치우지 않는다면 손도 쓰기 전에 중요한 단서를 놓치고 만다.

백포인들이 누구이며, 왜 청화장 식구들 앞에만 나타나는지 알아야 하는데…….

백포인의 살기가 당운미를 향해 겨눠졌다.

'됐어!'

"셋!"

백포인이 마지막 숫자를 토해냈다. 동시에 날카로운 검광 한줄기가 연기처럼 흘렀다.

"치잇!"

당운미는 황급히 뒤로 물러서며 수백 개에 이를 강침을 쏘아냈다.

스윽!

기묘한 울림이 들린다. 쇠붙이가 육신을 저밀 때나 들을 수 있는 파육음(破肉音)이다.

'잘못됐군. 설마 독절이 일 초도 버티지 못하지는 않겠지.'

생각은 그렇게 했지만 귀에 들린 소리로 보면 깨끗이 당했다. 그녀를 뒤쫓으면서 판단한 바로도 당운미는 독절이란 명호에 어울리지 않게 무공이 터무니없이 약했다.

그녀에게서 독과 암기만 걷어내면 삼류무인에 지나지 않는다.

신법만은 탁월하다. 가히 일류고수 수준이다. 하나 백포인의 쾌검을 막아내기는 역부족이리라. 백포인의 검은 능 총관의 비부마저도 무력화시킬 만큼 빨랐으니까.

"제법이군."

쒜엑! 파라랑……!

싸움은 급박하게 돌아갔다.

백포인은 한 올의 인정도 담기지 않은 검을 쳐냈고, 생명의 위협을 느낀 당운미는 그녀가 발출할 수 있는 암기를 모조리 전개한 듯싶다.

공기를 찢어발기는 파공음이 심상치 않다.

금하명은 고개조차 돌리지 않았다. 가던 길을 계속 걸었다.

"음……!"

백포인의 미미한 신음 소리, 바로 금하명이 듣고자 했던 소리다.

금하명은 몸을 돌리기 무섭게 무위보법을 펼쳤다.

파앙!

공기가 터지는 듯한 소리가 터져 나왔다. 수십 번, 수백 번 무위보법을 펼쳤지만 단연코 지금처럼 전력을 다해 펼친 기억은 없다.

수십 걸음 거리가 너덧 걸음으로 좁혀졌다. 백포인이 눈을 부릅떴을 때, 금하명은 오른손으로 팔오금 중간인 곡택혈(曲澤穴)을 단단히 움켜잡았다.

"괜찮…… 음!"

당운미의 상세는 예상보다 심각했다.

복부가 가로 그어져 붉은 선혈이 샘물처럼 솟구쳐 나왔다.

"독절…… 체면이…… 엉망이지?"

금하명은 백포인의 혈도를 두 군데 더 누른 다음 당운미에게 다가가 상세를 살폈다.

"금창약은?"

"품…… 안에."

"꺼내."

부지런히 배 주변에 있는 혈도를 눌러 지혈부터 시키며 말했다.

"힘…… 없는데……."

"놓고 갈 수도 있어."

"차라리…… 그래. 힘들게…… 말시키지 말고."

금하명은 싸늘한 눈으로 당운미를 쳐다봤다.

당운미 같은 여자가 검상 좀 입었다고 힘이 없다는 건 말이 안 된다. 내장을 상한 것도 아니고 심하기는 하지만 살갗을 베인 것뿐인데.

자신을 난처하게 하려는 심사가 엿보이나 상처 입은 여인을 방치할 수도 없지 않은가.

손을 불쑥 품 안에 들이밀자 보드라운 육감이 뭉클 만져졌다.

"좀 더 위쪽으로. 위에 있어."

위에는 아무것도 없었다. 육감을 더 확실하게 느낄 수 있을 뿐.

"없는데?"

"그럼 아래 있나 보지."

금하명은 당황했다.

무림 여걸들은 담대하다는 소리를 들어왔다. 남녀 간의 문제에서도 자신의 생각을 표현하는 데 거침없다는 소리도 들었다.

물론 우스갯소리다.

금하명도 상당히 많은 여자를 알지만 후안무치(厚顔無恥)하다고 할까, 얼굴이 두껍다고 해야 할까…… 애정 표현을 가감없이 드러내는 여인은 본 적이 없다.

당운미는 그를 곤혹스럽게 만들었다.

사천성(四川省)과 복건성(福建省)의 문화적인 차이일 수도 있지만 금하명으로서는 이해할 수 없는 상황이었다.

손을 뺐다.

"말하는 걸 보니 심하지 않은 것 같군."

당운미의 또렷한 눈망울에 뜨거운 불길이 가득 담겼다. 하후 하부인에게서, 빙후 빙사음에게서 언뜻언뜻 보았던 불길이다. 이런 눈빛을 받은 다음에는 온몸이 재가 되도록 사랑을 불태웠다.
'설마……? 조심은 해야겠어.'

백포 뒤에 감춰졌던 얼굴이 드러났다.
각진 얼굴에 심지가 굳어 보이는 중년사내다.
'쉽진 않겠군.'
아혈(啞穴)을 풀어 말문을 틔웠다.
"몇 가지만 말해 줬으면 좋겠어."
"……."
"너희와는 과거에도 한 번 만나본 적이 있어. 난 그자 얼굴을 똑똑히 기억하고 있고, 몇 시진 전에 내 손으로 죽였으니 발뺌할 생각은 하지 마."

사내는 침묵했다. 뜻밖인 것은 사로잡혀 있는 몸인데도 신색이 무척 편안해 보인다는 점이다.
"이유나 알고 당하자. 왜 공격한 거야?"
사내는 웃었다.
"모르나 본데 혈살괴마는 무림공적이야. 누구나 죽일 수 있고, 공격할 수 있지."
"아아, 그런 시시한 말 말고 다른 말 좀 해봐."
"소림 방장의 특명을 받았지."
금하명은 사내를 쏘아봤다. 사내는 눈길을 피하지 않고 마주쳐 왔다.
눈길 속에는 침묵의 물음이 담겼다. 또 다른 눈길 속에는 무심한 대답이 담겨 있다.

'이자에게서는 아무것도 얻을 수 없어.'

얻을 수 있는 건 있다. 사내의 목숨만은 취할 수 있다. 하나, 애꿎은 목숨을 취한들 무슨 소용이 있겠는가. 백포인이 한 사람이 아니라 어느 집단의 하수인임을 알게 되었고, 이자 역시 하수인 중의 한 명일 뿐인 것을.

'백포인들은 날 공격했지만 죽이려는 의도는 없었다. 의도는 있었을지언정 성공하리라고는 생각지 않았지. 그렇다면 원래의 의도는 무공을 탐색하려는 것, 부수적인 것이라면 죽일 수 있으면 죽이는 것.'

이 점을 이해할 수 없다.

백포인들의 무공은 개개인이 가히 절정고수라고 불려도 손색이 없다. 세상에 이런 자들이 존재한다는 것 자체도 의문스러울 지경이다.

그러나 그들은 다수가 동원되어도 자신을 어쩌지 못할 것이라고 판단했다.

그런 판단을 내린 근거가 무엇인가?

입장을 바꿔서 자신이 혈살괴마를 죽여야 하는 처지라면 그런 판단을 내릴 수 있었을까?

아니다. 혈살괴마의 흉명이 드높지만 백포인들 입장에서 혈살괴마는 무시해도 좋을 정도에 불과하다. 혈살괴마가 죽인 자들 중에서 최고수라면 청양문주 정도?

청양문주는 확실히 놀랍다.

그는 무림에 알려진 것보다 서너 배는 강한 고수였다.

그것뿐이다. 놀랍기는 하지만 경이의 대상은 아니다. 백포인들이 대여섯 명만 연수하면 충분히 죽일 수 있다. 아주 쉽게 끝낼 수 있다. 청양문주의 검공이 자신과 비견될 만큼 빨랐지만, 백포인들 역시 그만큼은 빨랐으니까.

　이해할 수 없다. 지금까지 드러낸 혈살괴마의 무공으로는 백포인들이 경계를 할 만한 요소가 없다.

　더군다나 능 총관을 죽인 자는 자신을 알고 찾아왔다. 몇 년 전만 해도 변변한 무공조차 펼치지 못했던 자신을 알고 있다. 그때만 해도 일초지적도 안 되던 자를 찾아오면서 혼자도 아니고 여럿이 연수를 하면서…… 그러고도 필패를 생각했다?

　도무지 앞뒤가 맞지 않는다.

　대답을 해줄 자는 눈앞에 있다.

　'바위보다 단단하게 굳어 있는 마음을 깨고 무슨 말인가를 듣는다는 것은 불가능하겠지.'

　사람에게는 대저 두 부류가 있다.

　위협으로 입을 열 수 있는 자와 그렇지 않은 자. 불행히도 백포인은 후자다.

　관상을 본다거나 사내를 잘 알아서가 아니라 사내가 풍겨내는 기도로 인간됨을 살펴본 후 내린 결론이다. 백포인과는 단 몇 마디밖에 주고받지 않았지만 그 정도면 충분하다.

　헛수고만 했다.

　"이건 말해 줄 수 있을까? 주적(主敵)이 누구지? 나로 한정된 것 같지는 않고…… 내 주변 모두인가?"

　담정영, 성금방 등 청화장 사형제들은 공격받을 이유가 없었다.

　"……."

　백포인은 침묵했다.

　그때 당운미가 몸을 추스르고 일어나 곁으로 다가왔다.

"아무리 남자라도 밥을 너무 못하네. 그렇게 뜸 들이다가는 밥이 타서 재가 돼. 비켜봐. 내가 해볼게."

독이란 극통을 수반한다.

인체의 어느 부분을 마비시키거나 정상적인 움직임을 차단하는 것 자체가 고통이다. 하물며 독절이라 불리는 당운미의 독은 섬세함을 넘어서 예술적인 경지에 이르렀다.

"흔히들 단장독(斷腸毒)이라고 부르는 건데, 창자가 가닥가닥 끊길 거야. 굉장히 아프지? 창자는 곰같이 미련한 면도 있지만 지극히 예민하기도 해."

백포인은 식은땀을 흘렸다.

백포인 정도의 무공을 수련해 내려면 극한의 고통을 넘어선 후라야 가능하다. 웬만한 고통쯤은 우습게 여길 줄 아는 사람.

"심장에는 두 가닥 통로가 있어. 동맥과 정맥. 동맥은 내버려 두고 정맥만 막으면 어떻게 될까? 이제 곧 알겠네?"

백포인의 안색이 급격하게 붉어졌다. 아니, 검은 갈색으로 변해갔다. 두 눈이 새빨갛게 충혈되고 전신 혈맥은 부풀어 오를 대로 올라서 터지기 일보 직전으로 치달았다.

"너무 걱정 하지는 마. 넌 절대 안 죽어. 죽는 건 편한 거야. 단지 고통만 있을 뿐이니까 참아봐."

백포인에게 당운미는 악마였다. 그녀의 음성은 악마의 속삭임이었다. 그녀의 섬섬옥수는 악마의 발톱이었다.

"이번에 사용할 것은 흑부독(黑腐毒)이라는 건데, 들어보지 못했을 거야. 중독 현상은 전신 살색이 새카맣게 변하면서 나병(癩病)에 걸린 것처럼 살이 문드러져. 이것도 쉽게 죽진 않아. 자신의 눈으로 손가락, 발가락이 떨어져 나가고 손발이 썩어가는 광경을 목도하게 될 거야. 기이한 경험이지."

백포인은 고통을 참기 위해 이를 악물었다.

금하명은 다른 생각에 잠겼다.

극독이 아니라 소도로 살점을 야금야금 베어내는 고통을 안기더라도 백포인의 입에서 들을 수 있는 말은 아무것도 없으니 기대조차 하지 않는다.

그러나 잠시 생각할 시간은 필요하다.

절대 다쳐서는 안 될 사람들이 있다. 청화장 사형제들이 그들이며, 해남도에서 같이 건너온 두 부인과 일행들도 다쳐서는 안 된다. 적어도 자신 때문에 다치는 일이 벌어져서는 안 된다.

백포인은 아무 말도 하지 않았지만 은연중에 한마디 대답은 했다.

주적은 혈살괴마뿐만이 아니라 그와 연관된 사람들 전부다.

아직까지 하후 일행은 발각된 것 같지 않고…… 문제는 청화장 사형제들.

지금까지는 무공을 타진한 정도에 불과하다. 이제 감을 잡았을 테니 본격적으로 손을 써올 테고, 자신 역시 어려운 싸움이 되리란 예감이 드는데 사형제는…….

'그들의 안전을 위해서는 일행이 아니란 걸 증명해야 돼. 그러자면… 그전에 알아볼 게 있군. 이들의 주적이 누구인지 확실하게 알아야 돼.'

혈살괴마를 주적으로 삼았다면 다행이다. 그의 주위에 있는 사람들을 공격하는 것이라면 어떻게든 사형제들의 안위를 보장할 수는 있다. 하지만 백포인들이 능 총관을 죽였던 것처럼 청화장을 노린 것이라면… 청화장 옛 식솔들을 뿌리째 뽑아버릴 결심을 굳힌 것이라면……

상황에 따라서 자신의 행동은 정반대로 엇갈려지리라.

사형제와 떨어질 수도 있고, 부둥켜안아야 될지도 모르고.

다행히도 분명하게 알아볼 방도는 있다. 아직까지 자신과 합류하지 않은 봉자명 사형과 청화이걸의 근황을 수소문해 보면 해답이 나올 게다.

금하명은 섣불리 사형제들과 동행했던 무책임한 행동을 자책했다.

앞일을 냉철하게 생각하지 않고 감상적인 판단으로 저지른 행동은 피를 부른다. 또한 그것은 혈살괴마를 잔인함의 태두로 부각시키려는 하후의 생각에도 어긋나는 행동이었다.

금하명은 묵창을 들고 일어섰다.

슈욱! 파앗!

허공을 출렁인 검은 물결은 백포인의 머리를 몸에서 분리시킨 것도 모자라 그가 기대고 있던 나무 기둥마저 싹둑 베어냈다.

"정말 밥 지을 줄 모른다니까."

당운미는 언제 무슨 일이 있었냐는 듯 유유히 걸어가고 있는 금하명의 뒷모습을 보며 중얼거렸다.

❸

하후는 천천히 차를 마셨다.

무슨 차인지, 차의 맛이 어떤지는 생각 밖으로 밀려났다. 그녀의 머리 속은 온통 금하명 피습 소식으로 가득 차 있었다.

'구령각 무인들을 죽인 자들이야.'

물증도, 증인도 없지만 심중은 굳어졌다.

백납도를 조사하려는 자는 죽는다. 구령각 무인 열두 명, 살각 무인 다섯 명이 쥐도 새도 모르게 죽었다.

흉수를 모르는 죽음은 또 있다.

청양문도의 이동을 뒤쫓던 개방도 일곱 명도 감쪽같이 살해당했다.

사고 혹은 급사로 위장하기는 했지만 틀림없는 살해다.

하후는 이 두 죽음에서 몇 가지 공통점을 찾아냈다.

하나는 살해 수법이다. 조직이라는 말을 떼어놓고 개개인별로 살펴보면 사고 혹은 급사를 의심할 여지가 없을 만큼 완벽한 살해 수법이다.

개방도는 잘 모르지만 구령각이나 살각 무인들이 어떤 사람들인지는 누구보다도 잘 안다.

주검이 되어 땅에 눕는 순간까지 알아낸 정보를 전달하기 위해 최선을 다할 사람들이다. 무공 또한 만만치 않다. 극상승고수를 상대하기에는 역부족이라고 해도 몸을 빼내는 데는 부담없을 고수들이다.

그들이 반항도 못해보고 당했다. 정보를 전달하기는커녕 자신이 누구에게, 어떻게 죽는지도 알리지 못했다.

이는 상대와의 무공 차이가 확연하게 벌어졌다는 것을 의미한다.

최소한 상대의 무공은 남해검문 장로급 수준이다.

여기서 또 하나의 추론을 끄집어낼 수 있다.

도대체 어떤 문파가 남해검문 장로와 버금가는 자들을 간자나 죽이는 정도의 가벼운 일에 동원한단 말인가. 도대체 얼마나 가공한 고수들이 즐비한 문파인가.

엄청난 세력이다.

남해검문 단독으로는 상대하지 못할, 남해십이문이 합력하여 해남파로 변신하지 않는 한 상대할 수 없는 거력이다.

짐작해 낸 것은 또 있다.

그들은 지금까지 숨죽여 왔다. 복건성에서 누가 죽든, 어떤 일이 일어나든 상관하지 않았다.

백납도를 조사하려는 자들만 죽었다. 청양문도의 이동을 뒤밟던 자들만 죽었다.

백납도와 청양문 간에는 모종의 관계가 있다고 확신할 수 있다.

네 번째로 짐작되는 건 혈살괴마에게 청양문주가 죽었어도 그들은 나타나지 않았다. 그런 면에서 보면 백납도가 혈살괴마에게 죽어도 그들은 나타나지 않는다.

단, 뒤를 캐려는 자가 생긴다면 나타날 게다.

'도마뱀이야……'

하후는 마음이 답답했다.

지금까지 상황으로 보면 꼬리는 얼마든지 잘라낼 수 있지만 몸통을 보려 한다면 죽음밖에 돌아오지 않는다.

숨어 있는 자들은 상상 이상으로 거대한 세력이다. 그런 자들이 여태까지 소문 하나 난 적이 없다는 것은 행사가 철두철미하게 치밀하다는 반증, 마음을 더욱 무겁게 짓누른다.

누군가가 백납도 뒤에 있으리란 생각은 했지만 이 정도까지는 아니었는데…….

그들에 비하면 자신들은 마치 구르는 마차 바퀴를 향해 달려드는 당랑(螳螂) 같은 존재이지 않은가.

쌍미천향교는 적을 확실히 파악하려는 의도에서 만들어졌다.

복건무림에 촉각을 곤두세우고 있는 인물이라면 같은 시기에 느닷없이 출현한 혈살괴마와 쌍미천향교를 같은 눈으로 주시할 게다.

혈살괴마와 쌍미천향교는 가는 길이 다르다. 하지만 주의 깊게 살피면 양쪽 모두 삼명을 향해 나아간다는 점쯤은 쉽게 찾아낼 수 있다.

혈살괴마는 극악한 흉명을 얻었다. 반면에 쌍미천향교는 경외의 대상으로 떠오르고 있다. 하는 일도 없이 단지 나아갈 뿐이지만 양쪽은 완전히 다른 색깔을 띤 채 주목을 받는 대상이 되었다.

출현 시기가 앞뒤를 다투고, 색깔이 극과 극으로 나눠지고.

무림 각 문파에는 책사(策士)라는 사람들이 있고, 그들 정도 되는 머리라면 혈살괴마와 쌍미천향교가 모종의 연관이 있음을 간파해 냈을 게다.

적이든 동지이든.

이제 던져진 미끼에 첫 입질이 시작되었다.

백포인들이 혈살괴마를 습격했다는 건 좋은 징조도 되고 나쁜 징조도 된다. 좋은 면은 백포인들이 드디어 모습을 드러내기 시작했다는 것이며, 나쁜 점은 그들이 터무니없을 만큼 강하다는 거다.

하후는 답답한 마음을 털어버렸다.

발등에 불이 떨어졌는데 언제까지 답답함만 안고 있을 수는 없다.

백포인들은 혈살괴마를 타진했듯이 쌍미천향교도 탐색해 올 게다. 혈살괴마처럼 강한 무공을 지니고 있다면 첫 입질을 무사히 넘기겠지만 구령각이나 살각 무인들처럼 상대할 수 없는 지경이라면 살기를 바랄 수 없다.

일섬단혼, 벽파해왕, 천소사괴…… 그리고 날이 갈수록 괴물처럼 강해져 가는 빙후.

이쪽도 승산은 있다.

찻잔을 내려놓고 고개를 쳐들자 십여 개의 눈동자가 일제히 그녀를 향했다.

생각에 몰두할 수 있도록 숨소리까지 죽여준 사람들이다.

혈살괴마가 백포인들의 급습을 받았다는 소식에 마음이 개미굴처럼 타 들어가면서도 입도 벙긋하지 않았다.

그만큼 자신을 믿어주는 사람들.

"언니, 가가와 합류해야 되는 것 아녜요?"

말은 하지 않고 있지만 다른 사람들의 눈동자에도 같은 생각이 담겨 있다.

하후는 고개를 가로저었다.

"아니. 가가는 잡초 같은 사람이야. 상황이 아무리 어려워도 혼자 뚫어낼 수 있어."

"언니…… 솔직히 난 언니 생각을 모르겠어요. 쌍미천향교를 만들자고 했을 때는 해남도 청홍마차를 생각해서 순순히 응했는데…… 복건 무림인들 이목이 우리에게 집중되는 만큼 가가께는 부담이 줄어들 테니까요."

"호호호! 그런데?"

"지금은 아무래도 아닌 것 같아요. 쌍미천향교를 만든 또 다른 목적이 백포인들을 끌어내려는 것인 줄은 알지만…… 그들도 이제 모습을 드러냈으니……"

"아냐, 꼬리만 드러냈어."

"네?"

"지금 가가와 합류하면 가가께서 오히려 더 위험해져. 우리에게 쏠릴 검까지 가가를 향할 테니까."

"언니, 전 도대체 무슨 소린지……."

"글글…… 우리도 글글…… 곧 공격을…… 받는다는 소리지. 글글……."

천소사굉이 가래 끓는 음성으로 말했다.

"맞아요. 곧 우리도 공격받을 거예요."

"우라질! 이거 답답해서 살겠나. 빨리 머리 속에 든 것 좀 털어놔 봐. 우리가 뭘 어떻게 해야 하는데?"

칠순을 넘긴 노인이나 하후에게도 한참 어린 동생처럼 보이는 일섬단혼이 급한 성격을 이기지 못하고 끼어들었다.

하후는 쉽게 입을 열지 못하고 아랫입술을 잘근 깨물었다.

'일 할의 가능성밖에 없어.'

구령각, 살각 무인들이 감쪽같이 죽을 정도라면 백포인들의 뒤를 쫓는다는 것은 지극히 위험하다. 또한 쫓는다고 해도 몸통을 파악해 낼 가능성은 일 할에 불과하다.

그래도 해야 하지 않을까? 아무것도 하지 않으면 가능성은 영이다. 하나밖에 되지 않는다고 해도 붙잡아야 한다면 움직여야 한다. 행동없이는 아무것도 얻을 수 없다.

"음양쌍검님."

하후는 느닷없이 암중에 숨어 있는 음양쌍검을 불렀다.

"하후, 말씀하시지요."

칙칙한 음성, 음살검의 목소리가 다루(茶樓) 밑바닥에서 들려왔다.

"죄송해요, 이런 말씀을 드려서."

"……."

조용한 침묵이 흐른다.

"아무것도 아닐 수 있는 일인데…… 십중팔구 목숨을 잃을 거예요. 애꿎은 죽음이 될 수도 있는데……."

"지시하시지요, 하후."

음살검의 음성은 담담했다.

"내 탁자를 볼 수 있나요?"

"후후후! 뚜렷이 보입니다."

천장에서 들리는 음성, 양광검이다.

하후는 손가락으로 찻물을 찍어 글자를 써 내려갔다.

전시부동(戰時不動), 퇴각 시(退却時) 백포인(白布人) 추적(追跡). 목적(目的) 제일착지(第一着地) 파악(把握). 파악(把握) 즉시(卽時) 철수(撤收). 성공 가능성(成功可能性) 일 할(一割).

글씨를 가장 또렷이 볼 수 있었던 빙후의 눈이 동그래졌다.

백포인이 누군지 파악하라는 것도 아니다. 단지 도주하는 백포인이 제일 먼저 발길을 멈춘 곳만 파악해 오라는 지시다.

음양쌍검의 은신술은 해남파에서도 정평이 나 있는 터.

정말 일 같지도 않은 일인데, 십중팔구는 죽을 것이며 성공 가능성은 일 할밖에 되지 않는단다.

일섬단혼이 궁금증을 참지 못하고 슬쩍 다가와 탁자를 쳐다봤다.

그의 눈도 동그랗게 떠졌다.

"이런 일이라면 차라리 내가……."

"아뇨. 세 분 선배님은 모습이 드러났어요. 세 분 중 한 분만 빠져도 저들은 당장 경계를 배가할 거예요. 다행히 음양쌍검님은 숨어서 움직이셨으니 누가 시비만 걸어오지 않는다면 한동안 자리를 비워도 눈치채는 사람이 없을 거예요."

"후후후! 하후, 놈들을 너무 높이 평가하는 것 아닙니까?"

지시를 받은 당사자도 어처구니없어 했다.

"절대요. 이보다 더했으면 더했지 못하지는 않을 거예요."

"하후, 우리는 장로님 뒤도 감쪽같이 따라붙을 수 있소."

"백포인들 개개인이 장로님들 수준이라면 믿겠어요?"

"에이, 그건 아닌 것 같은데? 하후의 판단이야 귀신 뺨 때리는 수준이니 믿기야 하지만…… 하후, 혹시 청화장 문도였다는 놈들이 백포인들을 죽였다는 말은 잊어버린 것 아냐? 그놈들이 해남파 장로들 수준이라고 말하는 건 아니겠지?"

말을 한 일섬단혼을 비롯해서 많은 사람들이 백포인들을 정확하게 파악하지 못하고 있다. 자신을 가장 잘 파악하고 있는 빙후조차도 믿지 못하겠다는 표정이다.

"보면 알겠죠. 우리도 곧 공격을 받을 테니까. 한 가지만 알아두세요. 첫 번째 공격은 응수타진에 불과하다는 것. 전력을 다한 게 아니란 말이죠."

하후는 자신의 판단을 믿었다.

'가가께서 사형제들을 만났는데 가만히 있었을 리 없어. 심득을 전해주었을 게 분명해. 가가가 익힌 무공은 속성이 가능한 것. 오의만 제

대로 깨달았다면 그들 무공은 적어도 배는 강해졌을 거야.'

벽파해왕과 설아가 하후의 교자를 들었다. 그 뒤로 일섬단혼과 노노가 빙후의 교자를 들었다.

해남도 최고 배분의 노선배에게 교자를 들게 하는 행동이 황감하기 이를 데 없지만 혈살괴마만큼 무림의 이목을 집중시키는 데는 이만한 행동도 없었다.

천소사굉은 가마 옆을 따랐다.

금방이라도 꼬꾸라질 듯 위태로운 걸음걸이로 힘겹게 가마를 따라붙었다.

벽파해왕과 천소사굉은 중원무림에 가장 널리 알려진 사람들이기도 했다.

공식적으로 천소사굉은 해남파 장문인이었고, 벽파해왕은 총호법이었지 않은가.

해남파가 중원무림의 대소사에 간여하지 않았던 탓에 그들을 아는 사람이 손에 꼽을 정도라는 점이 다행이라면 다행이랄까? 구파일방의 장문인들 혹은 그에 버금가는 몇몇 장로들만이 얼굴을 대면할 정도였으니.

명호는 모르는 사람이 없지만 얼굴을 알아보는 사람은 거의 없는 묘한 상황이다. 해남파가 아니라면 있을 수 없는 상황인 것이다.

덕분에 복건무림에서 그들의 행동은 자유로웠다.

절대고수가 마치 하늘에서 뚝 떨어진 듯한 인식을 심어주고 있으니 하후의 생각이 맞아떨어지는 셈이다.

금하명이 문천계(文川溪)에서 백포인들과 다툴 무렵, 그들은 일로 북

진하여 대전현(大田縣)을 지나 괴남(傀南)에 당도해 있었다.
일차 목적지인 삼명과는 그야말로 엎드리면 코 닿을 거리다. 마음먹고 달리면 반나절이면 도착할 수 있다.
하후는 서둘지 않았다. 유람을 나온 명문세가의 자녀처럼 유유히 산천경계를 감상하며 길을 열었다.
서항(西杭), 중촌(中村), 삼원(三元)을 지나면 삼명이다.
쌍미천향교가 삼명에 도착할 무렵이면 혈살괴마도 고향 땅을 밟고 있을 게다.
'이상해. 아무래도 이상해.'
하후는 덜컹거리는 교자 안에서 연신 고개를 갸웃거렸다.
삼명이 지척이라면 보보마다 삼명 백가 무인들에 대한 소문이 떠돌고 있어야 한다.
그런데 이건 삼명 백가라는 가문이 존재하지 않는 양 무인들의 모습은커녕 소문 한 자락 들리지 않는다.
복건무림을 좌지우지하고 있는 복건제일의 가문, 삼명 백가.
그들은 지금 무엇을 하고 있는가.
'가가 쪽으로도 움직인다는 정보는 없었어. 우리 쪽으로도 한 사람쯤 왔어야 하는데…… 우리 쪽은 무시한다고 해도 혈살괴마는 무시할 수 없을 텐데.'
이상한 점은 반드시 풀고 지나가야 한다.
어쩌면 의문이 풀리기 전에는 삼명으로 들어서지 말아야 할지도 모른다.
'개방에서 백가를 조사하고 있으니, 오늘밤쯤에는 무슨 소식이라도 전해오겠지.'

하후의 생각은 이어지지 않았다.

"글글…… 여섯 명이군. 글글…… 몸이 새털처럼 가벼워. 글글글…… 저런 자들을…… 양성해 낸 문파라면…… 글글…… 무시할 수 없겠어. 글글글."

교자가 멈추더니 땅에 내려졌다.

앞에 세 명, 뒤에 세 명.

얼굴은 하얀 백포로 감쌌으며, 허리에는 시중에서 동전 몇 푼에 구할 수 있는 평범한 장검을 찬 무인들.

사두마차가 질주할 수 있는 대로는 단 여섯 명으로 인해 앞뒤가 꽉 막혔다.

그들 간의 간격은 넓은 편이다. 교자가 비켜 갈 수 있는 공간 정도는 충분히 확보된다. 하지만 그들이 서 있다는 자체만으로 큰 바윗덩어리가 길 한복판을 막아선 느낌이 든다.

"하후 말이 틀린 것 같은데. 쓸 만한 놈은 뵈지 않잖아. 내 눈이 개눈이 된 건가? 빌어먹을 새끼들. 개잡종같이 생긴 놈들이 뒈지려고 찾아왔구먼."

일섬단혼이 장검을 뽑아 들며 중얼거렸다.

빙후도 교자에서 내렸다.

"제가 뒤를 맡죠. 세 분이 앞을 트세요."

그때 하후가 교자 안에서 나직이 말했다.

"평수 대 평수로 싸우면 싸움이 길어져요. 두 분께서 잠시 버텨주세요. 한 분은 빙후를 도와주시고."

뒤에 세 명을 최대한 빨리 끝내라는 주문이다. 연후, 앞을 막아선 세

명에게 달려든다면 사 대 삼의 싸움이 된다. 물론 뒤에 세 명을 끝낼 때까지 앞의 두 명이 견뎌준다는 조건이 전제되지만.

일섬단혼, 벽파해왕, 천소사굉은 누가 앞으로 나서든 곤란하지 않을 무공을 지녔다.

하후의 한마디에는 다른 주문도 들어 있다.

뒤쪽 백포인들을 죽일 때, 앞쪽 백포인들이 공포를 느끼게끔 파괴적인 위력을 선보여 달란다. 쌍미천향교의 위력을 단 한 번의 싸움으로 확실하게 각인시키겠다는 의도다.

"크큭! 빠름은 나지. 내가 빙후를 도와야겠군."

일섬단혼이 빙후 곁에 섰다. 벽파해왕과 천소사굉도 앞에 선 세 명을 향해 다가갔다.

'맨 왼쪽 놈은 내 것!'

'그럼 오른쪽은 제가 맡을게요.'

천소사굉은 한 번의 눈짓이 끝나기도 전에 신형을 쏘아냈다.

퓨슛! 창!

돼지 허파에서 바람 빠지는 소리가 검 뽑는 소리와 어울렸다.

금하명에게 자극을 받아 쾌검을 새로운 경지로 끌어올린 일섬단혼의 검공은 검이 흘러간 다음에야 공기가 터지는 지경에 이르렀다.

백포인들의 무공이 상당한 경지에 이르렀다는 것을 직감하여 첫 일초부터 평생의 공력을 기울인 것이다.

써어억……!

살과 뼈가 베이는 소리는 결코 유쾌하지 않다. 분수처럼 터져 나오는 핏줄기는 더욱 보기 싫다.

백포인의 가슴을 베고도 계속 휘둘려진 검은 백포인의 손목마저 절단해 냈다. 병기와의 부딪침을 용납하지 않는 일섬단혼의 검공이 유감없이 발휘된 순간이다.

남은 자는 중앙에 있는 백포인!

빙후도 움직였다. 그녀는 일섬단혼보다 눈 한 번 깜짝이는 시간만큼 뒤늦게 공격했다.

검이 날아간다. 검을 잡은 손이나 몸이 날아가는 검에 이끌려 가는 형세다.

남해검문 독문신법인 비연약파(飛燕掠派) 중 유성낙벽(流星落壁). 검법은 검으로 둥그런 원을 그리며 상대의 병기를 원 안으로 가두는 해무십결(海武十訣) 중 제칠결(第七訣) 월광참(月光斬).

무공은 남해검문의 무공이되 위력은 완전히 새로운 무공을 보는 듯 색달랐다.

터엉! 파앗!

백포인은 빠르게 반격해 왔지만 강력한 흡입력에 이끌려 검이 갇히고 말았다. 아니, 갇혔다 싶은 순간 검을 든 손이 짚단 베이듯 잘려 나갔다. 원을 그리던 검은 아주 잠깐 번뜩였고, 백포인은 팔이 완전히 분리되기도 전에 머리가 반으로 갈라졌다.

검은 거기에서 멈추지 않았다. 눈동자는 벌써 중앙 백포인의 전신을 훑었고 검이 곧바로 뒤따라 나갔다.

"음……!"

백포인이 나직이 신음을 토해내며 검을 맞부딪쳐 왔다.

까앙!

검과 검이 십자로 얽혔다.

그 순간 백포인의 운명을 결정짓는 맹공이 두 개나 터져 나왔다.

파천신공은 거센 폭류(瀑流)다. 파천신공을 소화해 내는 순간 본신 진기는 네다섯 배로 급증한다. 또한 본인의 의지와 상관없이 내공 수련이 끊임없이 이어지면 시간이 흐를수록 진기는 더욱 강성해진다.

내공에서 빙후는 단연 해남제일이라고 할 수 있다.

가가각! 까앙!

백포인의 검이 수수깡처럼 부서져 나갔다. 부서진 검편은 그의 몸에 틀어박혔고, 그 뒤로 빙후의 검날이 쑤시고 들어왔다.

그것만 해도 백포인이 죽기에는 충분했다. 거기에 한술 더 떠서 일섬단혼의 검까지 복부를 그어버리는 데는 화타가 되살아난다 해도 구명할 방도가 없다.

빙후와 일섬단혼은 순식간에 백포인을 쓰러뜨린 후 앞을 막아선 백포인들에게 시선을 돌렸다.

그러나 굳이 신형을 쏘아낼 필요는 없었다.

그물막처럼 펼쳐진 벽파해왕의 조검은 백포인들의 발길을 묶어놓았고, 해남제일의 고수인 천소사굉은 묶인 자들을 간단히 요리했다.

빙후와 일섬단혼이 세 명을 눕혔을 때 그들도 두 명을 눕히고 있었다. 그리고 나머지 한 명, 백포인은 평생 신법만 익힌 사람처럼 쏜살같이 도주했다.

벽파해왕과 천소사굉은 쫓지 않았다. 이거야말로 하후가 원한 계획이며, 쫓을 사람은 따로 있지 않은가.

확실히 하후는 백포인들을 과대평가했다.

백포인들의 무공이 이 정도였다면 네 사람이 한꺼번에 손을 쓸 필요도 없었다. 앞에 세 명은 벽파해왕만으로도 족했고, 뒤에 세 명은 일섬단혼 혼자서도 빠른 시간 안에 끝낼 수 있다.

"뭐야, 이거 너무 싱겁잖아."

일섬단혼이 교자로 걸어오며 중얼거렸지만, 모두가 들을 수 있을 만큼 큰 소리였지만 하후의 귀에는 들리지 않았다.

싸움은 눈 깜빡할 사이에 끝나 버렸다. 하후의 마음도 빠른 종결만큼이나 거세게 무너졌다.

"음양쌍검! 안 돼!"

그녀는 자신도 모르게 고함을 질렀다.

"음양쌍검! 음양쌍검!"

그녀는 연신 고함을 지르며 교자를 박차고 나섰다.

"언니, 왜 그래요? 뭐가 잘못됐어요?"

신들린 듯한 하후의 행동에 빙후가 당황한 표정으로 팔목을 붙들며 말했다.

"음양쌍검! 쫓아가선 안 돼! 쫓아가면 죽어! 빨리! 빨리 음양쌍검을 찾아!"

"음양쌍검! 이 미친 새끼들아, 빨리 대답 안 해!"

보다 못해 일섬단혼이 주위를 두리번거리며 고함질렀다. 하나 대답은 들리지 않았다. 그들은 벌써 어디론가 사라져 버렸고, 일행 중 잠행술의 일인자들이 흔적을 숨기며 나아간 길을 쫓아갈 수 있는 사람은 없었다.

"언니, 없어요. 벌써 쫓아간 것 같은데…… 왜 그래요? 뭐가 잘못됐어요?"

"알고 있어, 알고 있었어."

하후는 사지에서 힘이 풀리는지 교자에 등을 기대며 중얼거렸다.

"뭐가요? 뭘 알고 있는데요?"

"우리. 우리를…… 저들은 우릴 알고 있었어. 세 분 선배님, 동생까지도 낱낱이 알고 있었어. 이자들은 싸우러 온 게 아냐. 죽으러 온 거야, 죽으러."

"미친…… 아니, 그게 아니고…… 생목숨을 그냥 끊을 놈들이 어디 있냐는 말이지, 내 말은."

"우리 능력을 확실하게 가늠하자는 거예요. 다음에…… 언제 닥칠지 모르겠지만, 공격이 다시 시작되면 우린 위태로울 거예요. 아주 치밀한 자들이에요. 저는 상대도 안 되는 지략가가 있는 게 틀림없고요. 음양쌍검…… 쫓아가면 죽는데."

횡설수설 중얼거리는 하후의 말은 일면 이해되기도 하면서 이해되지 않기도 했다.

자신들이 누군지 누가 알 것인가? 알고 있다면서 능력을 가늠할 필요가 있을까? 음양쌍검은 왜 죽는다는 건지.

의문은 많지만 하후의 마음이 차분하게 가라앉기를 기다릴 수밖에 없었다.

第四十四章
견일발이동전신(牽一髮而動全身)

머리카락 한 올을 당기니
전신이 움직인다

견일발이동전신(牽一髮而動全身)
…머리카락 한 올을 당기니 전신이 움직인다

 불빛 한 점 새어들지 못하는 어둠 속에서 음색(音色)을 극히 절제한 음성들이 흘러나왔다. 돌이나 쇠가 말을 하는 듯 감정의 기복, 고저가 깃들지 않은 곽곽한 음성들이다.
 "중원무림이 복건을 주목하기 시작했습니다. 개방은 직접적으로 연관되었고, 사천당문은 독절이란 계집이 그놈과 동행하고 있습니다. 다른 문파도 조만간 움직일 것이라는 보고가 접수되었습니다. 혈살괴마와 쌍미천향교. 빠른 시간에 처리해야 합니다."
 "……"
 "그자의 무공은 극상, 존주(尊主)만이 상대할 수 있을 것으로 판단됩니다."
 "……"
 "대안이 있다면 십패(十覇). 그들이 아니고서는 놈을 제거할 수 없습니다."

한 사람이 말을 끝냈다.

말을 듣는 자, 그는 여전히 입을 열지 않았다.

"약점이 있습니다. 청화장 사형제에 대한 정리(情理). 어떤 식으로든 사형제를 버릴 수 없다는 건 놈이 오래 버티지 못하는 치명적인 약점이 될 겁니다."

"……."

"놈이 사형제를 버리지 못하는 한 놈을 죽일 기회는 최소한 열 번은 확보된 것이나 다름없습니다. 놈은 해남도에서 단애지투를 한 적이 있습니다. 놈은! 이곳 복건에서도 단애지투를 펼쳐야 할 겁니다, 복건무림 전체를 상대로."

"……."

"기대할 수 있는 효과는 두 가지. 확실한 것은 놈과 청화장을 떼어 놓는 겁니다. 그 다음 사형제들이 죽어가는 모습을 보여주어서 진정한 악마로 만드는 겁니다. 전자는 확실하나 후자는 가능성을 사 할 정도로 보고 있습니다."

"……."

여전히 말이 없다.

누군가가 듣고 있을 터인데 의사 결정을 내려주어야 할 사안이 텅 빈 허공에 중얼거리는 독백처럼 잔잔하게 흘러가 버린다.

다른 사람이 말을 받았다.

"흑운(黑雲)이 완성되었습니다. 흑운을 쏟아내면 해남무림은 심각한 타격을 받습니다. 남해검문주와 대해문주도 무사하지는 못할 것으로 사료됩니다. 하나, 감히 아뢰건대 해남무림을 건드리는 것은 숙고해

주십시오."

"……."

"금하명이 겪은 단애지투는 해남무림의 전부가 아닙니다. 금하명과 해남무림은 비무를 했지 싸움을 한 것이 아닙니다. 싸움이 벌어지고 해남무림의 본력(本力)이 일어날 경우, 어쩌면 잠자는 용을 깨우는 결과가 될지도 모릅니다."

"……."

"지원을 해주었으나 지원은 없다. 흑운을 해남 반도들 손에 맡겨서 그들 스스로 움직이게 하겠습니다. 결과가 좋으면 해남파를 가질 수 있는 것이고, 나쁘더라도 우리에게 손해는 없습니다."

말하는 사람 이외에는 숨소리 한 올 들리지 않았다.

다른 사람이 말했다.

"쌍미천향교는 내일 저녁 세상에서 사라집니다."

여타의 사람들과는 달리 확신에 찬 어조였다.

잠시 침묵이 흘렀다.

사람이 머물러 있는 공간이라고는 믿을 수 없을 만큼 고요함과 묵직한 어둠만이 가득했다.

"해남무림은 삼모(三謀) 뜻대로 하시랍니다. 얻으면 좋고 얻지 못해도 그만. 단, 이 기회에 해남무림의 본력을 확실히 파악해 놓으시라는 분부이십니다."

"존(尊)!"

애교가 뚝뚝 흘러넘치는 음성에 예의 감정없는 음성이 조화를 이뤘다.

"혈살괴마는 이모(二謀) 선(先), 일모(一謀) 후(後). 본력을 드러내지 않고 처리할 수 있는 방안을 모색해 보세요. 십패를 동원하거나 존주께서 나서시는 일은 최후에나 생각할 일이시랍니다."

"존(尊)!"

이의는 일절 없었다.

"일모께서는 한 가지 할 일이 더 있어요. 복건에 들어온 구파일방 사람들은 한 사람도 살아서 돌아가지 못할 거예요. 혈살괴마가 날뛰고 있으니 흉수는 당연히 혈살괴마가 되겠죠? 혈살괴마가 복건 무인들을 파리처럼 죽여대고 있으니 구파일방 고수 몇 명쯤 더 죽인다고 해서 나쁠 건 없을 거예요."

"존(尊)!"

"사모(四謀)께서는 계획대로 쌍미천향교를 제거하세요. 철저하게 세상에서 지워 버리시랍니다. 하지만 단 두 명, 감히 후(后)라고 자칭하는 빙후, 하후는 생포하세요. 쓸모가 있으시다네요."

"존(尊)!"

대답을 마지막으로 음성은 끊어졌다. 대신 치맛자락이 바닥을 쓰는 듯한 음향이 새어 나왔다.

❷

하후의 생각을 모르겠다.

역용을 하고 혈살괴마라는 살인마로 둔갑한 이유는 새로운 낭인이 출현했다는 것을 알리고자 함이었다.

낭인은 아무도 주목하지 않는다. 그래서 잔혹한 손속을 구사하기로

했다. 광명정대한 무공을 펼친다면 오랜 세월이 지나서야 무인들의 입에서 회자될 것이다. 하지만 맞서는 자, 죽음밖에 없다면 한 달도 되지 않아서 복건무림을 떨쳐 울릴 것이다.

복건 무인들 모두가 집중해 주기를 바랐다. 복건무림제일문파로 급성장하고 있는 삼명 백가도 눈을 돌려 바라봐 주기를 바랐다. 뿐만 아니라 가장 찜찜한 사람들, 남해검문 구령각 무인들을 소리없이 죽여 버린 사람들까지 쳐다봐 주기를.

금하명이라는 사실을 숨긴 이유는 해남도와의 연관성을 끊어서 대륙 무림에 간여치 않는 해남무림을 이전투구에 끌어들이지 않기 위함이다. 또한 금하명과는 적대 관계라고 할 수도 있는 삼명 백가와 백포인들 손에서 옛 청화장 식솔들의 안위를 지키기 위해서이다.

금하명이 맡은 역할은 여기까지다.

복건무림이 돌아가는 상황, 삼명 백가의 움직임, 백포인들을 찾아내고 그들이 누구인지 밝혀내는 일은 하후 몫이다.

해남도를 떠나올 때까지만 해도 전혀 예상치 않았던 흑운(黑雲)을 감지한 이상 정체는 밝혀내야 한다. 그러기 위해서는 금하명이 미끼가 되어야 한다.

살인마가 되어 날뛰다 보면 살검을 뻗어오든지 회유를 하든지 모종의 접촉이 있지 않겠나.

하후는 한발 뒤에 떨어져서 돌아가는 상황을 냉정하게 주시하면 되는 것이고.

현재까지는 하후의 생각대로 되었다.

암중에 숨어 있던 그림자들, 백포인들이 모습을 드러냈다. 자신은 속수무책으로 병기만 맞대고 있지만, 하후 쪽은 어떤 단서를 찾아냈을

지도 모른다.

반면에 놓친 것도 많다.

자신이 금하명이라는 사실은 숨기고 싶었지만 어찌 된 연유인지 백포인들은 벌써 알고 있다.

가장 속이고 싶은 자들을 속이지 못한 셈이다.

혈살괴마가 금하명이라는 사실을 모르고 있는 사람들은 복건무림인들밖에 없다.

속일 필요가 없는 사람들을 속이고 있다.

상황이 이런데 계속 혈살괴마의 탈바가지를 뒤집어쓰고 있어야 하나? 하후가 백포인들의 정체를 파악해 내지 못했다고 해도 더 이상 혈살괴마로 둔갑하고 있을 이유가 없지 않은가.

하후도 이런 정도는 알고 있을 터인데 아무런 밀지도 전해오지 않고 있다.

하후는 어떤 생각을 하고 있는 것일까.

세간에 떠도는 풍문쯤은 감수할 수 있다. 자신이 저지르지 않은 악행까지 덤터기 쓰고 있지만 참아줄 수 있고, 싸움의 횟수가 많아진 것도 이겨낼 수 있다. 아니, 싸움은 오히려 무인의 길을 가는 데 도움이 되는 것이니 자신 스스로 찾아다닐 판이다.

참을 수 없는 것은 혈살괴마의 특성상 병기를 맞대는 사람들은 모두 죽여야 한다는 점이다.

흑포괴도(黑袍怪刀), 한 자루 파풍도(破風刀)를 들고 홀연히 나타나 스물네 번을 싸웠고 스물네 명을 저승 고혼으로 만든 사람. 대호도가(大湖刀家)를 건립하여 청화장에 필적하는 복건 명가로 일궈낸 사람.

두말할 것도 없이 복건무림 최강 십수(十首)를 논할 때면 항상 손꼽히는 인물이지만 길을 가로막았으니 죽이고 넘어가야 한다.
 괴롭다.
 천하에 다시없을 흉신악살을 제거한다는 당당한 명분으로 협행의 도를 뽑아 든 것이 죄인가?
 혈살괴마의 악명은 복건 사람이라면 갓 태어난 어린아이부터 죽기 직전의 노인까지 모두가 알고 있는 터, 무공을 배운 사람이라면 당연히 병기를 들고 일어섬이 마땅하지 않은가.
 당당한 장부를 필요가 없어진 역용 때문에 죽여야 하나.
 무인에게 자만심은 금물이다. 길고 짧은 것은 병기를 맞대봐야 한다. 누가 죽을지는 강약이 갈라진 다음에 논할 문제다. 하나, 객관적인 평가로 미루어볼 때 일섬단혼이나 벽파해왕보다 강하지는 않다.
 필승을 확신할 수 있는 상황에서 흑포괴도의 죽음을 염려하는 것은 당연지사.
 그는 말이 없었다. 길 한복판에 서서 뱀처럼 차디찬 눈길만 쏘아낼 뿐이다.
 '난처하게 됐군. 이건 아닌데…… 하후를 믿어야겠지…….'
 역용을 고집한다. 그러자면 혈살괴마의 무정한 창법이 피를 머금어야 한다. 지인이 되었든 형제가 되었든 앞을 가로막는다면 가차없이 죽음을 안겨야 하는 것이 혈살괴마의 운명이다.
 스르릉!
 검을 뽑는 소리.
 흑포괴도의 성명병기인 파풍도가 시커먼 도신을 드러내는 소리.
 밝음 앞에 스물네 번밖에 모습을 드러낸 적이 없고, 반드시 피를 머금고 난 후에야 모습을 감췄다는 살인도.

견일발이동전신(牽一髮而動全身) 57

쓰으윽!

오른발이 반보쯤 뒤로 빠지고, 왼손은 스님이 합장이라도 하는 듯 가슴 앞에서 세워진다. 한 가닥 검은 연기라고 일컬어지는 흑도섬광이 터지려는 순간이다.

'한줄기 빗살만 일렁거린다고 했나? 검은 선이 허공을 흐른다 싶은 순간 끝나 버린다고들 하지. 아버님의 비쾌섬광파에 비해서 조금도 손색이 없는…… 아니, 잔혹한 살기가 듬뿍 담겨 있어서 살인이라는 측면에서는 한결 강한 도법. 해남도에서 가장 빨랐던 검이라면 단연 일섬단의 쾌검. 묵도섬광이 쾌검의 정수라면 한 수 배울 수 있는 절호의 기회야.'

혈흔창을 들어올렸다.

혈흔창은 핏방울이 얼룩진 듯 붉은빛을 함유하여 괴기스러운 반면 흑포괴도의 파풍도는 순정의 결정체처럼 새까맣다.

누가 악이고 누가 선인가.

병기만으로 논하자면 흑포괴도가 선이고 혈살괴마가 악이다.

파풍도는 정대함을 담고 있는 듯하고, 혈흔창에서는 사악한 요기가 풍겨난다.

쓰윽!

흑포괴도의 앞발이 움직였다. 발바닥을 땅에 바짝 밀착시킨 채, 마치 미끄러운 무엇인가를 밟고 쭉 미끄러진 듯한 움직임. 순간,

파앗!

한줄기 묵광이 어른거렸다. 연기가 피어나듯 뿌옇게 일어났다가 사라져 버려 흑분(黑紛)을 뿌린 것으로 착각해도 좋을 성싶은 찰나의 움직임이다.

찰칵! 쩌엉! 푸욱!

무인에게는 너무 귀에 익은 일련의 소리가 거의 동시에 터졌다.

눈꺼풀을 깜빡이는 것보다도 더욱 짧은 순간에 혈흔창은 창날을 토해냈다. 흑포괴도의 파풍도를 막아냈으며, 위로 쳐올렸다. 그리고 정확하게 심장을 꿰뚫고 들어갔다.

여섯 가지 곤법 중 가장 빨랐던 일섬곤을 밀쳐 내고 대신 자리를 차지한 경이로운 쾌창술, 섬광(閃光).

곤으로 펼치면 섬광곤이요, 창으로 펼치면 섬광창이다.

"이, 이런 창법이······."

흑포괴도의 눈이 놀라움으로 부릅떠졌다.

"섬광이라고 해."

"서, 섬광! 조, 좋군. 섬광······ 크······ 흐흐훗! 흑도섬광······ 감히 내가······ 섬광이란 말을 붙였다니······ 후후! 예전에······ 이와 비슷한 검공을······ 비쾌섬광파······ 그분만 살아 계셨어도······."

흑포괴도는 분노하지도 괴로워하지도 않았다. 자신의 흑도섬광이 섬광을 따라가지 못한 것에 약간의 아쉬움만 표현했다. 그렇게······ 그는 고개를 떨궜다.

'잘 가.'

금하명의 눈가에 애잔함이 스쳐 지나갔다.

복건무림에서 최강 십수로 거론되는 흑포괴도이지만 해남제일쾌검수인 일섬단혼과 비교하면 어른과 어린아이 정도로 현격한 차이가 난다.

구파일방으로 당당하게 자리매김한 해남파. 그곳에서도 최고수로 지칭되는 일섬단혼과 허약한 복건무림에서 이름 좀 알려졌다는 자와는 비교 자체가 어불성설인지도 모른다.

그래도 최선을 다했다.

흑포괴도의 흑도섬광은 절학으로 불리기에 전혀 손색이 없다.

빠름을 추구하는 방법에는 수만 가지가 있지만 흑도섬광의 빠름은 유연함에 바탕을 둔다.

인체의 유연함에서 시작하지만 뼈의 유연함으로 이어지고, 강기(剛氣)를 내포한 대도(大刀)까지 부드러움 속에 파묻힌다. 부드러움은 공격의 기세를 가라앉혀 무풍무음(無風無音)으로 이끈다.

천 근의 거력이 담겨 있으나 그림자처럼 슬며시 다가왔다가 소리없이 사라지는 도법.

청(聽)!

세상은 소리로 이루어진다.

병기를 뽑는 순간부터 전개하는 과정, 싸움의 진행과 결과가 모두 소리로 연결된다.

유(柔)!

송곳으로 찌르는 듯한 빠름만이 빠름이 아니다. 부드러움도 빠름으로 연결될 수 있다.

청과 유는 그의 육곤법(六棍法)에 포함되지 않은 무리(武理)다.

선봉수(先鋒手), 생사문(生死門), 생사곤(生死棍)으로 이루어지는 아버님의 구궁천뢰봉법에는 포함된 무리이나 대삼검으로 들어서면 사라져 버린다.

아버님의 무공은 검법이 주종이었고, 자신은 곤법이 주(主).

버리고 받아들임에 차이가 있을 수 있다.

적으로 맞선 사람이고 찰나 만에 끝난 승부였지만 귀중한 깨달음을 안겨준 일전이었다.

하나 주변 여건은 순간적인 깨달음을 깊이 생각할 시간조차 주지 않았다.

'땅 밑 아홉 명! 좌측으로 여섯, 우측에도 여섯. 뒤로는 일곱. 구육육칠. 이십팔연합검진(二十八聯合劍陣)! 사검문(死劍門)!'

낙공(酪供) 땅에 대대로 전해져 오는 검진이 있으니 이십팔연합검진이다.

이십팔연합검수로 선발된 사람은 평생 동안 한 가지 초식만 수련한다. 베는 검일 수도 있고, 찌르는 검일 수도 있다. 올려치는 검, 비켜 내리는 검…… 검으로 표현되는 수많은 검로(劍路) 중 하나의 검로만 택해서 지정된 무리로, 지정된 초식만 수련한다.

그들의 진가는 각기 다른 스물여덟 초식이 하나로 뭉쳐졌을 때 나타난다. 완벽한 합격진은 스물여덟 명의 내공을 하나로 뭉치는 것과 같은 효과를 나타내고, 천하에서 가장 난해한 검초로 표현된다.

오죽하면 그들이 존재하는 문파를 가리켜 죽음만이 존재하는 문파, 사검문이라고 일컫겠는가.

문제는 스물여덟 검수가 먹고 자고 배설하는 일상사까지 함께해야 한다는 데 있다.

개인으로 갈라진다면 터럭보다도 가벼운 존재로 전락하고 만다. 물론 한 초식만 수련해도 만 식(萬式)을 제압하는 절대쾌의 경지가 있기는 하다. 또한 준재(俊才)라는 소리를 들어야 이십팔연합검수로 선발될 만큼 뛰어난 기재들이기도 하다. 그러나 일 식으로 만 식을 제압하는 경지는 하늘의 운을 얻은 사람만이 가능하다 할 정도로 지고한 것이지 않은가.

일류고수를 만나면 여지없이 쓰러지는 비운의 검수들.
 암암리에 한 명만이라도 암격해 버리면 이십팔연합검진은 깨진 것과 진배없으니.
 수련하기는 어려워도 파해하기는 무척 쉬운 검진이라는 단점만 없었다면 사검문은 청화장에 버금가는 복건제일의 문파가 되었으리라. 이십팔연합검수 중 한 명이라도 절대쾌를 이뤄냈다면 청화장주의 위치는 그자가 차지했으리라.
 여하튼 이십팔연합검진은 복건무림이 내세우는 자랑거리 중 하나임은 분명하다.
 구육육칠의 위치…… 틀림없이 이십팔연합검진이다.
 '뭔가 잘못됐어.'
 금하명은 불길한 예감에 사로잡혔다.
 무엇보다도 복건 끄트머리 자락에 위치한 낙공 고수들이 몰려왔다는 것부터가 심상치 않다.
 흑포괴도에 이어 사검문의 등장이라면 복건무림이 본격적으로 나섰다고 봐도 무방하지 않은가.
 혈흔창을 굳게 움켜잡았다.
 "독절, 이 싸움…… 내 싸움이야."
 "끼어들지 말라는 소리네?"
 독절 당운미가 흑포괴도의 시신을 흘깃 쳐다보며 말했다.
 "내가 죽는다 해도…… 절대 독을 사용하지 마라."
 "착각하는 것 아냐? 내가 왜 독을 쓰겠어? 난 네게 호기심이 치밀어서 따라다니는 것뿐이지, 별다른 감정이 있는 건 아냐. 착각하지 마. 주는 밥도 못 먹는 한심한 남자야."

'주는 밥도 못 먹는 한심한 남자? 후후!'

"지켜보는 것도 좋지만, 되도록이면 멀찌감치 떨어져서 지켜봐. 네가 싸움에 휘말려서 손을 쓰는 건 정녕 원치 않는다."

묵창을 고쳐 잡고 뚜벅뚜벅 걸음을 떼었다.

이십팔연합검진을 아는 사람이라면 느낌이 포착된 곳 중 한곳을 급습하는 것이 당연한 행동이다. 아직 합격진이 펼쳐지지 않았으니 선공만 취한다면 승산의 팔, 구 할은 거머쥔다.

그렇게 하고 싶지 않다.

이십팔연합검진이 완벽하게 펼쳐진 상태에서 자신의 무공과 견주어 보고 싶다. 비록 천하제일고수와 싸우는 것보다 더 힘든 싸움이 될지라도 무인의 길을 가는 사람이라면 안전한 싸움보다는 지고한 싸움을 선택해야 한다.

이유는 또 있다.

합격진이라면 기억에 남는 게 있다.

전엽초를 복용하여 내공을 급상승시킨 창파문 열일곱 검수. 독초의 효험을 빌렸다지만 그들 개개인은 모두 극상승고수에 버금갔고 죽음의 위기에까지 치몰렸다.

해주문의 몽환십살진도 기가 막혔다. 은형보의를 입고 있어서 눈으로 볼 수도 없었고, 갑옷보다 단단한 옷은 내공이 실린 목곤도 무력화시켰다.

기대한다. 이십팔연합검진이 해남도 창파문이나 해주문의 합격진보다 뛰어나 줄 것을. 그래야 복건무림인으로서 자긍심이 생기지 않겠는가.

이십팔연합검진이 해남파 합격진보다 뛰어나서 싸우다 죽는다면 자신이 걸어온 무인의 길은 여기까지인 것이며, 다행스럽게 이긴다면 눈에 보이지 않는 무인의 길을 한 발 더 내딛는 결과가 되리라.

강한 것과 부딪쳐야 한다. 약한 곳을 찾는 자는 싸움꾼이지 무인이 아니다.

'완벽한 조건을 갖춘 후에…… 와라!'

촤르릉……!

공격은 발밑에서부터 시작되었다.

가로, 세로 삼삼은 구. 구궁진(九宮陣) 형태로 구성된 검 아홉 개가 불쑥 솟구쳐 올라왔다.

'청(聽)!'

역시 소리가 먼저다. 극도의 쾌공일 경우에는 검보다 소리가 늦게 들리지만 거짓일 뿐이다. 미욱한 인간의 귀가 빚어낸 환청에 불과하다. 물체가 공기에 닿는 순간 소리는 일어난다. 물체가 물체를 제치는 순간 소리가 터진다.

무공에서 소용되는 청력이란 들리지 않는 소리까지 들을 수 있어야 한다.

금하명은 반사적으로 허공에 신형을 띄웠다.

그 순간을 기다렸음인가. 땅거죽이 갈라지며 아홉 인형이 불쑥 솟구치더니 단번에 건(乾), 태(兌), 이(離), 진(震), 손(巽), 감(坎), 간(艮), 곤(坤)의 위치를 점령해 버렸다.

발밑에서 격렬한 회오리가 일어났다.

정중앙 황토(黃土)의 위치를 점한 자는 천주부동(天柱不動)으로 하늘을 찌르고 있다. 다른 팔방에서는 연신 자리를 바꿔가며 그들이 배운

한 초식을 전개한다.

절묘한 융합이다.

그들이 펼치는 초식은 평범하기 이를 데 없으나 수십, 수백 번 고련한 땀의 결정과 틀이 꽉 맞는 배합이 어우러져 맹렬하게 회전하는 톱니바퀴와 같은 효과를 낳았다.

'육신이 갈기갈기 찢기지 싫으면 내려오지 말라는 소리군.'

인간의 육신은 하늘에 머물러 있을 수 없다. 날개 달린 새도 허공에 머물기 위해서는 부단히 날갯짓을 하는데 하물며 인간임에랴.

금하명은 비룡번신(飛龍翻身)을 펼쳐 체공 시간을 늘렸지만 거기까지가 한계, 그의 신형은 곧 땅을 향해 곤두박질쳤다.

'펼친 사람들의 내공이 합일된다는 이십팔연합검진. 좋아! 힘을 느껴보자!'

진기를 묵창에 집중시킨 후 강력함으로는 단연 으뜸인 건곤곤법을 펼쳤다.

우우우우웅……!

묵창이 용울음을 터뜨린다. 묵창에서 흘러나온 경기가 천 근 바위가 되어 쏟아져 내린다.

초식의 대결이 아닌 힘과 힘의 겨룸이다.

뻐억! 뻑! 콰광!

병기와 병기의 부딪침은 귀청 떨어지는 폭음으로 이어졌다.

금하명은 땅에 내려설 수 없음을 직감하고 반탄력을 이용해 다시 허공으로 솟아올랐다.

'이런!'

낭패함이 절로 우러났다.

견일발이동전신(牽一髮而動全身)

세상에 못 부술 것이 없는 건곤곤이건만 어린아이의 앙증맞은 손으로 철벽을 후려친 듯 손바닥에서 얼얼한 통증이 일어난다.
 하루 십이 시진, 일 년 열두 달…… 한시도 쉼없이 운행되는 태극오행진기의 웅후함은 금하명 자신도 가늠할 수 없을 정도이건만 겨우 아홉 명의 합격에 물러서야만 했다.
 일류고수들의 합격이라면 이처럼 어처구니없지는 않을 것이다. 전엽초 같은 독초의 힘을 빌린 것이라면 납득할 수 있다. 일 대 일의 승부라면 일 초도 받아내지 못하는 자들인데, 어떻게 이런 일이 벌어질 수 있단 말인가.
 '아홉 개의 초식이 합쳐져서 완벽한 하나의 초식을 형성해 낸다. 아니야. 완벽하다고는 할 수 없어. 이들 아홉 명은 위에서 아래로 내려치는 공격에 대비한 초식만 구사해. 땅에 발을 디딘 상태에서 후려치거나 찌르는 공격이라면 쉽게 벗어날 수 있어.'
 금하명은 낭패함을 떨쳐 버리고 아홉 명이 전개한 초식을 읽어냈다.
 초식을 읽었으니 대응 방법도 생겼다. 그 방법이란 것 역시 아직 나타나지 않은 자들에게 가로막힐 터이지만, 낭패함을 다시 겪는다고 해도 사용해 볼 가치는 있다.
 파앗!
 허공에 뜬 상태에서 무위보법을 펼쳤다.
 일처일공(一處一功)이며 일전일공(一戰一功)이라. 현재 진기가 가장 필요한 곳은 신형을 쏘아나가는 신법. 한 올의 진기마저 아낌없이 양 발에 싣고 번개가 무색할 빠르기로 쏘아나갔다.
 촤라락……! 쒜에엥!
 문득, 전면에서 거대한 해일이 일어났다.

천지양단(天地兩斷)의 수직검, 횡소천군(橫掃千軍)의 수평검, 벽안비상(壁雁飛上)의 사검(斜劍), 일로직자(一路直刺)의 자검(刺劍), 지룡납조(地龍拉鳥)의 역천검(逆天劍), 그리고 난화분분(亂花紛紛)의 절검(節劍).

무공을 수련한 자라면 검을 쥐기 전부터 눈으로 익혀온 평범한 초식들이 덮쳐들었다.

빠름에 변화가 가미된 십자곤법을 펼쳐서 맞부딪쳤다.

까까깡! 콰앙!

이번에도 어김없이 손목이 저려 울렸다.

철벽에 부딪친 몸은 앞으로 나가지 못하고 하구합(下九合)의 정중앙으로 물러나야만 했다.

여섯 초식은 가짓수만큼이나 숨결도 다양했다.

천지양단은 가히 태산압정(泰山壓頂)이라고 할 만한 파괴력이 깃들어 있다. 중검(重劍) 하나만 수련한 자다.

일로직자는 쾌검의 대표적인 초식이다. 여섯 명 중 그의 검이 제일 먼저 다가왔으니까. 반면에 난화분분은 검신이 네 개나 보였으니 환검 부분에서 상당한 성취를 얻은 자가 펼쳤다.

검속(劍速)은 각기 달랐다. 일로직자가 가장 빨랐고, 지룡납조가 가장 늦게 펼쳐졌다.

아! 그러나 평범한 여섯 초식이 한 뭉텅이로 합쳐지니 그가 최절초로 간직한 대환곤법과 버금가는 위력을 보이지 않는가. 여섯 개의 검 중 하나를 쳐내든 여러 개를 맞이하든 부딪치는 순간에는 여섯 검 모두가 집중되는 위험을 감수해야 한다.

참으로 절묘한 배합이다.

결국 성질로는 쾌환중을 모두 상대해야 하며, 내력으로는 여섯 명의 합쳐진 힘을 밀어내야 승산이 있다.
이런 현상은 하구합에서도 느꼈다.
건곤곤법으로 검 네 개를 휩쓸었지만 부딪치는 것은 아홉 개였다. 아홉 명이 집중한 내력.
초강고수에 필적한다.
그러나 두 번의 부딪침으로 이십팔연합검진은 여지없이 허점을 드러내고 말았다.
경직성이다.
상대를 쫓아 순차적으로 검진이 발동하니 구에서 육으로 넘어가는 오류를 범한다.
상대에게 한숨 돌릴 시간을 주는 치명적인 오류다.
상대가 허공에 떠 있다는 점이 위안거리이기는 하지만 상승무공을 소유한 자에게는 하수가 여유를 부리는 것과 같은 행위다.
구육육칠이 한꺼번에 일어나야 한다. 상대가 어디에 있든, 어느 곳으로 신형을 움직이든 스물여덟 명이 일사불란하게 초식을 쏟아낼 수 있도록 가다듬어야 한다. 그리하면 창파문이나 해주문의 합격진을 넘어서는 독보적인 검진이 등장하리라.
'승부를……'
금하명은 태극오행진기를 극성으로 끌어올려 묵창에 주입하다가 아랫입술을 잘근 깨물었다.
이것은 최선이 아니다.
극강의 무공을 엿보려면 조금 더 참아야 한다. 이십팔연합검진이 완벽하게 펼쳐져서 스물여덟 명의 내력이 합일될 때까지 기다려야 한다.

묵창에 떨림의 미학인 탄황(彈簧)을 가미했다. 그리고 하구합 정중앙을 향해 힘차게 꽂아 내려갔다.

콰앙! 콰아앙!

어김없이 거센 폭음이 터졌다. 그러나 이번에는 전처럼 극심한 충격을 받지는 않았다.

묵창에 가미된 탄황은 상대의 힘을 여러 번에 걸쳐서 나누어 받아냈으며, 종내에는 튕겨내는 역할까지 했다. 넉 냥의 힘으로 천 근의 힘을 발휘한다는 사량발천근(四兩發千斤)의 묘용이 나온 것이다.

창을 쳐낸 것은 하구합을 분쇄하고자 함이 아니다.

묵창은 격돌이 있은 직후에도 계속 쏘아 내려가 땅을 파고들었다.

창을 땅에 꽂아놓고 잠시 쉬었다.

순간에 불과하지만 목표가 고정된다면, 스물여덟 명은 일시에 검을 쏘아낼 수 있으리라. 그들이 가장 좋아하는 허공에 떠 있는 상태이니.

❸

'죽으려고 환장했어!'

독절 당운미는 금하명의 상식 밖의 행동에 깜짝 놀랐다.

이십팔연합검진에 대한 소문은 어렴풋이나마 전해 들은 적이 있다.

그녀에게는 코웃음의 대상이었다. 합격진이라는 것이 결국은 사람 머릿수만 믿고 밀어붙이는 공격에 지나지 않는 것을.

한 사람이 평생 동안 한 초식만 수련한다고?

미련하기 짝이 없는 짓거리를 하면서 그것도 합격진이라고……

그런 정도는 품속에 있는 독을 사용할 필요도 없이 천독검에 숨어 있는 독탄 두어 개면 끝장낼 수 있다. 어떻게 죽는 줄도 모르게, 검을 뽑을 틈조차 주지 않고 죽일 수 있다.

아니다. 피라미들을 너무 많이 봐줬다. 십 장 안에 접근조차 못하게 만들 수 있다.

그녀는 금하명이 자신의 싸움이라며 간섭하지 말라는 말을 했을 때, 도대체 무슨 소리를 하는지 알아듣지 못했다.

이십팔연합검진 따위를 상대하면서 천군만마(千軍萬馬)를 홀로 상대하는 듯한 묵직한 태도를 이해하지 못했다.

지금도 이해하지 못하기는 마찬가지다.

굳이 독을 사용하지 않는다 해도, 그녀 자신이 싸움 한복판에 서 있다면 검진을 와해시킬 기회가 여러 차례 돌아왔다. 그리고 그런 기회를 놓친다면 싸움을 하면서 조는 것과 마찬가지다.

자신이 그럴진대 자신보다 무공이 월등히 높은 혈살괴마가 발견하지 못할 리 없다.

단번에 쓸어버릴 기회를 흘려 버리고 있다.

무공을 전수하는 자리도 아니고, 좋은 마음으로 비무를 하는 것도 아니고, 죽기 살기로 싸우는 마당에서 적을 봐주다니 이 무슨 얼토당토않은 행동이란 말인가.

이십팔연합검진이 위력 하나는 뛰어나다.

병장기 부딪치는 소리만 들어봐도 손목에 전해질 충격이 상상되고도 남는다. 네 가닥 중 한 가닥과 부딪쳤을 뿐인데 귀청이 울릴 정도라면 스물여덟 명 모두와 부딪쳤을 때는……

이건 아니다. 초일류고수라도 잘해야 동사(同死)다.

깜짝 놀랄 일…… 금하명이 그 길을 가고 있지 않은가.

창을 땅에 꽂아놓고 스물여덟 명이 완벽한 진세를 구축하여 한꺼번에 쏘아져 오기를 기다리는 투이지 않나.

"저 미련한 인간이!"

당운미는 자신도 모르게 천독검에 손이 갔다. 그때,

"엉뚱한 놈과 어울린다는 소리를 듣고도 설마 했는데 정말이었구나. 정신없는 것 같으니라고."

묵직하면서도 낮게 가라앉은 음성이 등 뒤에서 들려왔다.

'오빠……?'

당운미는 뒤로 돌아섰다.

그곳에는 작달막한 키에 지극히 평범해 보이는 청년이 서 있었다. 너무 평범해서 논에 나가 일하면 농부로, 장사를 하면 장사꾼으로 여겨질 사람이었다.

"오빠!"

당운미의 눈동자가 반가움과 놀람으로 활짝 피어났다.

"쯧! 정신없는 것 같으니. 어쩌자고 저런 자와 어울리는 거냐?"

청년의 눈동자는 싸움 한복판에 꽂혀 좀처럼 떨어질 줄 몰랐다.

'오빠가 긴장하고 있어!'

당운미는 다시 한 번 놀랐다.

당겸(唐謙). 당문사절 중 지절(智絶). 달리는 귀산(鬼算)이라고도 불리며, 그가 살아 있는 한 사천당문은 낭패를 당할 일이 없을 것이라는 평가를 듣고 있는 사람.

혈살괴마가 귀산조차도 놀라게 할 정도란 말인가.

당운미는 피식 웃었다.

"저자가 어때서?"

당겸은 대답하지 않았다. 묵묵히 싸움만 지켜봤다.

완벽하게 펼쳐진 이십팔연합검진은 모골을 송연하게 만든다.

별다른 움직임이 있는 것은 아니다. 제일 먼저 모습을 드러낸 아홉 명이 눈부실 속도로 자리를 바꿔가며 일 초식을 휘두르고 있을 뿐, 다른 열아홉 명은 진세만 구축한 채 움직이지 않는다.

중앙에 아홉 명, 남쪽에 여섯, 북쪽에 여섯, 그리고 동쪽에 일곱 명. 서쪽을 비워놓음은 한 가닥 탈출로를 열어주기 위함인지…….

"이십팔연합검진…… 다시 봐야겠군."

당겸이 나직이 중얼거렸다.

당운미도 회포나 풀고 있을 여유를 잃었다. 오빠는 사천에 있어야 한다. 느닷없이 복건에 나타난 이유가 무엇인가. 궁금증도 잊었다. 생각할 여유가 없었다. 그녀의 눈도 당겸과 마찬가지로 이십팔연합검진에 고정되어 떨어질 줄 몰랐다.

'혈독무(血毒霧)를 쓰면…… 아냐, 같이 죽어. 중독은 시키지만 일거에 몰아치는 공격을 감당할 수 없어. 단숨에 죽여야 하는데…… 공격권에서 벗어나야 하는데…….'

그녀는 자신이 사용할 줄 아는 모든 독을 떠올렸다.

폐맥산(廢脈散), 울혈분(鬱血粉), 충안산(蟲眼散), 산공독(散功毒)…… 최종적으로 떠올린 것은 폭멸독(爆滅毒)이다.

강력하기가 이를 데 없어 화약을 능가하며, 살상 반경 또한 넓어서 본인조차도 빠져나갈 수 없는 동귀어진의 독.

결국 공멸(共滅)이다.

혈독무를 사용해도 제압할 수 있고, 폭멸독을 사용해도 마찬가지 결과가 나온다. 스물여덟 명을 죽일 수 있는 독은 수도 없이 많으나 무사히 검진에서 빠져나올 방법은 단 하나도 떠오르지 않는다.

이십팔연합검진이 눈도 돌릴 수 없을 만큼 빠른 것은 아니다. 절정고수가 그물망처럼 촘촘히 짜인 포위망을 구축하고 있는 것도 아니다. 오히려 서쪽 방향에 출로를 열어놓고 있다.

하나 서쪽으로 움직인다면 그야말로 살 길이 없다. 땅 위에서 지상착지를 불허하고 있는 아홉 명까지 검을 쏘아낼 테니까. 스물여덟 명의 집중된 힘을 감당해야 할 테니까.

방법이라면 금하명처럼 허공에 머물며 삼 방 중 한 곳을 뚫는 것뿐이다.

그것도 여의치 않다. 진세가 완벽하게 짜여진 지금에서는 어느 곳으로 움직이든 집중타격을 받게 되어 있다.

시간…… 시간이 문제였다. 이십팔연합검진은 완벽히 펼쳐지기 전에 깨어야만 한다. 그럴 만한 여유는 충분히 있었다. 여유인지 오만인지 모를 마음으로 기회를 흘려 버렸기에 죽음을 자초하고 있을 뿐.

"저건…… 안에서는 빠져나올 수 없어. 밖에서 쳐줘야 해."

당운미는 다시 한 번 천독검을 잡아갔다.

"움직이지 마."

당겸의 음성은 냉랭했다.

"응?"

"미친놈과의 인연은 여기까지. 더 깊이 파묻히는 건 용납하지 않는다. 여기 있으려면 싸움 구경이나 하고, 구경하기 힘들면 물러나 있어."

"오빠!"

"너와 저놈이 무슨 관계인지 모르겠다만…… 복건에 들어와 있는 당문도 전원에게 철수령을 내렸다. 천하기물이 눈앞에 있더라도 지금 당장 철수하라는 지급령이다."

"본 문에 무슨 일이라도 있는 거야?"

"일은 네게 있지. 저놈과 인연을 맺는다면 사천당문은 멸문한다."

"그게 무슨 소리야! 알아듣게 말을 해줘야지!"

"나중에. 어쨌든 지금은 개입하지 마."

다른 사람 말도 아니고 귀산 당겸의 말이라면 믿어도 좋다. 혈살괴마와 인연을 맺으면 사천당문이 멸문한다? 어찌 된 연유인지는 모르지만 귀산이 그렇다면 그런 거다.

당운미는 검을 잡지 못했다.

혈살괴마가 마음에 드는 사내인 것만은 틀림없지만 본 문의 안위와 바꿀 수는 없다. 귀산이 말한 멸문이란 초토화…… 말 그대로 살아남는 사람이 한 명도 없을 것이며, 사천당문이란 이름이 무림사에서 지워지는 것을 말하는 것일 테니.

도대체 혈살괴마가 무엇이건대 사천당문의 멸문까지 걱정해야 한단 말인가.

츄욱! 추우욱!

금하명이 창을 뽑아 들었다. 그리고 눈에 빤히 보이는 지옥, 서쪽 방향으로 몸을 틀었다.

"주, 죽으려고!"

당운미는 자신도 모르게 버럭 고함을 내질렀다.

그러나 그녀의 소리에 신경을 쓰는 사람은 없었다. 당겸은 싸움판에 눈을 못 박아두고 꿈쩍도 하지 않았다. 이십팔연합검수의 신형은 이미 날려졌고, 그들이 자랑하는 일초식을 뻗어냈다.

금하명은…… 바람에 날리는 가랑잎처럼 표홀하게 뒤로 날아간다. 그의 육신을 저미는 검날이 지척에 이른 줄도 모르고.

아니다. 그는 한술 더 뜬다. 가만히 있어도 육신을 난자당할 터인데 날아가던 윤(輪)이 반대쪽으로 방향을 바꾼다는 회륜역조(回輪逆潮)의 신법으로 빙글 돌기까지 한다.

머리가 검날 쪽으로 드리워지고, 다리가 반대쪽으로 뻗어 있으니 마치 검날을 향해 달려드는 형상이다.

스물여덟 개의 검과 그의 머리는 지척지간.

순간, 축 늘어져 있던 묵창이 번개처럼 솟구쳤다.

스윽! 쒜에엑! 파앗!

"크윽!"

"아악!"

요란한 비명 소리와 비산하는 핏줄기, 핏무리.

그것은 인간의 죽음으로 그려낸 한 폭의 사무도(死舞圖)였다. 붉은 핏물과 인간의 절규, 그리고 인간의 율동이 어우러져 사악한 아름다움을 그려냈다.

당운미는 숨이 막혔다.

병장기 부딪치는 소리도 없다. 묵창은 스물여덟 개의 검 중 어느 하나도 부딪치지 않았다. 검들 사이를 비집고 들어가 인간의 육신만 베어내고 찔러내는…… 무수한 꽃들 사이를 유유히 날아다니는 나비의 아름다움.

'저…… 저 사람…….'

다른 말은 생각나지 않았다. 한 인간에 대한 경탄이 온갖 생각을 압도했다.

"처, 천지율(天地溧)."

당겸이 다른 사람들은 전혀 알아들을 수 없는 말을 중얼거렸다, 경악을 넘은 전율을 흘려내며.

"천지율?"

당운미는 당겸의 말을 되받아 중얼거렸다.

사천당문에는 누구나 한마디쯤은 들어본 최고 절기가 있다.

온 세상을 암기로 가득 채운다는 죽음의 손, 만천화우(滿天花雨).

암기 종류만 백이십 종, 뿌려지는 암기의 수는 무려 천여 개.

온 하늘을 가득 메운 만천화우 속에서 살아남는 인간은 존재하지 않는다.

한 인간이 백이십 종의 암기를 뿌려낼 수 있을까? 천여 개에 이르는 암기를 일수에 발출해 낼 수 있을까?

가능하다면 그 앞에서 천하제일을 장담할 수 있는 사람은 없으리라.

수련할 수 없지만 수련해 내기만 하면 천하제일이 될 수 있는 상상 속의 무학이 만천화우다.

세상 사람들이 알고 있는 것은 거기까지다.

하나 당문도들은 만천화우를 넘어서는 한 가지 절기가 더 있음을 알고 있다.

천지율이다.

일수에 한 가지 암기, 하나의 암기만 뿌려내는 손.

천지를 차가움으로 물들인다는 천지율.

하나의 암기는 만천화우 속을 유유히 노닌다. 천여 개의 암기 중 어느 것과도 부딪치지 않고 나비가 꽃을 희롱하듯 암기 속을 휘젓는다.

그리고 종내에는 시리디시린 차가움으로 붉은 피를 뿌려낸다.

가능한가?

불가능하다. 천여 개의 암기는 대황석(大黃石)처럼 눈에 보이는 암기도 있지만 머리카락보다 가느다란 세침(細針)도 있다. 천여 개의 암기가 한 인간의 몸에 집중되는 만큼 공간 역시 물샐 틈도 없다.

연어가 물살을 거슬러 올라가듯 그 속을 빠져나오는 암기란 상상할 수 없다.

천지율은 인간이 펼칠 수 있는 한계를 넘어선 신의 무학이다.

당겸은 당문도만이 알고 있는 최고 무학, 천지율을 언급했다.

혈살괴마의 무공이 천지율일 리는 없지만 그가 펼친 무공은 천지율과 흡사하다. 빈 공간을 찾아볼 수 없는 곳에서 묵창이 흐를 수 있는 공간을 찾아냈다는 것도 그렇고, 한 명도 아니고 스물여덟 명 전원을 단 일 수…… 지켜보는 사람들 눈에는 단 일 수처럼 보이게 만든 쾌속의 정화가 천지율을 생각케 한다.

혈살괴마는 빠름에서 이십팔연합검진을 압도했다. 스물여덟 개의 검이 그려내는 변화보다 더욱 환상적인 변화를 보였다.

죽음의 미학이다.

싸움을 끝낸 혈살괴마는 두 사람을 힐끗 쳐다본 후 등을 돌리며 걸음을 떼어놓았다.

당겸은 주춤주춤 따라가며 실성한 사람처럼 중얼거렸다.

"바, 방금 펼친 초식…… 그 초식…… 초식 이름이……."

금하명은 대답하지 않고 자기 갈 길을 갔다.

타닥! 타닥……!

견일발이동전신(牽一髮而動全身) 77

모닥불이 타오른다.

당겸은 낮에 받은 충격에서 좀처럼 빠져나오지 못했다. 이십팔연합 검진을 빠져나온 것은 대수롭지 않은 일이기도 하지만 깜짝 놀랄 일이기도 하다.

"왜 그랬을까?"

당겸은 네 번째로 같은 말을 중얼거렸다.

당운미는 침묵했다.

당겸의 중얼거림은 자기 자신에 묻는 소리임으로, 무엇인가에 골몰하고 있으며, 생각을 방해해서는 안 된다는 것을 잘 알고 있기에 숨소리마저 안으로 삼켰다.

"왜 그랬을까?"

다섯 번째 같은 말.

귀산의 생각은 잘 짜여진 각본이나 방대한 정보를 바탕으로 하고 있지 않다. 본능과 직감에 연원을 둔 지략이며, 지금까지 실수를 용인한 적이 없다.

세상에는 천재라는 사람들이 많지만 그야말로 타고난 천재 중의 천재다.

천재가 고뇌하고 있다.

당운미는 살며시 누워 잠을 청했다.

달이 밝다. 별도 총총하다. 그 속에 한 사내의 모습이 그려진다.

첫 인연은 곱지 않았다. 자신 앞에서 일행인 단옥검 황균의 머리를 깨버리는 무지막지한 일로 첫 인연을 맺었다. 당시만 해도 뭐 이런 인간이 있나 싶었는데…….

만독불침지신에 환상적인 무공.

혈살괴마의 가죽을 뒤집어쓰고 있기 때문에 본모습은 보지 못했지만 청화장주 금하명이라면 밉지는 않은 얼굴일 것 같다.

쌍미천향교와 그가 불가분의 관계라는 것도 안다.

아마도 하후, 빙후라고 불리는 계집들과 그 사이에는 일심동체니 어쩌니 하는 말들이 따라다닐 것이다.

그를 갖고 싶은 것은 사실인데…… 연모하는 마음까지 생긴 건가?

'내가 미쳤어. 그런 작자를……'

혈살괴마가 소문처럼 무자비한 인간이 아니라는 것은 알지만 혈살괴마의 오명을 뒤집어쓴 이상 곱게 죽을 위인은 아닌데.

당운미는 이 생각 저 생각으로 몸을 뒤척이다 밤이 깊어서야 눈을 붙였다.

그녀가 눈을 떴을 때, 세상은 붉은빛으로 물들어 있었다.

동녘이 밝아오고 있다. 붉은 햇살이 산천을 물들이며 서서히 떠오르고 있다. 노을이 잔잔한 아름다움이라면 일출은 생명력이 담긴 아름다움이다.

타닥! 타닥……!

귀에 모닥불 타는 소리가 들려왔다.

모닥불에서 전해지는 따스한 열기가 느껴졌다.

"왜 그랬을까?"

오빠의 중얼거림도 여전했다.

'몇 번째일까? 밤새도록 중얼거렸다면 수십 번도 더 되겠지.'

혈살괴마의 어떤 점이 타고난 천재의 마음을 무겁게 짓누르는 건지.

그는 어디 있을까? 잠이나 잤을까? 밥은 먹었을까?

흑포괴도에 이어 이십팔연합검진이 나타났다면 다른 공격도 있었을

견일발이동전신(牽一髮而動全身) 79

터인데.

당운미는 몸을 일으켰다. 소리나지 않게 행낭을 뒤져 건포를 꺼낸 뒤 모닥불 위에 살며시 올려놓았다.

탁! 타닥!

건포가 불에 구워지며 꿈틀거린다.

"아무래도 그거밖에 없겠지."

당겸의 입에서 색다른 소리가 흘러나왔다.

고뇌는 끝났다. 그가 상황을 정리했다면 그건 곧 단호한 결정으로 이어진다.

당겸이 당운미를 쳐다봤다.

밤을 꼬박 샌 사람답지 않게 눈동자가 밝게 빛난다.

"먹어봐. 건포를 구우면 좀 딱딱하기는 해도 맛은 구수해. 그냥 씹어 먹는 것보다 훨씬 먹기 좋을 거야."

당겸이 건포 한 조각을 받아 들었다. 하지만 먹을 생각은 하지 않고 뚫어지게 당운미만 쳐다봤다.

"왜? 뭐 할 말 있어?"

당겸은 대꾸하지 않았다. 밝게 빛나는 눈으로 뚫어지게 쳐다보기만 했다.

'이런 건…… 처음이야.'

당겸만큼 천재는 아니지만 당겸의 생각을 읽을 수는 있다. 골육지정(骨肉之情)이란 것이 있다. 때때로 혈육지정은 천재도 읽지 못하는 것을 읽어낼 수 있다.

그녀는 당겸의 마음을 직감했다.

무슨 말인가 할 말이 있기는 한데 망설이고 있다.

망설임…… 당겸에게는 무척 희귀한 행동이지 않은가. 아니, 오빠라는 사람을 알기 시작한 이후에 처음 보는 행동이다. 마치 신이라도 된 듯이 단호하게 말하고 행동하는 바람에 질린 적도 참 많았건만.

당겸이 구운 건포를 입에 넣었다. 시선도 돌렸다. 더불어서 그의 입에서도 말이 흘러나오기 시작했다.

"복건에는 두 무림이 존재하지."

"두 무림? 그런 게……."

당운미의 말은 이어지는 당겸의 말에 가로막혔다.

"사람들 눈에 보이는 무림이 첫 번째. 첫 번째 무림에서 가장 강자는 청화장이었고, 지금은 삼명 백가."

'그 버릇 어디 가려고.'

당운미는 피식 웃으며 건포를 입에 넣었다.

신처럼 단호하게 말하고 행동하는 버릇, 지금도 나오고 있다. 자신의 생각이 마치 절대적인 진리라도 되는 듯.

"두 번째 무림은 아는 사람이 없어. 구파일방도 오대세가도. 하지만 존재하는 것은 확실해."

'백포인?'

왜 그럴까? 오빠의 말을 들으면서 백포인이 떠오르는 것은 우연일까? 아니면 정말 그들이 두 번째 무림을 형성하고 있는 것인가.

깜짝 놀랄 만큼 경이로운 검공을 지녔던 자들.

"그들이 누구인지, 무슨 목적으로 음지에 숨어 있는지는 몰라. 알 수도 있겠지, 구파일방의 장문인이 되거나 가주가 된다면."

"오빠, 그 말은…… 아빠는 알고 있단 말이야?"

"복건은 황금의 땅이야. 혈살괴마… 아니, 금하명이 보여주었듯 뛰

견일발이동전신(牽一髮而動全身)

어난 무재(武才)도 많아. 상권(商權)으로 보면 눈이 휘돌 지경이고. 그런데 이런 곳을 방치하고 있어. 구파일방, 오대세가. 어느 한 문파도 분파를 내려고 하지 않아."

틀린 말이다. 개방은 총단까지 마련해 놓고 있다. 복건무림을 횡행하는 구파일방, 오대세가의 무인도 적지 않다. 오빠와 자신이 이야기하고 있는 바로 이곳도 복건이지 않나.

"중원을 쥐락펴락한다는 어느 한 문파도 복건의 첫 번째 무림을 건드리지 않는다는 것은…… 두 번째 무림 때문이겠지."

'그렇…… 네.'

자신이 복건무림에 들어설 적에 첫 번째로 들었던 경고가 어떤 충돌도 일으키지 말라는 것이었다. 그저 단순히 염려 차원이라고 생각하기에는 주의가 단호했다.

개방도 마찬가지다. 총단까지 구비해 놓고 있지만 복건무림에 영향력을 행사하지는 않는다. 그러고 보니 복건무림에 들어선 타향 무인들 모두 충돌을 자제하고 있다.

'이거 재미있네. 두 번째 무림?'

"넌 지금 쌍미천향교로 가라."

"쌍미천향교? 왜?"

"하후, 빙후, 이 두 여자는 혈살괴마의 내자들이야."

갑자기 마음이 쓸쓸해졌다. 예상은 하고 있었지만 직접 말로 들으니 듣지 않으니만 못하다. 그것도 귀산의 말임에야.

"넌 쌍미천향교로 가서 하후와 빙후의 종이 되라."

"뭐! 지금 그걸 말이라고!"

"삼처는 본처와 후처의 종이 될 수밖에. 혈살괴마 같은 자는 본인을 공략하는 것보다 내자들을 공략하는 것이 훨씬 쉬워. 그를 네 사람으로 만들려면 쌍미천향교로 가라."

"뭐, 뭐! 지, 지금…… 농담이 아니구나."

"본 문의 생사를 건다. 도박이지. 잘되면 복건무림에 본 문의 가지를 심을 수 있을 거다. 본 문의 성세가 두 배, 세 배로 확장되겠지. 아니, 열 배는 확장될 거야."

"잘못되면? 그렇군. 그래서 어제 그런 말을 했어. 금하명, 그 사람과 인연을 맺으면 본 문의 안위와 직결된다고. 두 번째 무림이란 곳…… 그렇게 가공한 거야? 본 문이 위협받을 정도로?"

"구파일방과 모종의 연관이 있다는 것. 이게 내 생각이다. 혈살괴마는 복건무림과 싸우는 게 아냐. 두 번째 무림과 싸우는 거지. 구파일방도 가세하여 협공할 거고. 어쩌면 오대세가까지. 본 문까지도. 조만간 알게 되겠지."

"개방이 혈살괴마의 뒤를 봐주고 있는데……."

"개방이 아니지. 복건 총타주 초지견이야. 그가 어떻게 되는지도 보면 알게 될 거고."

오빠의 말을 듣고 있자니 소름이 오싹 끼쳤다.

오빠의 말을 달리 해석하자면 구파일방은 물론이고 오대세가까지 복건 두 번째 무림을 지원하고 있다는 것이지 않은가. 그럼…… 혈살괴마가 두 번째 무림과 싸우는 것이라면…… 맙소사! 천하무림과 싸우는 것이다.

'죽음밖에 없어. 죽을 수밖에.'

건포를 씹을 생각도 나지 않았다. 몸이 오돌오돌 떨려왔다. 세상에! 어느 누가 천하무림과 싸울 엄두나 내겠는가. 하찮게 보였던 복건무림

견일발이동전신(牽一髮而動全身)

에 천하를 좌우지하는 비사가 숨겨져 있었단 말인가.

"한, 한 가지만 더. 그런데 오빠는 왜?"

"두 가지 이유. 하나는 쌍미천향교를 따르는 사람들. 추레한 늙은이, 해남파 전대 장문인 천소사굉이야. 낚싯대, 벽파해왕이지. 동안의 어린아이, 해남파에서 가장 빠른 검수 일섬단혼. 각기 다른 이유로 해남파와 연을 끊었지만 해남파가 본격적으로 뛰어든 거야. 왜 그랬을까? 중원에 철저히 무관심한 해남파라지만 복건무림을 정말 몰랐을까? 아니지. 그래서 해남파와 연을 끊은 거야. 잘못되는 경우를 대비해서. 그럼 그들이 왜 뛰어들었을까? 천하무림과 상대하리란 걸 알면서. 왜 그랬을까?"

당겸의 눈동자가 신비한 빛을 뿌렸다. 너무 맑고 밝아서 신비하다고밖에 느낄 수 없는 눈빛이다.

"두 번째 이유. 혈살과마 때문이야. 이십팔연합검진을 상대할 때까지만 해도 몰랐는데…… 그자는 싸움을 하는 게 아냐. 무인지도를 걷고 있어. 무인의 길…… 그런 자는 상대가 강하면 강할수록 좋고, 천하무림도 안중에 두지 않아. 애초…… 그의 창은 천하무림을 향하고 있었으니까."

"꺾일 거야."

"죽겠지."

"그럼 왜?"

"천하무림을 상대로 싸워봤다는 것. 해볼 만한 일이잖아. 무인이라면. 무인으로 태어났으니까."

아니다. 오빠는 귀산이다. 필패가 뻔한 일에 뛰어들 사람이 아니다. 오빠는 어떤 노림수를 보고 있다.

"하나만 더. 오빠…… 날 이용하는 거야?"

지절 귀산이 당운미를 쳐다봤다.

"네가 죽으면…… 나도 죽는다."

"내가 쌍미천향교로 가면, 그 사람이 죽으면 나도 죽어. 그럼 오빠도 죽겠네?"

"그래."

귀산의 음성은 단호했다.

第四十五章
궁즉변(窮則變), 변즉통(變則通)
궁하면 변하고, 변하면 통한다

궁 즉 변(窮則變), 변 즉 통(變則通)
…궁하면 변하고, 변하면 통한다

금하명은 지난밤을 꼬박 뜬눈으로 밝혔다.

흥분에 겨워 도저히 잠을 이룰 수 없었다.

일(一) 청(聽)이다. 바람을 가르는 소리에서 움직임이 환히 보였다. 눈으로 보는 것에서 심안(心眼)으로 옮겨진 지는 오래다. 일섬단혼에게 충격적인 패배를 당한 후, 심안을 얻었다. 또한 심안을 바탕으로 한 허간곤도 얻었다.

허간곤법을 사용하는 데는 심안만으로도 충분하다. 아니, 넘친다. 심안의 효용은 인간의 능력으로는 측량할 수 없는 부분이기 때문에.

이제 소리까지 알았다.

심안으로 느낀 것에 공기의 파동이 확신을 심어준다.

이(二) 허간곤법이다.

느낌이 일어난 곳을 피하여 묵창을 쳐내면 반드시 상대가 걸려든다.

병기의 부딪침이 무슨 소용이랴. 아무 소용 없다. 강약만 조절하면 스스로 부족한 능력을 깨닫고 물러서게 할 수도 있으며, 살심을 일으키면 죽이는 것도 간단하다.

세 번째는 환무곤법(幻舞棍法)이다.

병기의 부딪침을 피할 수 있는 최적의 공격 수단이다. 상대의 병기가 무수한 그림자를 그려내도 심안과 청이면 본모습을 직시할 수 있다. 반면에 이쪽에서 펼친 그림자들은 파악되지 않는다.

상대는 손발이 어지러워질 것이고, 알게 모르게 허점을 드러낸다.

더욱 확실하게 타격을 할 수 있다.

확실한 타격? 섬광곤이다.

당황한 상대에게 마음을 추스를 여유조차 주지 않는다.

번갯불처럼 쏟아져 들어간 묵창은 승부를 결정짓는다.

마지막 수, 건곤곤이다.

건곤곤의 파괴력 앞에서 견뎌낼 수 있는 육신은 없다.

이십팔연합검진은 금하명에게 새로운 경지의 무공을 일깨워 주었다.

초식이 왜 필요한가? 무리는 무엇 때문에 존재하며, 여섯 곤법은 왜 나왔는가.

그럴 필요가 없다.

싸움에 임하면서 최적의 방법을 찾아내면 그것으로 족한 것이다.

무공이란 손발을 자유자재로 움직이는 것처럼 몸에 붙어 있는 것이지, 머리로 생각하고 명령을 내리는 게 아니다.

어떤 초식이 가장 좋을까? 어떤 방법으로 공격을 해야 하며, 수비를 할까?

생각할 필요가 없다.

상대를 보고 움직이면 된다. 삼척동자도 알고 있는 횡소천군이 무당파의 태청검법보다 뛰어날 수도 있다. 단순하게 쭉 내뻗는 일수가 수십 가닥의 환(幻)을 그려내는 환검을 압도할 수 있다.

보고 듣고 느끼고 움직인다.

그 외의 다른 무공은 존재할 필요가 없다.

금하명은 자신의 생각대로 움직였고, 완벽하게 펼쳐진 이십팔연합검진을 깨뜨렸다.

마지막에 약간의 실수를 했다.

깨달음을 자각한 순간 희열이 솟구쳤고, 묵창에 전신진기를 쏟아 부었다.

이십팔연합검수들을 죽일 생각은 없었는데…….

그러나 한편으로는 다행이라는 생각도 든다. 혈살괴마의 탈바가지를 뒤집어쓰고 있는 이상 손속에 사정을 남겨서는 안 되지 않는가.

무초(無招)가 유초(有招)를 이기는 경지.

검을 버리고 자연인으로 돌아가는 경지.

말로는 들어본 적이 있지만 자신이 그런 경지에 이르리라고는 꿈에도 생각해 본 적이 없는데.

해남도 절정검수들과 겨루면서도 깨닫지 못한 사실을 모두가 무시하는 복건무림인과 싸우면서, 복건무림에서도 천대받는 낙공 고수들과 싸우면서 깨닫다니, 모순도 이만한 모순이 있을까.

금하명은 무공에 대해서 정의를 내릴 수 있었다.

무공이란 계단과 같은 것이다.

처음 무공을 수련하는 사람이라면 하루가 다르게 무공이 강해질 것이다. 그러나 일정 경지에 올라서면 좀처럼 발전하지 않는다.
 그런 사람들에게 무공이란 하루 수련하면 수련한 만큼 실력이 붙는 게 아니다. 십 일, 이십 일…… 불철주야 수련해도 무공이 증가했다는 느낌은 좀처럼 얻을 수 없다.
 그러다가 어느 한순간, 자신도 의식하지 못하는 사이에 한 계단 위에 올라서 있는 자신을 발견하게 된다.
 꾸준한 수련이 바탕이 되어야만 계단으로 올라설 수 있는 것이지만, 언제쯤 올라서는지 알지 못하기에 무공 수련이란 답답하고 지루하다.
 지난밤, 청을 느끼며 새로운 경지의 무공을 엿본 것도 해남도에서의 악전고투가 바탕이 되었을 게다. 해남도에서의 싸움이 없었다면 청은 듣지 못했다. 틀림없다.
 '한 발 더 내딛었어.'
 자신이 가고자 하는 길.
 무도의 끝에 무엇이 있을지, 도달할 수는 있을지 알지 못하지만 한 걸음 더 내딛은 것에 만족한다.
 무인의 길을 가는데 혈살과마면 어떻고 금하명이면 어떤가. 꼭 금하명일 이유가 있는가. 살인마로 손가락질을 받으면 어떻고, 대협이란 칭호를 얻은들 무슨 소용이 있는가.
 세상이 말하는 소리는 들을 필요가 없다.
 오직 한 길, 자신의 길만 바라보며 걸어가면 된다.
 묵창을 들고 일어섰다.
 기다리는 사람이 있으니 응해줘야 옳지 않나.
 이십팔연합검수들이 유명을 달리할 때, 주변에는 적어도 오십 명 이상의 숨결이 숨어 있었다.

그들은 아직도 숨어 있다. 금하명을 뒤쫓고 있지만 섣불리 나서지는 않는다. 아마도 이십팔연합검진을 상대하는 방법에서 상당한 충격을 받은 모양이다.

금하명은 밝아오는 새벽길을 따라 천천히 걸었다.

인간 장벽이 썰물처럼 갈라진다.

눈에 보이지는 않지만 숨어 있는 곳에서 나서지 못한다는 것쯤은 느낌으로 알 수 있다. 이는 구축해 놓은 포위망을 풀고 물러서는 것과 진 배없다.

'백납도…… 언젠가 부딪쳐야 할 인연. 삼명으로 간다.'

갈 곳이 정해졌다.

금하명은 걸음을 떼어놓은 지 반 각도 되지 못해서 우뚝 멈춰 섰다.

검도창편(劍刀槍鞭), 각기 다른 네 병기를 들고 관도를 막아선 초로의 노인들.

'천병문(千兵門)…… 복정(福鼎)에서 여기까지…….'

낙공 고수들이 온 것도 그렇지만 복건성 끄트머리에 위치한 영덕(寧德) 복정성(福鼎城) 무인들까지 달려올 줄이야.

천병문 문도들은 모두 십팔반 병기에 능통하다. 어떤 병기든 손에 잡으면 평생을 한 가지 병기만 파고든 사람처럼 자유자재로 구사한다.

도박을 할 때 상대의 패를 읽지 못한다면 최고의 패를 들지 않은 이상 불안한 심정이 될 것이다.

결전이나 비무도 같은 맥락이다. 상대가 사용하는 무공이나 병기를 예측하는 것과 예측하지 못하는 것은 평정심에서 커다란 차이가 난다. 상대를 압도하는 무공을 지녔다고 자부하면 몰라도 엇비슷한 수준이라면 불안감은 한층 가중된다.

　길을 가로막아 선 노인들은 흑포괴도와 함께 복건십수로 거론되는 강자들이다.

　천병문을 이끌어가는 사람들.

　한 명은 문주이며, 다른 노인들은 부문주와 내총관, 외총관이라는 직함을 가지고 있다.

　문주가 누구일까? 검을 든 노인인가? 편을 들었나?

　노인들이 들고 있는 것은 검도창편이지만 서로 병기를 바꿔 들어도 전력에는 전혀 손상이 없을 것이다.

　금하명은 담담히 지켜봤다.

　검을 들었든 도를 들었든 상관없다. 이들은 아직 움직이지 않고 있으니 무생물인 바위나 마찬가지다. 움직임이 시작될 때 소리가 일어난다. 기도가 뻗어 나오고, 병기가 그려내는 호선이 결정된다.

　그 순간, 이들은 죽는다.

　'천병문의 정수는 병기 전환과 다병(多兵) 사용이라고 했나? 다병 사용이라…… 볼 만하겠어.'

　이쯤에서 궁금증이 생긴다.

　자신이 이 길을 지날 줄 어찌 알았는가. 그건 좋다. 사람들의 이목이 자신에게 집중되어 있으니 알아내려면 쉽게 알 수 있는 부분이다. 두 번째 궁금증은 복건무림인들이 모조리 나설 정도로 자신이 중요한 인물이냐 하는 점이다.

　혈살괴마의 악행이 수십 배 부풀려진 것은 알고 있지만 복정 무인들까지 나설 정도는 아니라고 생각하는데……

　"길을 막으면 죽는데."

"천둥벌거숭이 같은 놈. 골수까지 마기에 휩싸였구나!"

네 노인은 강호에서 산전수전 다 겪은 사람들, 배분과 명예를 짓밟는 말일 수도 있는데 흥분하지 않았다.

"희한하네, 뱃속까지 들여다볼 줄 알고. 난 언제쯤이나 골수를 볼 수 있을까?"

한 번 더 찔렀다. 어떻게든 마음을 흔들어놔야만 속에 숨어 있는 말을 엿들을 수 있다.

스릉! 차앙!

네 노인은 대꾸도 하지 않고 병기를 고쳐 잡았다.

'진세는 아니고…… 본신 무공으로 승부하는 쪽이군.'

첫 번째 울린 소리는 기대했던 대로 수만 마디를 나눈 것보다 더 많은 정보를 안겨준다.

"어젯밤만 해도 쉰 명가량이 내 목숨을 노렸지. 지금은 모두 사라지고 없는데…… 척 보기에도 노인네들은 강자가 분명한데…… 그래도 날 포위했던 자들을 모두 상대할 정도는 아니고. 그들이 물러섰는데 당신들이 나왔다? 비장의 수가 있다는 말이군. 기대해도 될까?"

"서로가 목적을 알고 있는 터, 쉰소리는 그만 하고 손이나 섞어보세. 자네도 아침은 들어야 할 것 아닌가. 우리도 아직 식전이네."

도를 든 노인이 차분하게 말했다.

노인들의 음성에는 조금치도 파동이 없다. 몇 마디 말쯤으로 격동시킬 수 없는 고수들. 이런 점은 시간을 두고 수십, 수백 마디를 나눠도 마찬가지리라.

금하명은 궁금증을 접어버렸다.

"복정에서 먼길을 왔으니 대접을 해드려야지."

"우리가 누군지 짐작했구나."

미세한 감응(感應).

뜻밖이다. 복정이란 말에 파동이 느껴진다. 노인의 담담한 말속에는 명확하지 않은 무엇인가가 숨어 있다.

일문의 문주와 부문주, 내외총관이 문파를 비워놓고 불원천리 달려올 정도라면 복건무림 전체가 위험에 직면해 있거나 천병문에 직접적으로 영향이 있어야 한다. 혈살괴마의 악행이 하늘을 울린다고 하지만 문파를 송두리째 비워놓을 정도는 아니다.

이들이 복정에서부터 이곳까지 올 수밖에 없는 사연이라도 있는 것일까?

어쩐지 떫은 감을 먹은 듯 뒤끝이 깨끗하지 않다.

금하명은 더 이상 파동을 읽을 생각조차도 버렸다.

주위에는 지켜보는 눈들이 있다. 복건무림인들이 그들이고, 언제나 뒤를 따라붙는 개방도들도 어딘가에는 숨어 있으리라. 백포인…… 그들도 숨어 있다고 봐야겠고. 또 있다. 하후, 하후의 눈도 지켜보고 있다. 하후는 자신을 보는 것이 아니라 지켜보는 눈들을 쳐다볼 터이지만.

궁금증은 하후에게 맡긴다.

굳이 준비할 것도 없지만 싸울 준비가 끝났다는 점을 알리기 위해 묵창을 겨눴다.

스슥! 스스슥……!

노인들이 조심스럽게 족적 하나 크기만큼씩 접근해 왔다.

상대의 무공을 보기 전 병기를 쳐낼 수 있는 거리로 접근하는 전형적인 보법이다.

'날 파악하지 못했어. 어떤 무공을 사용할지, 언제 어떤 식으로 공격할지 모른다. 선배들, 이런 싸움은 필패요.'

금하명은 노인들이 들고 있는 병기의 위치와 보법으로 미루어 그들이 공격해 올 방향과 병기의 움직임을 읽었다.

물론 예측에 불과하다. 싸움에 임하면서 예측처럼 위험한 것은 없지만 오만한 마음으로 느낀 예측이 아니라 심안과 청을 바탕으로 읽어낸 예측이기에 한 치의 오차도 없으리라.

머리 속에서 대응 수법이 떠오른 것은 당연하다.

하나 금하명은 애써 머리 속을 비웠다. 이십팔연합검진이 무너졌는데도 이들이 나섰다면 필승의 수법 하나 정도는 장만해 놓았으리라.

준비해 온 것은 봐야 하지 않나.

파앗! 팟!

네 노인이 동시에 움직였다.

합격술을 연마했다고는 보이지 않는다. 하나 복건십수로 불릴 만큼 절정에 이른 무공은 어떤 합격술보다도 뛰어난 압박감으로 전신을 조여온다.

촤르르륵……!

제일 먼저 귀청을 울린 것은 편의 울부짖음이다. 우상방에서 뱀처럼 꿈틀거리며 쏟아져 내리는 흑색 편이 육신을 찢어놓을 것 같다.

차앙!

묵창의 창날이 펼쳐졌다. 팔방풍우(八方風雨)로 머리 위에서 크게 한 번 휘젓고, 허리를 숙이며 등 뒤로 다시 한 번 펼쳤다.

얼핏 보기에는 단 두 수. 하지만 그사이 묵창은 무려 마흔두 번의 회전을 보이고 있었다.

까가가각!
쇠가 쇠를 긁는 소리가 울렸다.
흑색 편은 연철로 만든 모양.
피유웃!
회전을 끝낸 묵창은 우뚝 일어서는 상반신을 쫓아 앞으로 쏘아져 나갔다.
쾌검의 전설이라는 십자공이다.
깡! 까앙! 깡!
격렬한 충돌이 세 번이나 이어졌다.
창이기는 하지만 금하명의 기형 묵창보다는 훨씬 짧은 정통 창은 내딛는 발걸음을 중도에서 거둬야만 했다. 도 한 자루로 내 천(川) 자를 그린다는 일도삼시(一刀三弛)도 허리가 동강났다. 검을 전개하니 검끝이 나팔꽃처럼 여러 갈래로 갈라진다는 검첨분화(劍尖分花)도 꽃봉오리를 만드는 데 그치고 말았다.
"이십팔연합검진을 꺾을 때 알아봤다면…… 이건 본 것보다 훨씬 강하군. 말세. 이만한 무공을 지녔으면서 악인이 되다니."
네 노인은 동서남북 사방을 점하며 장포를 벗었다.
노인들은 장포 속에 경쾌해 보이는 갑옷을 입었고, 갑옷 위에는 쌍절곤, 비사(飛鉈) 등등 수십 종의 병기가 열매처럼 주렁주렁 매달려 있었다.
'흠…… 이게 다병의 실체군.'
금하명은 놀라지도, 서둘지도 않았다.
싸움은 이미 끝났다. 첫 번째 접전에서 병기와의 충돌의 피하고 파고드는 쪽을 취했다면 이들 네 노인은 피를 흘리며 쓰러졌으리라.

노인들은 처음부터 천병문의 절학을 펼쳤어야만 한다.

이건 덤이다. 사부에게 무공을 하사받을 때처럼 경건한 마음으로 접해야 한다.

'어떤 병기든 장단점이 있지. 일반적으로는 단점을 보하고 장점을 극대화하지만, 천병문은 오로지 장점만을 취하고 있어. 단점은 다른 병기의 장점으로 대체하는 것. 이를 제대로만 정립한다면 해남도 어느 문파와 견주어도 부족함이 없을 텐데.'

복건무림에는 가능성이 많다.

그럼에도 부족함 상태에서 머물고 마는 것은 부족함을 일깨워 줄 초강자와의 싸움이 없었던 탓이다. 흐르는 물은 썩지 않는 법이라지 않나. 복건무림처럼 고여 있는 웅덩이가 되어서는 큰 발전을 기대할 수 없다.

모두가 고대하는 것이 평화겠지만 무인들만은 꽃밭에서도 가시밭길만 골라서 걸어야 하는 것을.

피윳! 핏! 쑤우욱!

유성(流星), 비조(飛抓), 비추(飛錘)…….

원거리에서 공격할 수 있는 병기들이 제일 먼저 날아들었다.

한 사람이 하나씩 전개한 게 아니다. 비조나 비추를 정상적으로 활용하기 위해서는 양손을 모두 사용해야 하는데, 네 노인은 한 손에 두 개씩이나 거머쥐고 있다. 그럼에도 한 손에 들린 두 병기, 아니, 양손에 들린 네 병기가 생명이라도 붙어 있는 듯 전혀 다른 방향에서 꺾어져 들어온다.

쉬익! 쉭쉭……!

천하의 어떤 공격도 피할 수 있으며, 경공 대가라는 사람들도 따라

잡을 수 있다고 자신했던 무위보법을 펼쳤다.
 상대의 병기가 줄에 연결되어 있느니만치 공격이 이어지기 위해서는 공간을 필요로 하고, 무위보법이라면 공간의 틈을 파고들 수 있으리라고 느꼈다.
 착각이었다. 이십팔연합검진보다도 치밀하게 짜여진 열여섯 개의 병기는 탈출로를 완벽하게 차단했다.
 촌각도 되지 않아서 두 발은 어지러워졌다.
 '이십팔연합검진에 필적할 만한 무위(武威)군. 오십 군웅을 제치고 나설 만해.'
 네 노인은 아직 중병(中兵), 단병(短兵)을 사용치 않고 있다. 비병(飛兵)을 제치고 나면 박투에 가까운 근접전이 벌어질 터인데, 상당히 흥미롭다.
 까앙! 깡! 깡! 까아앙……!
 묵창이 붉은 빛을 뿌렸다. 비병은 정확하게 격타당했고, 격타음이 울릴 적마다 엄밀하던 포위망은 조금씩 균열이 생겨났다.
 피읏! 쐐에엑……!
 소리와 동시에 몸통에 작렬하는 빠름.
 반사적인 신경은 몸을 뒤틀었고, 손가락 두 개 길이의 철전(鐵箭)이 앞섶을 스치며 지나갔다.
 '활까지!'
 확실히 활은 생각지 못했다. 거리가 충분한 것도 아니고 겨우 일이장 거리에서 싸움 도중에 활을 쏠 것이란 예상을 어떻게 하겠나. 심안과 청이 서로 어울려 몸을 이끌지 않았다면 바람구멍이 생기고 말았으리라.

금하명이 꿈틀하며 시간적인 여유를 주자 비병들이 다시 활기를 띠기 시작했다.

금하명은 지루한 싸움에 순간적인 유혹을 느꼈다.

'빨리 끝내려면…….'

네 노인에게 밀려서 공격 한중앙에 머물러 있는 게 아니다. 지금이라도 묵창을 고쳐 잡고 전력을 다한다면 순식간에 싸움을 끝낼 수 있는데.

자신과의 싸움은, 기다림과의 싸움은 초강고수와 싸우는 것보다 훨씬 어렵다.

창창창! 따앙……!

비병들이 새빨간 불똥을 튀기며 어지러이 흐트러졌다. 깨어지고 부서져 조각난 비병 조각들이 암기처럼 쏟아져 내렸다.

다음 수를 재촉한다는 의미로 묵창에 진기를 가득 실었으니.

쒜액! 쒜에엑!

비병들이 산산조각났음에도 노인들은 공격을 멈추지 않았다. 뭉개진 비병으로 계속 공격하는 노인도 있고, 대도를 암기처럼 사용하는 노인, 철전을 쏜 후 검법을 전개하며 달려드는 노인…….

'이거야! 천병문 최고의 무학!'

무려 삼십여 개, 정확히는 서른한 개의 병기들이 난무하는 황홀한 광경.

한 사람이 일곱 개 이상의 병기를 사용하고 있다.

병기로 병기를 쳐서 되쏘기도 하고, 발을 이용하기도 하며, 어깨로 튕겨내기도 한다.

전신이 병기를 사용하는 손이다.

이십팔연합검진은 인간이 빠져나갈 수 있는 공간을 철저히 차단한 합격진이었다. 천병문 네 노인이 펼치는 기학은 이십팔연합검진보다 나았으면 나았지 못하지는 않아 보인다.

'이들이 전엽초를 복용했다면 죽는 사람은 나였을지도 모르겠군.'

금하명은 조금도 방심하지 못하고 전신 혈도를 활짝 열었다.

진기가 격렬하게 발출된다. 손아귀에 잡혀 있는 묵창이 용권풍처럼 회오리친다.

쐐에엑!

병기들 사이를 비집고 들어간다.

엄밀한 의미로 완벽한 포위망이란 존재하지 않는다. 사방을 그물로 에워싸고, 하늘과 땅까지 그물로 덮은 포위망이 아니라면 몸을 빼낼 수 있는 공간은 반드시 존재한다.

이들의 단점은 공격이 너무 가볍다는 것. 전신을 사용하고 있다고는 하지만 사용하는 병기가 너무 많으니 빠름과 변화에 치중할 수밖에 없고, 자연히 무거움은 사라졌다는 것.

무거움은 파괴력이다. 하나의 무거움은 범위 면에서 서너 개의 빠름과 대신할 수 있다.

실낱같은 차이로 마아자(馬牙刺)가 스쳐 갔다. 호수구(護手鉤)는 등 뒤 옷을 찢어냈다.

그동안 혈흔창이라는 별칭이 붙은 묵창은 한 노인의 심장을 찔렀다.

창이 살을 뚫고 들어가는 순간 밀어붙이는 힘을 가중시키자 노인은 뒤로 주춤주춤 밀려나다가 기어코 넘어지고 말았다.

금하명은 창을 빼냄과 동시에 용수철처럼 튕겨 올랐고, 옆에서 짓쳐 오던 노인을 내리 찔렀다.

묵창은 노인의 왼쪽 겨드랑이 밑으로 파고들며 폐와 심장을 터뜨렸다.

"크윽!"

노인은 참담한 비명을 토해냈다. 벼락 맞은 개구리처럼 바들바들 경련을 일으키더니 뻣뻣한 나무가 되어 쓰러졌다.

두 노인이 쓰러졌건만 허공에 난무하는 병기는 스무 개에 달했다.

두 노인이 던져 내고 미처 거둬들이지 않은 병기들이 미약한 숨결을 토해내고 있는 것이다.

"문주님!"

"내총관! 악마로군! 오늘 사생결단을 낸다!"

금하명은 짓쳐 오는 두 노인을 상대하지 않고 뒤로 물러섰다. 그들이 쫓아오지 못하게끔 무위보법을 펼쳐 순식간에 거리를 벌렸다.

"이놈! 도망을!"

"갈(喝)!"

진기가 실린 일갈은 사자후가 되어 천지를 울렸다.

두 노인의 움직임은 거짓말처럼 멈췄다.

내력…… 무인의 생명이나 다름없는 내력에서 혈살괴마는 두 노인의 예상을 훨씬 벗어났다.

투지가 송두리째 사라지는 일갈이라니!

"천병문 절학! 흥미가 생겼어. 강병인 도와 변화무쌍한 죽절편(竹節鞭)의 조합. 시간과 공간을 죽이는 철전의 배합. 쾌속하고 신랄한 차(叉). 모두 좋아. 그런데 한 가지가 빠지지 않았나? 분(盆)이나 금종산(金鐘鏟) 같은 중병(重兵)을 왜 뺐지? 동추(銅錘)도 괜찮을 것 같은데. 건곤권(乾坤圈) 같은 륜(輪)도 없었어. 그러니 내가 몸을 빼낼 수 있었지. 장중단비(長中短飛)까지는 괜찮은데 경중(輕重)도 생각했어야지. 흥미있는 무학이라 살려준다. 난 항상 기다릴 테니 다시 찾아와. 참! 하나 더. 나이 든 사람에게 할 말은 아니지만 무공에 자신을 갖는 짓은 때려치워. 일곱 명이 연수했다면 무적이었을 텐데. 후후후!"

금하명은 자신의 손으로 묘혈을 팠다.

이들이 부족한 부분을 보완하고, 인원까지 보충하여 진이라는 형태를 완성하게 되면 정말 힘든 싸움을 벌여야 할 게다.

그래도 말해 주고 싶었다. 완벽해진 천병문의 절학과 부딪쳐 보고 싶다.

"꼭! 꼭 다시 찾으마!"

두 노인은 문주와 내총관이라는 노인들의 시신을 거둬 사라져 갔다.

❷

몸을 숨기는 방법에는 여러 가지가 있다.

어떤 적을 상대하느냐에 따라서 숨기는 방법도 천양각색으로 갈라지지만 가장 좋은 방법은 오는 적을 기다리는 것이다. 가장 나쁜 경우라면…… 글쎄? 적을 뒤쫓는 경우가 아닐지.

경우가 그렇다는 것이다.

일상생활 자체를 은신술과 더불어서 살아가는 음양쌍검 같은 은신 대가들에게는 어떤 경우든 숨 쉬는 것과 진배없다.

하후는 미행 정도에 일 할 가능성을 운운했다.

어떤 면에서는 음양쌍검을 무시하는 말이기도 하다. 사실 자존심도 상한다.

 백포인의 무공이 해남 최고 배분의 세 노인과 버금간다는 것은 안다. 소름 끼치도록 빠른 검공에 기가 질린다. 손속을 부딪치는 일이 생긴다면 자신들 정도는 낫에 풀 베이듯 쓰러질 게다.

 누가 마음대로 부딪쳐 준다더냐?

 무공으로 겨룬다면 조족지혈(鳥足之血)에 불과하지만 숨는 것 하나만은 절대적으로 자신있다. 아니다. 은신술로 겨룬다면 이길 수 있다는 생각도 가지고 있다.

 음양쌍검은 백포인과 일정한 거리를 유지하며 은밀히 뒤쫓았다.

 그래도 만일이라는 것을 생각해야 되기에 음살검이 백포인을 맡았고, 양광검은 사 장 거리를 두고 음살검의 꽁무니를 쫓았다.

 이런 경우, 음살검과 백포인이 마주치게 된다면 양광검은 구경만 할 수밖에 없다. 두 사람이 연수하여 필승의 확신이 선다면 모르겠거니와 조금이라도 완승할 자신이 없다면 분루(憤淚)를 삼켜야만 한다.

 음양쌍검은 그럴 경우는 생각도 하지 않았다.

 그러나 백포인의 뒤를 쫓을수록 하후의 말이 결코 과장되지 않았다는 것을 피부로 절감하게 되었다.

 '지겨운 놈······.'

 욕설이 절로 튀어나왔다.

 그는 대단한 자다. 시간이 지날수록 놀라움은 커져만 갔고, 일종의 두려움이 되어 마음속을 휘젓는다.

 뒤를 밟기 시작한 지 사흘 밤낮. 그동안 백포인은 먹지도, 자지도 않았을 뿐 아니라 쉬지도 않았다.

 신법 속도는 항시 일정했다.

음살검이 뒤를 밟기에는 약간 빠른 속도였지만 그에게는 숨을 한 수 늦춘 신법임에 틀림없다.

그가 가는 길은 사람이 다니는 길이 아니다. 용케도 사람 발길이 닿지 않는 곳만 고른다 싶을 정도로 인적이 끊긴 곳으로만 발길을 들여놓는다.

멈칫거린다거나 방향을 찾기 위해 두리번거리는 일도 없는 것으로 보아서 상당히 익숙한 길인 것 같다.

'좋지 않아. 하지만 날 떼어놓지는 못해.'

음살검은 바위 뒤에 몸을 숨기며 불길한 마음을 떨치려 애썼다.

적에게는 익숙한 길, 뒤쫓는 사람에게는 낯선 길. 약점 하나를 안고 들어간다.

현재 위치는 음평(陰坪), 산양(汕良)을 지나 용현(溶絢).

놈의 발걸음이 멈추는 곳은 어디인가.

하후는 첫 번째 도착하는 곳만 파악하라고 했다. 그 후에는 즉시 몸을 빼라고.

코웃음을 쳤는데…… 최종 목적지까지 뒤를 밟을 수 있으리라 생각했는데…….

'응? 없어? 위험!'

바위 위로 고개를 빼죽 내밀어 백포인의 종적을 탐색하려던 음살검은 살을 저며 오는 위기감을 느끼고 즉시 몸을 움츠렸다.

백포인의 모습이 보이지 않는다.

바위 뒤에서는 보이지 않는 다른 길로 갔을 수도 있다. 휴식을 취하기 위해 주변 어딘가에 앉아 있을 수도 있다. 하지만 이런 경우, 뒤를 쫓는 자는 항상 가장 나쁜 상황을 염두에 두고 행동해야 한다.

잠시 시간을 두고 숨을 고른 후, 다시 고개를 내밀었다.

'휴우!'

안도의 한숨이 나온다.

백포인은 멀지 않은 곳에서 작은 소도로 나무에 무엇인가를 새겨 넣고 있다. 그들만의 밀마가 분명할 터. 해독하는 건 불가능하겠지만 밀마 형태는 알아낼 수 있다.

'부수입이군. 구령각이라면 해독할 수 있을 텐데…… 본 문과 인연을 끊었으니 어떻게 해독하나.'

음양쌍검 역시 밀마에 대한 지식은 해박한 편이나 해독에 대한 자신은 없었다. 백포인의 무공 수준으로 미루어볼 때 그들이 사용하는 밀마는 범상치 않을 것 같았다.

'하후라면…… 머리가 비상한 여인이니. 후후! 그런 여자가 해순도에서 침이나 놓고 있었다니……. 남해십이문이 진작 알았다면 그녀를 차지하기 위해 쟁탈전이 벌어졌을 듯.'

음살검은 이어가던 생각을 멈췄다.

이상하다. 무엇인가 잘못되고 있다.

잡생각을 하고 있었지만 온몸의 감각은 백포인을 향해 열어둔 상태였다. 방금 전까지만 해도 나무에 밀마를 새기는 소리가 사각사각 들려오지 않았던가.

갑자기 모든 소리가 중단되었다. 나무 깎는 소리는커녕 바람 소리, 새소리도 들리지 않는다.

'빌어먹을!'

이런 경우는 생각할 필요도 없다.

최대 위기! 뒤도 돌아보지 말고 자리부터 옮겨야 한다.

스윽! 스으윽……!

거미가 기어가듯 배를 땅에 바짝 붙이고 두 발과 두 손을 이용하여 바위 옆에 있는 수풀 속으로 기어들어 갔다. 뱀이 풀숲에 숨듯이 부드럽게…….

그러다 어느 한순간, 그의 모습이 감쪽같이 증발해 버렸다.

옆에서 지켜보는 사람이 있었다면 기절초풍할 일이다. 수풀 속으로 기어든 것까지는 확인할 수 있었지만 바람이 볼을 스친다 싶은 순간 완벽하게 사라진 것이다.

평범한 무인들이었던 두 사람을 음지로 스며들게 만든 저주의 무공…… 아니다. 아무나 음지로 스며들 수 있는 능력을 갖춘 건 아니다. 살각 무인들이 수련한 적엽은막공 정도는 상대가 안 된다. 한걸음 더 발전시켜 천지간에 몸을 숨기는 천탈지둔(天奪地遁)의 경지에 이르러야만 완벽하게 몸을 숨길 수 있다.

구류음둔공(九流陰遁功).

음양쌍검은 자신들이 터득하고 수련한 은신술에 구류음둔공이라는 명칭을 붙였다.

천지간에 숨지 못할 곳이 없으니 구류(九流), 숨으면 찾을 수가 없으니 음둔이다.

"대단하군. 남해검문 살각에 적엽은막공(赤葉銀幕功)이라는 은형둔신술(隱形遁身術)이 있어 마음만 먹으면 쫓지 못할 사람이 없고 죽이지 못할 사람이 없다는 말은 들었지만 이 정도로 뛰어날 줄은 미처 생각지 못했군."

놀랍다는 말을 얼음처럼 차가운 말투로 내뱉을 수 있는 사람.

'구류음둔공이 깨질지도 모르겠군.'

음살검의 전신에는 소름이 돌기돌기 돋았다.

그가 느낀 위기는 현실이었다. 흰 천으로 전신을 둘둘 감은 백포인은 미행을 감지해 냈고, 망설임이라고는 전혀 없는 발길로 뚜벅뚜벅 걸어왔다.

구류음둔공이 완벽하지는 않다. 구류음둔공뿐만이 아니라 천하에 산재하는 어떤 은신술도 완벽하다고 자부할 수 있는 것은 없다. 은신술이란 상대의 이목을 속이는 것이기에 초감각을 가진 자와 만나면 깨어지는 게 필연이다.

백포인이 그런 자다. 무공으로 평범한 감각을 초감각으로 바꿀 정도로 강한 자다.

"그새…… 한 놈은 발길을 붙잡고, 한 놈은 도망친다. 썩 괜찮은 방법이군. 하나! 도주로가 환히 드러났으니 그게 네놈들에게는 불행. 이곳을 아는 사람은 천하에서 다섯 명도 되지 않으니 도와줄 사람도 없구나. 두 번째 불행."

'서둘지 않는다. 위치를 이미 파악했다는 증거.'

양광검은 이미 도주했다. 구류음둔공을 펼쳐 소리없이 사라져 갔다. 이것이 어쩌면 양광검과는 이승에서 느끼는 마지막 모습인지도. 잘 가라, 잘 있으라는 말 한마디 나누지 못하고 헤어지는 게 은신술을 수련한 자들의 운명인지도.

그러나 아쉬움 따위를 떠올릴 시간이 없다. 수단 방법을 개의치 않고 백포인의 발길을 붙잡아야 한다. 적어도 반 각 정도는.

백포인은 양광검이 도주했다는 사실을 알고 있으면서도 서둘지 않았다. 또한 음살검이 은신한 곳쯤은 눈 감고도 찾을 수 있다는 듯 천천히 주위를 둘러보는 여유까지 부렸다.

"한 놈이 나를 반 각 정도만 붙들어놓으면 다른 놈은 도주할 가망이 있으나."

'정확하군. 오늘을 길보다 흉이 많겠어.'

"반 각은 고사하고 십 초도 받아낼 실력이 못 되니 세 번째 불행."

얼핏 들으면 광오하다고 느껴질 말이지만 백포인들이라면 충분히 말할 자격이 있다. 해남파 최고 배분의 고수들과 검을 섞어서 버텨낼 수 있는 자들이란 흔한 게 아니니까.

'어쩌다…… 금하명이 해남도로 들어오면서부터 이상하게 되어버렸어. 감히 누가 있어서 그분들과 검을 맞댈 수 있냐 싶었거늘. 이제는 어디서 이름자도 없는 것들까지 이토록 무공이 높으니.'

백포인들의 등장은 음양쌍검에게는 대단한 충격이었다. 해남파의 검학을 중원제일로 여겨오지 않았나. 그런데 명성조차 없는 자들이 최고 존장과 검을 맞댈 수 있는 지경이니 놀라지 않을 수 없었다.

"하하! 나오는 게 좋겠다. 두더지처럼 숨어 있다고 찾아내지 못할 리도 없고, 무엇보다 무인이라면 검이나 맞대보고 죽어야지."

백포인이 걸음을 멈췄다. 음살검이 사라진 수풀, 잔잔한 바람만이 초목을 어루만지는 곳에서.

'정확하게 찾아냈어!'

백포인은 한가하게 잔돌들을 툭툭 차대며 대답이 들려오길 기다렸다. 그러나 나타나는 사람은 없었다. 사람 것으로 짐작되는 숨소리조차 들려오지 않았다.

"쯧! 사람 말을 못 믿는군. 그렇게 죽고 싶다면 그것도 괜찮고."

스르릉……!

백포인이 검을 뽑았다. 그리고 몸을 비스듬히 오른쪽으로 돌려 어린

아이 몸통만한 바위를 후려쳤다. 순간,

　파아앗!

　바위는 흔적없이 녹아내리고 들짐승 같은 시커먼 물체가 허공으로 솟구쳤다.

　"하하하!"

　백포인은 대소를 터뜨렸다. 음살검의 행동을 예상하고 있었다는 듯, 거침없이 후려치던 검이 영활한 뱀처럼 꿈틀거리며 검은 물체를 향해 방향을 틀었다.

　'우웃!'

　음살검은 깜짝 놀랐다. 예상보다도 훨씬 신랄한 공격이다. 공격해 오는 것은 검 한 자루에 불과한데 세상 그 어느 곳에도 몸을 숨길 수 있는 곳이 없다는 절박한 심정이 치민다.

　'상대가 안 돼!'

　직접 몸으로 부딪쳐 본 백포인의 무공은 항거가 불가하다는 생각을 치밀게 만든다. 당장 필요한 것은 반사적인 대응이지만 그것마저도 변변하게 전개해 낼 수 없다.

　상대에 비해서 한없이 느리다고 느껴질 때……

　싸움에서 그런 감정이 치밀면 죽음밖에 돌아오는 건 없다.

　절박한 심정에서 무의식적으로 검광을 쏟아냈다. 검을 막으려는 행동도, 적을 베겠다는 의지도 포함되지 않은 그야말로 살기 위한 발버둥에 지나지 않았다.

　'틀렸어!'

　무공에 자신이 없는 바는 아니지만 은신술을 익힌 자는 기습의 이(利)를 안고 싸우는 것이 상례다. 이렇듯 정공법으로 무공 대 무공으로 부딪쳐서는 승산이 없다.

따앙!

운이 좋다고 해야 할까? 전혀 기대하지 않았던 소리, 마치 망치로 쇠를 두들기는 듯한 검음이 울려 나왔다.

그러나 음살검은 촌각도 지나지 않아서 현실을 깨달았다.

운이 좋았던 것도 아니고, 백포인이 실수한 것도 아니다. 백포인이 검로를 바꿔서 몸통 대신 검을 쳐낸 것뿐이다.

음살검의 검은 단 일 초 만에 손아귀를 벗어나 하늘 높이 훨훨 날아갔다.

쑤우욱!

찢어진 손아귀에서 전달되어 온 통증을 느끼기도 전에 시퍼런 검광 한줄기가 다가왔다.

인정이라고는 조금치도 담겨 있지 않은 살검. 검이 노리는 곳은 일검즉사 부위인 이마 정중앙. 어떤 신법을 펼치든 떨쳐 낼 수 없는 잔혹하고도 정확한 손속.

문득, 손 놓고 죽을 수만은 없다는 생각이 떠올랐다. 고양이 앞에 쥐처럼 옴짝달싹할 수 없는 처지이지만 발버둥은 쳐보아야 되지 않겠나 싶다.

쉬익!

음살검은 한 발로 다른 발의 발등을 차며 더욱 높이 솟구쳐 올랐다. 동시에 신형을 비틀어 좌측으로 떠밀리듯 밀려났다. 남해검문의 절정 신법인 비연약파!

"정확하군!"

무엇이 정확하다는 것일까? 백포인이 내뱉은 말은 의미를 짐작하기 힘들다. 한데도 죽음이란 칙칙한 어둠이 물밀듯이 밀려오는 느낌은 전신을 얼려 버린다.

비연약파를 펼치는 도중이다. 검을 피하고자 펼쳐 낸 신법을 거두고 다른 신법을 전개할 만한 능력은 없다. 아니, 있다. 단지 백포인의 검을 피하면서 신법을 변형시킬 능력이 없을 뿐이다. 그때,

타앙! 쒜에엑!

어딘가에서 시작된 소리는 파공음으로 이어지고, 파공음은 살을 저미는 살기가 되어 두 사람 사이를 파고들었다.

"어떤……!"

타앙!

백포인은 파공음을 다른 소리로 연결시켰다.

'마지막 기회!'

어떤 일이 벌어지고 있는지는 음살검 자신도 몰랐지만, 백포인이 잠시 움찔거리는 순간이 자신에게 주어진 마지막 기회라는 것만은 확실하게 감지되었다.

스슷! 스스슥……!

눈 깜빡할 사이에 음살검의 신형이 안개 속으로 묻히듯 스르륵 사라졌다. 남해검문 살각이 인정하는 해남제일의 은둔술, 구류음둔공이 절정으로 펼쳐지는 순간이다.

쎄액!

검풍이 매섭게 나뭇잎을 잘라냈다.

음살검의 의도를 눈치챈 백포인이 황급히 뻗어낸 일검이었지만 애꿎은 나뭇잎만 흩날리는 결과를 낳았다.

"후후후! 영 이해가 안 되는 모양이군. 어디에 숨든 내 이목을 속일

수 없다고 말했을 텐데."

　이번에는 다르다. 방금 전까지만 해도 백포인의 말은 백 번 타당한 말이었지만 누군가로부터 조력을 받고 있는 지금은 오히려 음살검에게 여유가 있다고 할 수 있다. 감각이 극도로 발달한 자라도 은둔고수가 잠적한 위치를 찾아내려면 집중이란 것이 필요한데, 누구인지도 모를 조력자가 끊임없이 공격을 가해준다면 집중할 틈이 없기 때문이다.

　쒜엑! 쒜에엑!

　음살검의 바람대로 누군가는 계속 공격을 가해주었다.

　날아오는 것은 화살이다. 나무로 만든 보통 화살이지만 날아오는 기세나 위력은 배나 강하다.

　'철음시(鐵陰矢)!'

　음살검은 비로소 도와주는 사람이 누구인지를 알아냈다.

　양광검! 바보스럽게도 그는 도주하지 않았을 뿐만 아니라 모습이 드러나는 것을 개의치 않고 공격까지 가하고 있다.

　자신이 그랬듯 양광검 역시 백포인의 적수는 되지 못한다.

　화살대에 철을 박아 넣어 위력을 강화시킨 철음시가 백포인을 붙들고 있지만, 양광검이 지닌 철음시는 모두 열다섯 대. 곧 철음시가 바닥 날 것이고, 그 후에는…… 양광검은 죽는다.

　분명히 양광검은 미련한 짓을 했다. 하지만 미련함을 탓할 정신이 없다. 경각에 달렸던 목숨을 구해주었으니 고맙기 이를 데 없다. 하나 지금은 고맙다는 생각조차도 들지 않는다.

　'내가 움직이지 않으면 양광검이 죽는다!'

　음살검은 몸을 숨긴 상태에서 자신도 놀랄 정도로 빠르게 움직여 오 장 밖으로 물러섰다.

자신의 검이 떨어져 있는 곳.

한 손으로는 검을 집어 들고 다른 손으로는 품속에서 수리검을 꺼내 들었다.

피웃! 패애엥!

수리검 다섯 자루는 양 무릎 관절, 등 쪽 요혈 두 곳, 그리고 머리를 노리고 날아갔다.

물론 수리검 따위로 백포인을 어쩔 수 있다고는 생각하지 않는다. 잠시 머뭇거리는 정도, 조금 더 기대한다면 머리 속이 복잡해지는 정도에 그치리라.

음살검은 수리검을 던짐과 동시에 다시 오 장 밖으로 물러섰다.

이심전심(以心傳心), 뜻이 하늘에 닿아 양광검에게 전달된다면 활로가 열릴지도 모른다.

땅! 타당! 따앙!

수리검은 추풍낙엽처럼 떨궈졌다. 그동안 철음시는 날아들지 않았다. 수리검을 던져 낸 것과 백포인이 막아낸 것은 거의 동시라고 해도 무방할 만큼 짧은 순간이지만 양광검이 철음시를 쏘아내지만 않는다면 이삼 장 정도 물러서기는 충분한 시간이다.

"이런 쥐새끼 같은!"

백포인이 음살검을 향해 몸을 돌렸다.

타앙! 쒜에엑! 쒜엑!

다시 철음시가 날아들었다. 화살이 너무 강해서 경각심을 곤두세우지 않을 수 없다. 반면에 화살이 활을 벗어남과 동시에 위치가 파악된다는 단점도 지닌다.

기대했던 대로 양광검은 삼 장 정도 벗어난 곳에서 화살을 날렸다.

'됐어!'

음살검은 조그만 돌멩이를 대여섯 개 주워 암기처럼 쏘아냈다. 어차피 백포인의 움직임을 둔화시키려는 목적밖에 없는 바에야 굳이 몇 개 되지 않는 암기를 쏘아낼 필요는 없다.

양광검의 경우는 다르다. 수리검은 아무런 위협도 되지 않지만 철음시는 백포인마저 무시할 수 없는 살상력을 지녔으니 충분히 조심할 수밖에 없다. 철음시 덕분에 음살검의 조악한 암기들도 빛을 보고 있는 것이다.

땅! 따앙! 탁! 탁……!

백포인은 양쪽에서 협공을 받으면서도 서둘지 않았다. 처음, 뜻밖의 철음시 공격을 받았을 때와는 전혀 다르게 검을 휘두르는 모습에 안정감이 녹아 있다.

이는 백포인의 마음이 굳어졌다는 것을 의미한다. 양광검이나 음살검, 둘 중에 한 명을 향해 죽음의 검을 쏟아내겠다는 의사 표시나 다름없다.

백포인이라면 충분히 그럴 능력이 있다. 기습 덕분에 잠시 머뭇거렸을 뿐이지 철음시나 수리검 따위로 그의 발길을 막을 수는 없다.

그가 움직이면 둘 중에 한 명은 죽는다. 아니, 둘 다 죽는다. 한 명을 죽인 후 다른 한 명을 쫓아가기까지는 숨 몇 번 들이킬 순간이면 족하리라.

은둔술이란 적이 전혀 짐작하지 못하는 상태에서 완벽한 준비를 갖추는 것이지 조금이라도 의심이 깃든다면 성공하기 어렵다. 하물며 백포인이 빤히 지켜보는 앞에서, 어디쯤 숨어 있는지 눈치채고 있는 마당에 몸을 숨긴다는 것은 위험천만한 행동이다.

목숨을 내놓는 일이 될지도 모른다. 그렇다고 이대로 있을 수도 없다. 무엇보다 시간이 없다.

'은둔술이란 숨는 게 아니다. 천지자연을 이해하는 것. 자연을 이용하는 것이 아니라 자연에 귀의하는 것. 일심일체(一心一體) 망아(忘我) 천인합일(天人合一) 지인동류(地人同流)······.'

구류음둔공 중에서도 최고의 둔공(遁功)인 망법(忘法).

남해검문의 절학 중에서 무상검(無常劍)의 요체를 은둔술에 접목시켜 이론을 만들어놨지만, 정작 이론을 만든 음양쌍검조차도 구결 내용을 이해하지 못하고 있는 은둔 술법.

양광검은 귀신이 아닌 이상 펼칠 수 없다고 단언한 적이 있다.

음살검 자신도 구류음둔공은 세기(細技)로 결정되는 것이라고 확신하고 있다.

지금은 방법이 없다. 손에 잡을 수 있는 것이라면 썩은 지푸라기라도 잡아야 할 만큼 절박하다.

음살검은 마지막으로 몇 개인지도 모를 오각표(五角鏢)를 던져 낸 다음 수풀 더미 속으로 몸을 던졌다.

음살검은 몸을 일으켰다.

'천우신조(天佑神助)였어.'

아무 생각도 담겨 있지 않은 눈빛으로 수풀 더미 옆으로 흘러가는 개울을 쳐다봤다.

졸졸졸······ 졸졸졸······.

어느 곳에서나 흔히 볼 수 있는 작디작은 개울에 지나지 않건만, 어린아이조차 물장난을 하지 않을 도랑에 불과하건만 그것이 목숨을 살렸다.
 평범한 사람들에게 물 흐르는 정도의 미미한 소리는 아무런 영향도 미치지 못한다. 하지만 절정에 이른 은둔술과 초감각 사이의 팽팽한 탐색전에서는 아주 큰 변수가 된다.
 작은 소리는 살아 있는 사람이라면 도저히 숨길 수 없는 생기마저도 감춰주었다.
 망법이 말하는 대로 전신을 무념무아(無念無我)의 상태에 두었으나, 득도한 고승이 아닌 이상 완벽할 수는 없었다. 백포인에게 발각되면 손도 써보지 못하고 죽어야 하는 상태인지라 망법을 전개하면서도 불안한 마음을 지우지 못했었다.
 불안이란 마음의 흔들림을 일컫는 것이며, 무념무아의 상태와는 반대편에 서 있다.
 차라리 운공할 때처럼 완벽하게 몰입했더라면 더 좋았을 것을.
 흔들림은 미세한 생기를 흘려냈고, 백포인에게 감지될 위기에 처했으나 천우신조로 개울물의 졸졸거리는 소리가 바람 앞에 등불인 그의 목숨을 구해주었다.
 백포인은 무려 두 시진 동안이나 주변을 뒤지다가 돌아갔다.
 검이 바람을 가르는 소리는 들리지 않았다. 골육이 갈리는 소리도, 피비린내도 풍기지 않았다.
 어떤 방법을 사용했든지 양광검도 위기를 모면한 것이 틀림없다.
 양광검은 굳이 찾을 필요도 없었다. 그가 몸을 일으켜 몸에 묻은 흙먼지를 털어내기도 전에 개울가 땅거죽이 들썩이더니 아무리 봐도 못생긴 양광검의 얼굴이 드러났다.
 "살아 있으면서도 귀신이 될 수 있다는 사실을 떠들고 다니면 나만 미친놈이 되겠지?"

 양광검이 내뱉은 첫마디였다.

 망법은 확실하게 존재한다. 무인의 궁극적인 목표가 검을 심즉검(心卽劍)이라면…… 아니다, 마음에서조차 검을 잊을 수 있는 망검(忘劍)이라면 은신술의 최고 경지는 육신과 자연을 완벽하게 하나로 합일시키는 망법이다.

 망법을 완벽하게 깨우쳤다고는 할 수 없다. 이제 겨우 첫발을 내딛는 걸음마 단계에 지나지 않는다. 그렇지만 세상 이치란 것이 첫걸음을 내딛기가 어려운 법이지 나아가는 것은 어렵지 않다. 더 이상 완벽할 수 없다던 구류음둔공이 어린아이 장난이었으며 도전할 곳이 까마득히 먼 곳에 있다니 이 얼마나 흥분된 일인가.

 "저놈을 이대로 보내면 안 되겠지?"

 음살검은 양광검의 대답도 듣지 않고 신형을 쏘아냈다.

❸

 하후는 콩을 가루 내고 술에다 개어 두께 두 푼쯤 되는 두시떡을 만들었다.

 "으음……!"

 등창 환자가 몸을 뒤척이다 괴로운지 신음을 토해냈다.

 창빛이 암흑색이니 쉽게 낫지 않을 등창이다.

 "뜸을 뜨고 나면 한결 개운해질 거예요. 꾹 참아요."

 두시떡에 굵은 바늘로 구멍을 뚫고, 그 위에 뜸봉을 놓았다.

이제 두시떡을 올려놓고 태우면 된다.

하후의 손길은 조심스러웠다. 조금이라도 아픔을 덜게 해주려는 자상한 마음이 손길을 통해 느껴졌다. 한편으로는 한 치의 망설임도 엿보이지 않아서 의술에 대한 자신감도 전달되었다.

의원이 의술에 대해 자신감을 가진다는 건 건방진 이야기다. 의술이란 깊고 끝이 없으며, 손길 하나에 삶과 죽음을 가를 수도 있는 분야이기에 절대로 자신감을 가질 수는 없다. 그러나 환자에게는 절대적으로 자신감있는 모습을 보여주어야 한다. 환자가 의원을 믿고 따를 때 병은 한결 쉽게 나을 수 있기 때문이다.

"참 오래도 앓았는데…… 이제 완치되려나 봅니다."

"완치될 거예요. 하지만 병이란 의원 몫이 삼 할밖에 안 돼요. 아픈 사람이 스스로 칠 할을 치료해야 된다는 것, 알죠?"

"그러문입쇼. 꼭 낫도록 이를 악물겠습니다요."

하후가 일어서자 그 자리에 설아가 앉았다.

해순도에서부터 하후의 잔수발을 들어온 설아는 자신이 무엇을 해야 할지 잘 알았다.

"뼈가 타 들어가는 고통이 느껴질 거예요. 그래도 참아야 해요. 우리 마님 정성을 생각해서라도 이 꽉 물고 참아봐요."

하후는 혈비(血痺) 환자를 돌보고 있었다.

그 시간, 천소사굉과 벽파해왕은 뜻밖의 손님을 맞이했다.

구퇴걸 양조무와 황보세가의 불여우.

금하명의 뒤를 그림자처럼 따라붙고 있어야 할 두 사람이 엉뚱한 곳에 나타났다는 것은 일이 틀어졌다는 것을 의미한다.

구퇴걸 양조무는 불쑥 서신 한 통을 꺼내 천소사굉에게 디밀었다.

"이걸 받아보면 입 아프게 여러 소리 하지 않아도 대충 감을 잡을 겁니다. 모르겠어도 할 수 없고요. 이것만 전해주면 빌어먹을 내 임무는 끝나니까."

천소사굉은 서신을 받아 품속에 찔러 넣었다.

덩치 큰 구퇴걸이 눈을 뒤룩거리며 물었다.

"뜯어보지도 않습니까?"

"글글…… 알고 있는 내용을…… 글글…… 뭐 하러…… 글…… 봐."

뜯어보지 않아도 알 수 있다. 자신이 직접 개방 복건 총타주에게 건네준 서신이다. 서신에는 자신과 벽파해왕의 수인(手印)이 찍혀 있을 거다. 혈살괴마와 백납도의 비무가 벌어지는 날, 해남무공과 개방도가 해남도에서 활동할 위장 신분을 주겠다는 내용이 담겨 있다.

"총타주가 그럽디다, 받을 것 안 받고 줄 것 안 주겠다고. 그동안 뭔 짓들을…… 아! 오해하지 마십쇼. 난 등 뒤에서 속닥거리는 짓거리는 모두 가당찮아서…… 무슨 약조들을 주고받았는지 모르겠지만 한 가지만은 확실합니다. 덕분에 개방 복건 총타의 밀마가 싹 바뀌었다는 것. 무슨 소린지 알 겁니다."

손을 떼겠다는 소리다. 총타주가 건네준 밀마는 아무 의미도 없는 낙서가 되고 말았다.

"글글……."

천소사굉은 웃었다.

사람도 늙어 죽을 만큼 오래 살면 능구렁이가 된다고 했나?

맞는 말이다. 세상이 돌아가는 이치를 알게 되고, 사람들의 됨됨이

궁즉변(窮則變), 변즉통(變則通)

를 파악하게 되면 앞으로 어떤 일이 벌어질지도 예측하게 된다.

개방 복건 총타주 초지견은 꺾일지언정 굽히지는 않을 위인. 해남도에 개방도를 투입시켰다는 공적과 경세적인 해남무공의 유혹이 아니더라도 약속한 바는 반드시 지킬 강골이다.

그런 사람이 약속을 거두겠다는 것은 외압이 있었다고밖에 생각할 수 없다.

누가 그에게 외압을 가할 수 있을까?

개방 총단이다. 어지간한 외압이라면 꿈쩍도 하지 않을 사람인데. 하다못해 설득을 하거나 항변이라도 할 텐데 아무 소리도 하지 못하고 두 손을 들었다는 건 개방 총단에서 내려온 외압이라고밖에 생각할 수 없다.

먹음직스러운 음식이 입맛을 돋우고 있는데 상을 걷어차고 일어서려니 얼마나 속이 쓰렸을까.

초지견이 군말없이 두 손을 들었다? 개방주다. 방주가 직접 명을 내렸다, 혈살괴마에게서 손을 떼라고.

방주의 명령이 그러한데 더 말할 필요가 무엔가. 서신을 전하는 사람이 구퇴걸 양조무가 아니라 복건 총타주 초지견 당사자일지라도 말할 게 없다.

"마지막 정리로 혈살괴마에 대한 소식을 말해 주겠습니다."

황보세가의 불여우가 눈가에 주름을 잡으며 냉큼 구퇴걸의 말을 받았다.

"혈살괴마는 지금 요천(僥天)에 있어요. 조만간 삼명으로 들어갈 태세던데. 표면적으로는 무적인 것 같지만…… 불안하네요, 알지 못할 사람들이 나타나기 시작해서. 원래 선자불래(善者不來)라고 하잖아요?

자신없으면 찾아오지도 않을 거고요. 혈살괴마의 무공이 완전하게 노출되었고, 백포인들이 직접 견식까지 해봤으니…… 다음에 나타날 때는 쉽지 않을 거예요."

구퇴걸도 한마디 거들었다.

"혈살괴마 그 친구…… 내 태어나서 난다 긴다 하는 무인들 참 많이 봐왔지만 그 친구만한 강골은 처음입니다. 손속이 잔인해서 탈이지 무공 하나만은……."

구퇴걸은 말을 하면서 천소사굉과 벽파해왕의 표정을 살폈지만 아무것도 읽어낼 수 없었다.

그는 궁금하던 것을 단도직입적으로 물었다. 지옥에 가서도 정보를 캐내는 것이 개방도의 습성이니.

"한 가지만 여쭤보겠습니다. 혈살괴마가 사용하는 무공이 분명 해남무학은 아니던데…… 병기도 그렇고…… 정말 혈살괴마와 해남은 상관이 없습니까?"

해남무림은 검공을 추구하지만 본질이 바뀌었을 수도 있다. 검법보다 뛰어난 무공이 창안되면 다른 병기를 취할 수도 있지 않은가. 더군다나 금하명이 펼치는 무공은 그가 창을 사용했기에 창법이지 검으로 펼쳤다면 검공이 되고도 남을 묘한 무공이다.

그는 무척 강하다. 상대하는 사람들을 모조리 죽여 버렸다고 해서 강한 것이 아니라 상대로 하여금 최강의 수를 끌어내게 한 다음 파해하여 버리니 강한 거다.

싸우는 사람은 무척 힘들었을 수도 있다. 신경이 터져 나갈 듯한 긴장감에 소름이 돋았을지도 모른다. 하지만 지켜보는 사람들에게는 전혀 힘들게 보이지 않았다. 마치 어른과 어린아이가 싸우는 것처럼 너무 쉽게 싸움을 끝내곤 했다.

그래서 그를 관심있게 지켜본 사람들은 섣불리 건드릴 수 없는 강자로 인식한다.

악인을 제거하겠다고 벌 떼처럼 들고 일어섰던 복건무림인들. 그러나 지금에 와서는 최소한 공명심 때문에 그에게 병기를 겨누는 무인은 없다. 협(俠)을 지키기 위해 병기를 드는 사람들도 유언을 남기고 나설 정도다.

그런 사람이 어느 날 갑자기 하늘에서 뚝 떨어졌다고 한다면 누가 믿으랴. 해남무림이 전폭적으로 합심하여 양성했다고 해도 믿을 수 없을 판인데. 해남 최고 배분인 세 사람이 행동을 같이하는 것도 그와 해남무림을 떨어뜨려 놓고 생각할 수 없게 만드는 부분이고.

구퇴걸의 물음에는 그런 의미가 담겨 있었다.

"글글…… 상관…… 없네. 글글……."

"믿을 수가……."

벽파해왕이 들을 말 다 들었다는 듯 몸을 일으키며 말했다.

"우둔한 사람 같으니. 물을 걸 물어야지. 혈살괴마가 해남 무학을 이어받았다고 치고."

아주 잠깐에 불과하지만 구퇴걸의 눈동자가 반짝거렸다. 눈빛에는 '역시'라는 의미가 내포된 채.

"해남무림인이니 사문이 있을 터인데, 어느 문파라고 생각되나? 누가 혈살괴마의 사부가 될 수 있을까? 우리 세 늙은이? 남해십이문 문주들? 해답이 나온다면 혈살괴마는 해남무림인일세."

구퇴걸의 눈동자가 다시 암울해졌다.

혈살괴마의 무공은 살인적으로 발달된 초감각에서 비롯된다. 그 바탕에는 두말할 나위도 없이 경이롭다고 말할 수밖에 없는 내공이 뒷받침되어 있고.

해남무림에서 누가 그만한 무인을 길러낼 수 있을까?

해남무림에 대해서 잘은 모르지만 명성이 있는 사람들은 대충 알고 있다. 그중에 혈살괴마를 길러낼 만한 사람은 선뜻 떠오르지 않는다. 또한 해남무림인이 아니라고 돌려서 말한 사람이 다른 사람도 아니고 벽파해왕이다. 말을 하지 않았으면 모르되 거짓을 말하지는 않을 사람.

"음……!"

구퇴걸은 결국 침음을 터뜨리고 말았다.

"서신을 돌려받았으니 이제는 남남인 게지. 적이 되지나 말게나."

벽파해왕은 낚싯대를 어깨에 걸머메고 휘적휘적 걸어갔다.

이것 역시 바람일 뿐이다.

무림은 많은 사연이 깔려 있는 곳이지만 궁극적으로는 적과 아군으로 나눠진다. 혈살괴마가 혈겁 한가운데 있는 한, 정대문파에서도 큰 비중을 차지하고 있는 개방이 나서지 않을 수 없다. 벗이라는 자리를 걷어찼으니 적이라는 입장이 되어서.

오래지 않아서 쌍미천향교는 개방도의 표적이 된다. 개나 때려잡는 몽둥이들이 자신들을 으깨려고 달려들 게다.

하후는 혈비 환자를 치료하지 못했다.

혈비는 기혈이 허할 때 생기는 병으로, 전신 피부 감각이 둔해지며, 뼈마디가 아프고, 통증도 이곳저곳으로 옮겨 다닌다.

함박꽃 뿌리인 작약(芍藥)이나 노랑돌쩌귀인 백부자(白附子)를 사용하면 치료할 수 있다. 하나 금하명의 신변에 이상 기류가 형성되고 있는 마당에 환자를 돌볼 겨를이 없었다.

구퇴걸이 다녀간 직후에 열린 회합.

하후는 설아에게 지시도 내리지 못한 채 떨리는 가슴으로 총총히 발길을 옮겨야만 했다.

"개방이 손을 뗐어."

일섬단혼이 퉁명스럽게 말했다.

"눈과 귀가…… 막힌 거군요."

하후는 냉정을 찾기 위해 손으로 이마를 훔쳤다, 땀이 배이지도 않은 이마를.

금하명이 사자나 다름없는 전장을 전전하고 있다. 지금 이 순간에도 누군가와는 피 튀기는 싸움을 벌이고 있으리라.

그 생각을 하면 따뜻한 음식을 먹는 것도, 편한 침상에 몸을 뉘는 것도 죄스럽기만 하다.

나이가 어린 사람이니 자칫 혈기에 치우치지는 않을지, 밥 굶기를 예사로 하는 사람이지만 그래도 끼니는 챙겨 먹었으면.

해남도에서는 해남제일의 무인으로 공인받은 금하명이지만 하후에게는 마치 물가에 내놓은 어린아이처럼 불안하기만 하다.

그런 사람을 아무리 무인이라고는 하지만, 무인의 숙명이라고는 하지만, 그를 쉽게 어쩔 수 있는 사람은 없다고 하지만 힘겨운 싸움이 예상되는 혈전장에 들이밀어 놓고 마음 편히 있을 수 있는 여인은 없을 게다.

병든 사람을 치료하는 일은 하후가 할 수 있는 일들 중에서 가장 집중도가 높은 일이고, 환자들을 치료하다 보면 잠시나마 시름을 덜 수 있기에 악착같이 매달리는 것일 뿐 그녀의 마음은 금하명에게서 떠나지 못했다.

"음양쌍검에게서는 연락이 없었죠?"

"키키키! 이번에는 하후가 틀렸네. 음양쌍검 그놈들, 숨겨논 밑천이 있었던 모양이야. 쫓던 놈에게 덜미를 잡혀서 곤혹을 치렀는데 무사히 빠져나왔고, 지금도 뒤를 쫓고 있다고 연락을 보내왔어. 자기들은 염려하지 말라더군. 함부로 호언장담하는 놈들이 아니니 믿어도 괜찮을 거야. 키키키!"

일섬단혼이 어린아이처럼 장난스럽게 말했다.

외모만 소동이 되어가는 것이 아니라 마음까지도 치기(稚氣)가 깃드는 듯.

"그래요? 정말 잘됐네요. 정말 다행이에요. 그분들, 이젠 영영 볼 수 없을 거라고 생각했는데."

하후는 정말 안심이 되는지 손을 들어 가슴까지 쓸어내렸다.

환한 미소, 생기있는 눈동자, 사람을 염려하는 마음······.

하후의 아름다움은 미모에서만 표출되는 것이 아니었다. 빙후와 함께 남해이미(南海二美)로 지칭되는 외모도 사람을 긍휼히 여기는 마음에 가려질 때가 있으니.

"키키! 복도 많은 놈······."

일섬단혼이 알지 못할 소리를 중얼거렸다. 하나 그 말의 의미를 깨닫지 못하는 사람 또한 없었으니.

하후가 살포시 얼굴을 붉히며 말했다.

"음양쌍검께서 계속 뒤를 추적하고 있으니 조만간 그들 근거지를 알아낼 수 있을 거예요. 그보다는 정작 우리가 문제네요."

"……?"

"혈살괴마도 세상에 환히 드러났지만 쌍미천향교도 마찬가지예요. 가가와 우리, 숨겨놓은 한 수가 있나요?"

"글글…… 죽음이…… 글글…… 임박했군."

"단지 실력을 파악하기 위해서 복건무림 어디에 내놔도 뒤지지 않을 고수들을 죽음으로 내몬 그들이에요. 반대로 생각해 봐요. 해남무림이 해남파로 일통되었다고 해도 어려운 일이죠. 적의 실력을 알아보자고 그만한 무인들을 죽음으로 내몰 수 있나요?"

먹은 것이 없힌 듯 답답하게 가슴을 짓누르던 불안의 정체는 바로 이것이었다.

해남무림에서 백포인들만한 무인들을 꼽으라면 누굴 꼽을 수 있을까? 음양쌍검은 어림없다. 남해십이문의 당주들이라면 붙어볼 수 있겠지만 승보다는 패배 쪽으로 많이 기운다. 생각으로라도 서로 비등하다고 여길 수 있는 사람들은 장로들밖에 없다.

남해십이문의 장로들.

그들을 과연 적의 실력이나 알아보자고 죽일 수 있는가.

백포인은 했다.

그들의 세력은 얼마나 광범위한 것이며, 얼마나 많은 고수들이 준비되어 있단 말인가. 또 그만한 세력이면 소림사나 무당파와도 어깨를 견줄 수 있을 터인데 어떻게 아직까지 문파조차 드러나지 않은 것일까. 복건성(福建省)에 생각이 있었다면 벌써 모습을 드러냈을 일이다. 나서기만 했다면 단숨에 휘어잡았을 터이다.

백포인은 죽음을 피하지 않는다.

그들은 싸우러 오기 전부터 죽음을 알고 있었던 듯 목숨에 대한 애착이 전혀 없었다.

무엇이 그들에게서 죽음의 공포를 앗아간 것일까?

그만한 고수들이 이름자조차 남기지 못하고 무명인으로 죽어갔다. 백포로 전신을 감싸서 인간이 아닌 조직체의 부속물로 죽어가게 만들었다.

상대는 싸우기도 전에 질리게 만든다.

"개방이 손을 뗐다는 것은 공격이 임박했다는 말일 수도 있어요. 운이 좋으면 하루나 이틀 뒤. 최악이면 일각이나 이각 뒤. 그리고 싸움이 벌어지면 백포인들에게 죽음을 명했듯이 씨를 말려야 끝나는 싸움이 될 거예요."

"키키! 어차피 죽으려고 중원에 들어섰으니 오늘 죽으나 내일 죽으나. 금가 놈은 삼명에 들어섰을까? 요천에 있다고 했으니 마음만 먹으면 들어섰을 텐데."

"아뇨."

하후는 눈으로 보기라도 한 듯 단정적으로 말했다.

"이 사람들은 상공께서 삼명에 들어서는 걸 원하지 않아요. 그전에 마무리 지을 거예요."

"그럼…… 가가하고 우리가 같이 공격받는다는 거네요?"

무공이 강해질수록 말수가 줄어들고 있는 빙후가 오랜만에 입을 열었다.

"낄낄! 왜? 서방이 공격받는다니까 한달음에 달려가고 싶냐?"

일섬단혼의 농담 섞인 말에 빙사음은 피식 웃었다.

"우리는 몰라도 가가는 걱정하지 않아요."

"우리는…… 몰라도?"

"쌍미천향교가 혈살괴마를 공격한다면 전 혈살괴마 쪽에 점수를 더 주겠어요."

단순한 믿음이 아니었다. 어쩌면 금하명과 가장 가깝게 다가갔다고 할 수 있는 무공을 지녔기에 할 수 있는 자신감이었다.

"글글…… 그럴 수…… 글글…… 있겠지."

천소사굉이 동조했다.

빙후와 천소사굉의 믿음 섞인 말들은 하후로 하여금 마음 놓고 모종의 결단을 내릴 수 있게 만들어주었다.

"가가는 버텨내실 거예요. 저도 그렇게 생각해요. 삼명에 들어가기가 쉽지 않겠지만 상공께서는 반드시 청화장 문턱을 넘어서실 거예요. 동생 말대로 문제는 우리……. 해결해야죠."

"상당한 놈들이던데, 꽤 힘든 싸움이 되겠군."

하후는 웃었다, 의미심장한 미소를 머금고.

일거수일투족이 감시되고 있다.

천소사굉의 이목에도 걸려드는 사람은 없지만 누군가가 지켜보고 있다는 사실만은 믿어야 한다.

설아와 노노는 사람들이 가득 모여들어 발 디딜 틈도 없게 될 때까지 횃불을 들고 가마 주위를 맴돌았다. 일명 쌍미천향교라 불렸던 가마다.

"뭐 하는 거래?"

"글쎄? 낸들 알겠나. 신의께서 시키신 일이라니 뭔가 하는 것 같기는 한데……."

사람들의 웅성거림이 끊임없이 새어 나왔다.

설아와 노노는 마치 의식이라도 행하는 양 가마를 맴돌다가 우뚝 멈추어 섰다. 그리고 모두가 전혀 예상하지 못했던 행동을 벌였다. 횃불을 가마에 던져 버린 것이다.

"엇! 싸, 쌍미천향교를 태우잖아!"

"이게 도대체 무슨 일이래?"

설아와 노노는 사람들의 웅성거림을 뒤로하고 하후가 머물고 있는 모옥을 향해 걸어 들어갔다.

"이제 쌍미천향교는 필요없는 모양일세. 신의께서 자리를 잡으시려는 것 아냐? 제발 우리 마을에 머무셨으면 좋겠네만."

"그럼 오죽 좋겠나."

쌍미천향교가 활활 타올라 재가 될 때까지 사람들은 흩어지지 않고 신의가 나오기만을 기다렸다. 신의라고 부르기에도 황망한 성녀께서 문을 열고 나오시기만을. 하지만 문은 끝내 열리지 않았다.

노노와 설아는 모옥 안으로 들어서기 무섭게 방바닥에 뚫어놓은 토굴로 몸을 날렸다.

여우는 항상 굴을 세 개 만들어놓는다고 했나.

하후는 머무는 곳이면 어느 곳이나 몸을 피할 수 있는 탈출로를 만들어놓곤 했다.

그 일은 항상 노노 몫으로 돌아왔다. 해남의 세 노인은 노노가 감히 말을 건네기도 어려운 배분의 존장들이고, 설아는 무공을 모르니 치다꺼리라고 할 수 있는 일들은 노노가 도맡아야만 했다.

하후의 방바닥을 뜯어내고 십 장 길이의 토굴을 파는 것은 어려운 일이 아니었지만, 기껏 만들어놓으면 사용도 해보지 않고 훌쩍 떠나는 것이 못내 불만스럽기는 했다.
　이번에는 아주 요긴하게 사용하고 있다.
　"정말 잘 뚫었네. 미안해서 어떡해? 힘든 일은 모두 도맡아 하고."
　"괜찮아. 본 문에 살각이라고 이런 일에는 아주 도가 튼 사람들이 있어. 나도 조금 배웠는데, 잘 써먹네."
　"나도 무공 배우고 싶어."
　"넌 마님께 의술이나 배워."
　십 장 토굴을 뚫는 데는 많은 날이 소요되었으나 빠져나오는 데는 일 다경도 걸리지 않았다.
　토굴은 마을 밖에 자리한 송림으로 이어졌고, 송림에는 먼저 빠져나온 존장들이 기다리고 있었다.
　"낄낄! 오늘 보드라운 계집 살 좀 만지겠네. 누가 업힐래?"
　"흥! 해남에서도 쫓겨나신 분이 뭘 믿고 큰소릴쳐요! 등 따습고 배부르게 해줄 사람은 우리밖에 없다는 걸 몰라요!"
　"이크! 계집애에게 잘못 보였다간 술 배 곯겠구나."
　일섬단혼은 여전히 농담을 흘렸으나 행동만은 기민했다. 설아가 등에 업히자마자 요대로 두 사람의 허리를 질끈 동여매고는 쏜살같이 치달리기 시작했다.
　옆에는 노노를 업은 벽파해왕이 뒤따랐다. 그들 뒤로는 천소사굉이 따르며 사위를 예리하게 살폈다.
　그들은 급했다. 무공을 수련한 노노까지 등에 업고 치달릴 정도로. 그들이 평생 동안 펼쳤던 어떤 신법보다도 빠르게 치달려야만 했다. 또한 조심스러웠다. 치달리는 동안 사람은 물론이고 짐승조차 만나서는 안 되며, 풀 한 포기, 나무 한 그루까지 건드려서는 안 된다.

그야말로 불가능에 가까운 주문이다.

그렇게 한 시진 정도 치달렸을까?

커다란 강이 앞길을 가로막았다.

"저, 저기!"

천소사굉이 평소의 가래 끓는 소리도 내지 않고 얼마 떨어지지 않은 강변을 가리켰다.

쉬익! 쉭!

천소사굉 일행은 도약 한두 번 만에 배가 내려다보이는 강둑 위에 도착했다.

"계집애야, 시간없다!"

"음음!"

설아가 벙어리처럼 대답했다.

그녀의 일섬단혼에게 업힌 채로 입에 갈대를 문 상태였다. 모옥을 떠날 때부터 준비했던 듯.

일섬단혼은 벽파해왕에게 눈짓을 한 번 한 다음, 신형을 날려 뱃전 위로 날아 내렸다. 아니, 뱃전에 닿는다 싶은 순간 물방울 한 올 튀기지 않고 물속으로 스며들었다.

그 뒤를 노노를 등에 업은 벽파해왕이, 제일 마지막으로는 천소사굉이 같은 방법으로 잠수했다.

쒜에에엑!

배는 모는 사람도 없는데 쏜살같이 질주해 나갔다.

강둑, 그리고 십여 명에 이르는 백포인들.

그들은 강 한복판을 따라서 달리는 말처럼 빠르게 나아가는 배를 쳐다봤다.

"제법 머리를 쓰는 놈이 있군."

"하후라고 불리는 계집일 겁니다. 본명은 하효홍. 하 부인이라고도 불리며……."

말을 하던 백포인은 험한 눈길을 받자 입을 꾹 다물었다.

"불타는 쌍미천향교를 바라보느라 일 다경을 소비했다. 쥐 굴을 찾는 데 또 차 한 잔. 만약 저들을 놓치면 삼(三)! 자진하라."

"존명!"

명령도 대답도 망설임이라고는 찾아볼 수 없었다.

"일(一)! 육칠팔구(六七八九)를 데리고 강 건너편으로 가라. 나오는 즉시 요격(邀擊), 즉참(卽斬)! 하후와 빙후라는 계집은 생포하도록!"

"존!"

대답을 한 백포인은 대답과 동시에 신형을 날렸다. 그 뒤를 네 명의 백포인이 뒤따랐다.

"사(四)! 정확히 오 리 되는 곳에다 배를 준비해 놓도록!"

"존!"

그도 사라졌다.

남은 백포인들에게는 명령을 내릴 필요도 없었다. 명령을 내리던 자가 강둑을 따라 신형을 날리자 실에 묶여 있기라도 한 것처럼 뒤를 따라붙었다.

강 한복판.

일곱 명이 살그머니 머리를 내밀었다.

빙후와 그녀의 등에 업혀 있는 하후, 그리고 천소사굉 등등.

해남도 바닷물길을 개울처럼 여기고 살았던 그들에게 평온하기 이를 데 없는 강물은 침상처럼 포근했다.

"낄낄! 제 놈들이 아무리 날고 기어봐야 하후 머리 속을 벗어나지 못하는구먼. 빙후와 하후가 먼저 떠난다기에 왜 그런가 싶었더니. 우연히 배를 발견한 것이라면 저놈들이 속지 않았겠지? 낄낄!"

하후는 차분했다.

"들으셨겠지만 저들은 오 리밖에 기다리지 않아요. 왔다 갔다 십 리. 그동안 우리는 최대한 멀리 가야 해요. 계획대로 강을 거슬러 올라가요. 서농(西籠)까지는 대략 삼십 리. 물에서 벗어나면 안 되는데 괜찮겠어요?"

"걱정 마라. 평생을 바다와 살아온 사람들이잖니."

벽파해왕이 포근한 미소를 지으며 말했다.

第四十六章
부도황하심불사(不到黃河心不死)
황하에 이르기 전에는
결코 포기하지 않는다

부도황하심불사(不到黃河心不死)
…황하에 이르기 전에는 결코 포기하지 않는다

동녘이 밝아온다.

청악산(靑顎山)은 명산은 아니지만 인근 주민들에게는 땔감이며 사냥감을 제공하는 삶의 터전, 없어서는 안 될 귀한 산이다.

청악산에도 태양의 붉은빛이 스며든다.

금하명은 널찍한 바위에 앉아 들판에 불이 붙은 것 같은 아침 해를 쳐다봤다.

지난밤을 뜬눈으로 꼬박 지새웠다.

자신의 손에 죽어간 사람들을 위해 명복도 빌어주고, 꼭 죽일 수밖에 없었는지 후회도 했다.

그러나 죄책감은 느껴지지 않는다.

무림에 몸을 담은 이상 한쪽 발은 늘 관 속에 넣어놓고 사는 운명이지 않은가. 자신보다 강한 사람을 만나면 당장이라도 죽을 수 있는 길이지 않은가.

죽는 것이 두렵다면 농군의 길을 택할 일이다. 장사꾼이 될 것이며, 학문을 익힐 일이다.

그 모든 걸 마다하고 병기를 들었다면 한시라도 죽음을 지워서는 안 된다.

패한다와 죽는다.

삶과 죽음으로 나눠지는 극명한 갈림이지만 무인이라면 똑같은 의미로 받아들여야 한다. 단순한 패배라면 재기의 길이 한 번 더 주어진 것이고, 죽는다면 끝난 것을. 이러한 선택은 오직 승자에 마음에 따라서 결정지어지는 것.

자신보다 강한 자를 만났다면 흔쾌한 마음으로 죽음을 받아들여야 한다.

그들이 자신과 같은 마음이었을 수도 있고, 아니었을 수도 있지만 패자는 손톱만한 변명도 늘어놓을 수 없으니 겸허히 받아들여야 한다.

아버지의 죽음은 당연했다.

아버지께서는 기쁜 마음으로 죽음을 받아들였을 것 같다.

진정한 무인이셨으니까.

백납도와의 싸움이 아버지의 복수가 아니라 무인 대 무인의 싸움이란 점을 다시 한 번 확인했다. 평소에도 복수는 아니라고 누누이 생각해 왔지만 혹여 끼어들었을지 모를 복수심이 있을까 봐 밤새 살폈다.

이제는 가벼운 마음으로 싸움을 할 수 있을 것 같다.

진다는 생각도, 이긴다는 생각도 없었다.

백납도에게서 자신이 보지 못했던 더 높은 경지를 본다면 싸움을 하는 의미가 충분하다. 설혹 자신보다 약해도 자신이 가는 길에 새로운

지표 하나만 열어준다면 복건무림에 들어와서 지금까지 싸웠던 어떤 싸움보다도 가치가 있다.

백납도는 아버님을 이긴 고수이니 얻는 것이 없을지라도 시도해 볼 만은 하다.

문제는 혈흔창이다.

무릎 위에 올려진 창에서 진한 피 냄새가 풍겨난다.

피 맛을 알아서 하루라도 피를 머금지 않으면 윤기를 잃어버리는 마물.

묵창을 혈흔창으로 만든 것도 자신이다.

묵창을 만들어준 왕개 노인은 어떤 창이 되기를 바랐을까? 인의, 협의와 같은 정명한 기운이 깃든 창을 원했을까? 아니면 주인조차도 눈 아래로 깔아보는 도도한 창이 되기를 염원했을까.

다른 건 몰라도 정명한 창만은 아니었을 게다. 정상을 밟아보라고 만들어준 정하검은 결국 정상을 밟지 못했다. 많은 사람들에게 존경과 흠모를 받던 정명한 검이었는데.

아버님의 정하검과 묵창은 색깔부터가 다르다.

정하검에는 백사를 섞었고 묵창에는 주사를 섞었기 때문인가? 그렇다. 그럼 왜 왕개 노인은 멋진 빛이 흐르는 백사보다도 음침한 기운이 흐르는 주사를 섞었을까?

정상을 밟기 위해서는 많은 피를 딛고 나가야 한다는 무언의 가르침인가?

그럴 수도 있고, 아닐 수도 있지만 의미가 없다.

묵창은 혈흔창이라는 이름을 얻었고, 피 맛을 그리워하는 마물이 되었다.

마물을 버려야 하나, 계속 사용해야 하나.

긴긴밤 동안 혈흔창과 교감을 나눴지만 결론을 내릴 수가 없었다.

해남도에서 단애지투를 벌일 때다. 당시 사용하던 병기는 나무를 깎아 만든 목봉. 목봉이 곧 나요, 내가 목봉인 상태로 거칠 것 없이 나아갈 때다.

갑자기 병기의 필요성을 느끼지 못했다.

목봉이면 어떻고 나뭇가지면 어떤가. 능 총관이 만들어준 석부면 어떻고 돌멩이면 어떤가.

손에 잡을 수 있는 모든 것이 병기처럼 보이니 굳이 목봉을 들고 다닐 필요가 있을까.

그러나 그때보다 족히 두어 배는 강해졌다고 자부하는 지금, 목봉보다 더 강력한 혈흔창을 손에 잡았다.

병기가 필요없다고 생각한 것은 오만이었다. 병기가 곧 나라고 생각한 것도 엄청난 착각이었다. 단지 손에 익어서 능수능란, 자유자재로 구사한 것에 지나지 않았다.

지금은 혈흔창이 말하는 소리를 들을 수 있다. 무생물인 창이지만 원하는 것이 무엇인지 늘 속삭인다. 적을 만나면 자신보다도 혈흔창이 더 서두른다는 느낌도 종종 받았다.

혈흔창이 버겁다. 왕개 노인은 자신이 감당할 수 없는 창을 만들어주었다.

혈흔창이나 정하검이나 정상을 엿볼 자격이 있는 것만은 틀림없다.

성질이 전혀 다른 병기들로 가는 길도 다르지만, 두 병기 모두 정상에 우뚝 서면 도도하게 군림할 제왕지병(帝王之兵)들이다.

아버님은 어쩌자고 그런 병기를 소지하셨나.

억겁 동안 응어리진 한이 모두 스며든 듯한 혈흔창, 티끌만한 오점도 묻히지 않으려는 정하검.

어느 병기도 자신과는 어울리지 않는다는 느낌이다. 아니, 감히 소지할 능력이 없다고 생각된다.

자신보다 병기가 더 우월해 보일 때, 무인은 병기의 노예가 된다.

붉게 퍼지던 빛무리가 태양 한 점으로 응축되었다. 어둠은 온데간데없이 사라져 버렸고, 공동묘지처럼 조용하기만 하던 마을도 서서히 깨어나고 있다.

그제야 금하명은 피식 웃었다.

끝을 모르면서 무작정 앞을 향해 걸어가는 것이 무인의 길이라고 했나. 그렇다면 혈흔창의 도도한 기운을 흡수하는 것도 길을 가로막은 바위 정도에 지나지 않는다.

밤새도록 무얼 그리 고민했나.

정녕 감당하지 못할 병기라서 노예가 된다면 자신의 길은 거기까지가 한계인 것이며, 넘어서서 병기를 노예처럼 부릴 수 있다면 지금까지처럼 알지 못할 곳을 향해 나아가면 그만인데.

우우웅……!

혈흔창도 금하명의 마음을 읽은 듯 음침한 울림을 토해냈다.

'하나, 둘, 셋…… 여덟. 여덟.'

백포인들과는 두 번을 마주쳐 봤다. 능 총관과 함께 마주칠 때는 백포인 한 명에게 형편없이 무너졌다. 능 총관은 죽었고, 자신은 머리에 석부를 찍히는 부상까지 입었다. 두 번째는 일곱 명과 싸웠지만 큰 힘 들이지 않고 이겼다. 능 총관의 복수도 해줬다.

이번에도 숫자로는 그때와 비슷하다. 하지만 느낌은 전혀 다르다. 문득 정신을 차려보니 너무 시퍼레서 쳐다볼 수도 없는 장검 여덟 자루가 몸에 닿아 있는 기분이다.

일섬단혼과의 첫 대면은 커다란 벽을 만난 느낌이었다. 벽파해왕은 수백 년 동안 거친 파도에 다듬어져서 도저히 깨뜨릴 수 없는 옹골진 바윗덩어리 같았다. 천소사굉은 솜이었다, 목봉으로 찔러도 소용없고 후려쳐도 힘만 빠지는.

주위를 에워싼 여덟 명은 어떤 것도 뚫어버릴 수 있는 송곳이다.

칼끝? 창끝? 아니다. 피부에 닿는 느낌은 작은 점 하나에 불과하지만 순식간에 살점을 파고들어 와 뼈마디까지 뚫어버리는 송곳이다.

'굉장한 자들이다. 그것도 여덟 명. 후후! 까딱하면 삼명에 들어가 보지도 못하고 뼈를 묻겠군.'

어쩐지 혈흔창이 울음을 토하더라니.

자신은 바위에서 일어나 십여 장을 걸어온 끝에야 적을 알아챘지만 혈흔창은 벌써부터 울어대고 있었으니 확실히 혈흔창이 한 수 위인가?

우우웅! 우웅……!

혈흔창은 마음으로만 들을 수 있는 울음을 연신 토해냈다.

너무 날카로워 만질 엄두도 나지 않는 송곳들은 점점 거리를 좁혀왔다.

자신들의 움직임을 숨기려고도 하지 않는다. 혈흔창에 맥없이 나가떨어졌던 무인이라도 충분히 감지해 낼 수 있을 만큼 확연히 드러난 움직임이다.

다른 무인들이 현 상황이었다면 어떤 느낌이 들었을까?

제일 먼저 머리 속을 휘젓는 것은 부딪치고 싶지 않다는 생각일 게다. 너무 강력하고 파괴적이라서 요행히 이긴다고 해도 육신이 멀쩡하지 않을 것이라는 직감이 든다.

두 번째로는 그런 자들이 여덟 명이나 되고, 빠져나갈 수 있는 모든 공간을 차단당했다는 데서 오는 절망감일 게다.

투지는 끓어오르지 않는다. 오로지 빠져나가야 되겠다는 생각만 든다. 무인으로서는 하기 힘든 말이지만, 무력보다는 대화로 사태를 해결했으면 좋겠다는 생각까지 치민다.

'좋군. 좋은 현상이야. 혈흔창과의 부대낌이 못내 마음에 걸렸는데 잘됐어. 삼명에 들어가기 전에 혈흔창과의 문제를 해결하는 것도 좋겠지. 좋아. 혈흔창…… 네 기운을 받아들이기로 하지. 지금까지 가면을 뒤집어쓴 혈살괴마가 너를 아울렀다면 지금부터는 나 금하명 혈살괴마가 널 사용할 거야. 잘 부탁한다, 이놈아.'

금하명도 가공할 기도에 압박감을 느끼기는 했다. 하지만 피하고 싶다는 생각은 들지 않았다. 그보다는 반드시 부딪쳐 보겠다는 필살의 투지가 끓어올랐다.

찰각!

경쾌한 금속성이 터지며 창날이 튀어나왔다.

일 장 오 척에 이르는 장병, 여든 근이나 나가는 무게. 자유자재로 사용하는 데만도 상당한 수련이 필요한 병기다. 그런 만큼 내뿜는 위용도 살인적이다.

스스슷!

느릿하게 걷던 금하명의 신형이 눈에 보이지 않을 만큼 빨라졌다.

이동하는 방향은 전면 십여 장.

단애지투를 겪으며 한 가지 배운 것이 있다면 다수의 적과 싸울 때는 자신이 원하는 대로 싸울 수 있다는 점이다.

서둘 필요가 없다. 상대의 눈치를 볼 필요도 없다. 자신이 가고 싶은 곳으로 가거나 공격하고 싶은 곳을 치면 상대는 자석에 이끌리듯 따라오게 되어 있다.

지리적 이점으로 따진다면 포위 공격을 당했으니 상대가 유리한 것 같지만 생각하기에 따라서는 이쪽이 유리하기도 하다.

오 장쯤 나아갔을 때 다가오는 자들의 모습이 확연히 보였다.

예상했던 대로 백포로 전신을 감싼 자들이다. 한결같이 검을 들었다. 일신의 화후는 복건무림에서 가장 강했던 자, 경시하지 못할 만큼 빠른 검속을 지녔던 자 청양문주와 비교해도 전혀 뒤처지지 않을 것 같다.

상대가 백포인이다. 포위하여 다가오는 이유를 짐작한다. 문답(問答)은 무용(無用).

슈우욱!

전면에서 다가오는 백포인을 향해 다짜고짜 창을 찔러 넣었다. 순간, 백포인도 마주쳐 오며 환상처럼 손을 움직였다.

창창! 창창창!

짓쳐 나가고 마주쳐 오고…… 순식간에 엇갈렸다. 그사이에 창과 검은 다섯 번이나 부딪쳤다.

백포인과 금하명은 서로의 옷깃조차 건드리지 못했다. 금하명의 창은 검이 그려내는 호선(弧線)인 검막(劍幕)을 뚫지 못했고, 백포인은 장창을 제치고 들어서지 못했다.

'생각보다 더 강하다!'

신경이 바짝 곤두섰다. 정신을 바짝 차려야만 당하지 않는다는 급박

함이 스멀스멀 피어났다.

이번 격돌에 사용한 초식은 일섬곤에서 진일보한 섬광곤, 그리고 파괴력에서는 단연 으뜸이라는 건곤곤이다.

일섬단혼처럼 쾌의 정화를 얻은 사람이 아니면 막을 수 없을 것이라는 섬광곤이지만 백포인은 막아냈다. 응축된 태극오행진기가 회전력까지 빌어서 쏟아낸 건곤곤도 백포인을 물러서게 하지는 못했다.

섬광곤은 쾌검으로 맞받아 쳤고, 건곤곤은 후나(螻挪)와 같은 원리인 이화접목(移花接木) 수법으로 비켜냈다.

쉬익! 휘이잉!

격돌을 벌인 백포인은 등 뒤에 두고 새로이 나타난 백포인을 향해 십자곤을 뻗어냈다. 쾌검의 전설이라는 십자검에서 유래한 환과 쾌의 정화.

탕! 탕! 타타땅!

이번 격돌도 한 번의 부딪침으로 끝나지 않았다.

창과 검이 연속적으로 뻗어 나왔다. 달리는 호랑이의 등 뒤에 올라탄 형국이었다. 서로의 손속이 너무 빨라서 물러서면 당하겠기에 필사적으로 병기를 뻗어낼 수밖에 없는 상황.

이번에는 탄황(彈簧)과 남명(濫溟)을 창에 실었다.

혈흔창이 피리가 떨리듯 가늘게 떨리면서 뻗어나갔다. 검과 부딪치는 순간 응축된 태극오행진기가 일시에 터졌다.

벽파해왕도 경시하지 못한 공격이었으나 백포인은 너무도 손쉽게 막아냈다. 탄황은 반복된 타격으로 받아쳐 왔다. 이는 수법은 다르지만 탄황과 같은 종류의 무리이지 않은가. 남명이 모습을 드러내는 순간에는 이유제강(以柔制剛)으로 슬쩍 빠져나가 버렸다. 태극오행진기의 가공할 내공력은 철저하게 피한다.

앞서서 부딪쳤던 백포인과 같은 수법이다.

'음······!'

금하명은 남몰래 신음을 터뜨렸다.

주위를 에워싼 백포인들은 전에 만났던 백포인들보다는 확실히 한 수 윗길의 고수들이다. 하지만 까마득히 차이가 벌어지는 정도는 아니다. 굳이 비교하자면 청양문주 정도라고나 할까?

그 정도의 무공이라면 벌써 두 명의 생명을 거뒀어야 당연하다. 그러나 그렇지 못했다. 어찌 된 연유인지 백포인들은 창이 뻗어 나올 시기와 방향, 각도는 물론이고 창에 곁들여져 있는 무리까지 환히 꿰뚫고 있다.

자신의 무공을 연구했고, 상대할 방법을 찾았다는 결론이다.

얼마 전에 힘없이 죽어간 백포인 일곱 명은 헛되이 죽은 게 아니었다. 그들이 이들에게 이런 힘을 주었다.

상대할 방법을 찾아냈어도 마음에서 우러나오는 무리를 순식간에 파악하기란 쉽지 않다. 쉽지 않은 정도가 아니라 거의 불가능에 가깝다고 해야 한다.

이들은 해냈다.

그것은 무엇을 말하는가. 금하명 자신도 알지 못하는 고벽(痼癖)이 있다는 것을 의미한다. 불필요한 동작, 사전 동작, 예비 동작······ 상대가 눈치챌 수 있는 허점이 있는 게다.

무엇일까?

초식으로 판별하는 것은 간단하다. 섬광곤은 일직선으로 뻗어나가고, 십자곤은 십자 형태를 띠며, 건곤곤은 손에 들린 창이 맹렬한 회전을 일으킨다.

그러나 그 속에 내포된 무리까지 파악해 낸다는 것은……?

확실히 고벽이다.

이들은 자신이 어떤 초식에, 어떤 무리를 즐겨 사용하는지 파악해 냈다.

섬광곤은 빠름에서 으뜸, 어떤 무리도 가미하지 않았다. 오로지 태극오행진기의 빠름에만 의존하고 있다. 반대로 말하면 상대 역시 빠름으로 대처하면 된다는 뜻이 된다.

건곤곤은 파괴력에서 으뜸. 남명처럼 병기가 목적한 곳에 닿는 순간 응축된 진기가 폭발하는 무리를 실으면 파괴력은 더욱 강해진다. 중도에서 검을 밀어내기 위해 다가오는 병기는 탄황으로 제쳐 낸다.

완벽하다 싶었던 초식들이 허무하게 무너졌다.

단 두 번뿐인 마주침이었지만 금하명은 유불리를 냉정하게 파악해 냈다.

백포인들이 모두 모습을 드러냈다. 짐작했던 대로 모두 검을 뽑아 든 상태였으며, 검진(劍陣)까지 연성한 듯 팔방(八方)을 점하고 거리를 좁혀왔다.

행동이 꽉 짜인 틀처럼 질서정연하다.

검은 중단(中段)에 놓여졌고, 한 번에 반 걸음씩 차분하게, 조심스럽게 접근한다.

금하명은 마음을 비웠다. 백포인들을 보지 못한 듯, 싸움 자체를 잊어버린 듯 철저하게 마음을 비웠다. 마음뿐만이 아니다. 눈길도 싸움터를 떠나 푸른 하늘로 향했다.

싸움을 포기한 모습, 죽음을 담담히 기다리는 모습.

그럼에도 백포인들은 변화를 보이지 않았다. 방심하는 모습이라든가 기회가 포착되었다고 서두는 모습 같은 것이 일체 보이지 않았다. 지금까지처럼 담담하고 차분하게 반보씩 걸음을 좁혀올 뿐이다.
쉐엑! 솨악! 차착!
백포인들의 검이 움직임을 보이기 시작했다. 중단으로 겨눠졌던 검이 일제히 좌상방으로 올라가는가 싶더니 둥글게 반원을 그리며 우하단으로 내려졌다. 움직임은 계속되었다. '찰칵' 하는 소리와 함께 검신을 반대로 고쳐 잡고 정중앙으로 치솟아올랐고, 다시 '찰칵' 하며 검신을 하단으로 바꿨다.
군무(群舞)를 추듯이 일사불란한 행동이다.
그 즈음 금하명은 아예 눈을 감아버린 듯 눈꺼풀을 내리깔았다.
'진기를 흘리지 않는다, 한 올도. 보는 눈, 듣는 귀, 냄새를 맡을 수 있는 후각까지 닫아버린다. 진기가 오로지 몸 안에서만 맴돌 수 있게끔. 이 싸움은 태극오행진기의 자생력에 내 몸을 맡겨야 해.'
싸움을 포기한 것은 결코 아니다. 그렇기에 전신 감각을 닫아걸었다. 육신의 힘을 포기하고, 진기의 힘에 의존하기 의해서. 그것만이 적을 이길 수 있는 길이라고 믿었기에.
적이 환히 알고 있는 초식을 사용하면 필패다. 그러나 몸은 마음과 같지 않게 익숙한 초식을 펼치려고 한다. 적의 공격을 눈으로 보거나 귀로 듣거나 마음으로 느끼면 자신도 모르게 대처할 수 있는 최적의 절초를 펼치게 되어 있다.
그것이 바로 적이 원하는 방법, 지는 길이다.
적이 알지 못하는 무공을 펼쳐야만 이길 수 있는데, 불행히도 비장의 수법을 가지고 있지 않다.

아직 펼쳐 보지 않은 허간곤이나 아버님의 절학을 발전시킨 대환곤을 펼쳐 볼까 하는 생각도 있었지만 이내 포기하고 말았다.

자신을 이만큼 연구한 자들이라면 십자곤, 허간곤, 대환곤에 대해서도 손바닥 들여다보듯이 알고 있을 게다. 물론 그에 상응하는 반격 수법도 준비해 놓았을 테고.

그런 상태에서 적을 이길 수 있는 방법은 압도할 수 있는 빠름이나 알아도 대응하지 못할 파괴력뿐이다. 아니면 알면서도 당할 수밖에 없는 변화이거나.

빠름은 백포인들도 가지고 있다. 한두 명은 저승 고혼으로 만든다 해도 여덟 명 모두를 물리치지는 못한다. 변화나 중압감도 마찬가지다. 한두 명쯤은 상대할 수 있지만 여덟 명은 벅차다.

지는 길밖에 없는 싸움인가.

한 가지가 있다. 적이 알지 못하는 것. 그것은 바로 금하명이 스스로 창안하고 운용하는 진기의 근본이다. 바로 태극오행진기. 본인 스스로 태극오행진기라는 이름을 붙였으니, 적들은 내공심법의 이름조차 모르고 있으리라. 운용 형태는 더 더욱 알 수 없을 테고.

이 세상에서 태극오행진기에 대해 알고 있는 사람은 금하명 자신 외에 딱 두 사람, 하후와 빙후뿐이다.

그걸로 승부한다. 적이 알지 못하는 내공으로.

본인이 의도하지 않아도 스스로 운행되는 태극오행진기. 하루 십이 시진, 잠을 자는 동안에도 살아서 움직여 끔찍할 만큼 막대한 내공을 쌓아주고 있는 요물.

스스슥……!

기해혈(氣海穴)을 노리고 달려드는 검촉(劍觸).

기해혈에서도 기운이 일어난다. 송곳같이 날카로운 기운에 대응해서 구생지력(求生之力)을 일으키고 있다. 생기지해(生氣之海), 생기의 바다란 뜻에서 기해란 이름이 붙었으니 일어나는 기운도 생기. 밝음, 희망, 활력이 넘치는 기운이다.

파앗!

혈은창이 기해혈의 움직임을 쫓았다. 생기의 움직임에 한 발 앞서서 누군가의 검에서 뻗어졌을 예기를 마주쳐 갔다.

타앙!

보지 않고 뻗어낸 창이 검신을 튕겨 냈다. 탄황, 남명, 후나…… 어떤 무리도 깃들어 있지 않은 평범한 손길에.

창과 검의 부딪침은 은은한 울림을 손아귀에 전달시켰다.

울림을 전해받은 태극오행진기가 태릉혈(太陵穴)로 집중한다.

손목 안쪽, 완관절(腕關節) 양근육 사이의 요함처(凹陷處).

태릉혈을 창대에 밀착시킨 후, 집중되는 진기를 창대로 쏟아 부었다. 의지는 심지 않았다. 몸과 마음을 완전하게 죽이고 진기의 뜻만을 쫓았다.

파앙!

혈혼창이 공기를 찢어발기며 날아갔다.

금하명이 할 일은 창대가 완전히 손아귀에서 빠져나가지 않도록 끝부분을 움켜쥐는 일.

퍼억! 뚜욱!

일 장 오 척에 이르는 장창이 살과 뼈를 헤집고 들어갔다. 눈을 감은 상태라서 누가 어떻게 당했는지는 모르지만 손에 전달되는 감촉으로 한 생명이 스러졌다는 것쯤은 알 수 있다.

예기(銳氣)가 쏟아져 들어온다.

전면에는 석문(石門), 오른쪽 옆구리로는 장문(章門), 왼쪽 옆구리로는 일월혈(日月穴). 뒷면에는 네 개다. 뒤통수로 부백(浮白), 오른쪽 어깨 쪽으로 곡원(曲垣), 독맥의 요처인 명문(命門), 왼쪽으로는 혼문혈(魂門穴)이 만개하는 꽃처럼 활짝 열린다.

태극오행진기의 대응은 오른쪽 발바닥 밑에 있는 연곡혈(然谷穴)에서부터 일어났다. 진기가 연곡혈에서 발뒤꿈치 태종혈(太鍾穴)로 밀려가자, 금하명의 오른발은 등 뒤를 향해 번쩍 들려졌다.

진기는 의식으로는 도저히 따라갈 수 없을 속도로 움직였다.

음곡혈(陰谷穴)이 당겨질 때는 무릎이 접혔다. 곡지혈(谷池穴)이 자극을 받아 팔을 오므렸고, 발바닥에 있는 태백혈(太白穴)로 집중할 때는 앞 발부리에 힘을 주어 도약했다.

무아경에서 펼쳐 내는 창법이다.

금하명이 창안했던 창법들과 내공이 혼연일체가 되어 펼쳐 내는 창무(槍舞)다.

퍽퍽퍽! 타앙! 차앙! 퍼억!

생전에 한 번도 펼친 적이 없었던 몸동작이 이어질 때마다 혈육이 튀었다. 잘려진 육편과 붉은 핏줄기가 새아침의 상쾌함을 지옥으로 바꾸어놓았다.

관절의 연골들이 서너 배는 유연해진 것 같다. 등은 척추가 없는 문어처럼 낭창낭창 휘어진다.

태돈(太敦), 은백(隱白), 태도(太都), 태백(太白), 공손(公孫), 용천(湧泉)…… 발바닥에서 일어난 진기들은 금하명을 어디로 튈지 모르는 예측불가의 신법을 펼치게 만들었다.

손가락 끝의 다섯 개 혈, 손바닥의 네 개 혈, 손목의 열 개 혈은 혈흔창을 섬광곤처럼 빠르게 전개시켰다. 건곤곤처럼 강하게, 십자곤의 변화보다도 더욱 난해한 변화를 펼쳐 냈다.

촌각이라고 할까, 일 다경쯤 흘렀다고 할까. 금하명이 눈을 떴을 때 주위에는 백포인 다섯 명이 말 그대로 피떡이 되어 누워 있었다.

다른 세 명도 무사한 모습은 아니었다.

이 장 밖으로 물러나 어깨까지 들썩이며 가쁜 숨을 내뱉는 모습이 수십 일 동안 쉬지 않고 싸운 사람처럼 피곤해 보였다. 뿐만 아니라 그들 육신 또한 피로 흠뻑 젖어 있어서 혈포인이라고 부르는 것이 마땅했다.

금하명은 허공에 혈흔창을 휘둘러 창날에 묻은 핏물을 떨궈내며 말했다.

"가. 가서 기다려. 너희들이 누구인지, 왜 나를 죽이려 하는지, 왜 능 총관을 죽여야 했는지 조만간 알게 되겠지. 알면 내가 찾아갈게. 그때까지 기다려."

백포인들의 눈가에 살기가 일렁거렸다. 그러나 공격을 가해오지는 못했다.

쉭! 쉭쉭!

백포인들이 신법을 펼쳐 사라져 갔다.

"알게 될 거야, 너희들이 누구인지. 그때 남은 셈을 치르자고. 그러나저러나 좋군."

금하명의 눈길은 다시 하늘을 좇았다.

자신이 펼쳤던 무공은 태극오행진기가 부려낸 사술(邪術)이 아니다. 감각을 극상으로 끌어올려 적의 허점을 파악한 후 치고 들어가는 것이 허간곤법의 요체. 감각보다도 본원적인 태극오행진기를 허간곤법처럼 사용하면 심신일체(心身一體)의 무공이 나오지 않을까 싶었는데, 생각이 맞아떨어졌다.

목숨이 달린 싸움에서 퍼뜩 떠오른 생각에 운명을 맡겼던 것이다.

됐다, 이것으로 무인의 길을 한 걸음 더 내딛었으니.

금하명은 천천히 걷기 시작했다.

❷

때로는 침묵이 어떤 말보다 강한 말이 될 수도 있다.

칠흑 같은 어둠 속에서 들려오는 음성없는 말은 죽음보다 진한 공포를 안겨주기도 한다.

빛이라도 있었으면, 찍찍거리는 쥐새끼 울음소리라도 들려왔으면.

두 시진이나 흘렀다. 두 시진 동안 숨소리 한 올 들리지 않는 침묵이 이어지고 있다.

입 안에 침이 고였으나 삼킬 엄두가 나지 않는다. 목구멍을 넘어가는 침 소리가 천둥소리처럼 크게 울릴 것 같아서 감히 삼킬 엄두가 나지 않는다.

머리끝에 피가 몰려 차라리 자진하는 편이 낫다고 생각될 즈음, 권태로움이 물씬 풍겨나는 음성이 들려왔다.

"양쪽 모두 실패. 한쪽은 코빼기도 보지 못한 채 물러났고, 한쪽은 궤멸. 너무 망신스러워서 입을 열 수도 없군요."

여인의 음성이다.

여인은 말을 하는 것도 따분해서 견딜 수 없다는 투로 말을 이었다.

"이모(二謨). 전에 한 말이 가물거려서 그러는데, 뭐라고 했죠?"

"……."

대답하는 음성은 없었다.

"놈이 청화장 식솔을 아끼는 한 죽일 기회는 열 번도 넘는다. 놈을 죽이는 건 시간문제다. 내 기억이 잘못됐나요?"

이번에는 대답이 있었다.

"존주! 전에 말씀드렸던 대로 놈은 존주만이 상대할 수 있는 극상승 고수입니다. 얼마 전까지만 해도 십패(十覇)를 대안으로 내세울 수 있었으나, 지금은 불가(不可)! 십패의 승률은 많이 잡아야 사 할. 놈은 하루가 다르게 강해집니다. 존주! 부디 하명을!"

긴 침묵 끝에 터져 나온 말이지만 한 치도 어눌함이나 주눅듦이 없는 당당한 음성이었다.

"일모(一謨)! 본녀를 무시하겠다는 건가요?"

여인의 음성에 생기가 실리기 시작했다. 권태로움을 이기지 못하던 사람이 갑자기 흥밋거리를 발견했을 때와 같은 반응이다.

"대시(大侍)는 입 다물라!"

호통 소리가 대청을 쩌렁 울렸다. 사방이 꽉 막힌 곳이라서 울림은 더욱 컸다. 아니, 숨소리조차 들리지 않았던 정적 때문에 원래 소리보다 더 크게 들렸는지도 모른다.

"호호호호!"

여인은 재미있다는 듯이 웃어 젖혔다. 그리고 조롱이라도 하듯 말투를 비틀어 말했다.

"일모, 그 말에 책임질 수 있나요? 난 지금 알몸이에요. 존주님의 허벽지에 앉아 있고. 흥분을 참기가 힘들군요. 존주님이 너무 뜨거워서…… 아! 빨리 어젯밤처럼……."

여인의 마지막 말은 콧소리에 가까웠다.

'양기(陽氣) 방사(放射)! 이는 동자공(童子功)이 깨졌다는 뜻! 아니다. 존주님이 한낱 계집 때문에…… 동자공이 필요없어졌다. 존주님의 내공은 이미 무극(無極)이 이르렀다! 아! 이제 거칠 게 없다! 이 세상 누구도 존주님을 막지 못한다!'

부복해 있는 백포인들은 아무 말도 꺼내지 않았다. 하지만 생각은 같은 방향으로 흘렀다. 백포인 네 명의 어깨가 미미하게 흔들리고 있는 것을 봐도 알 수 있다.

"이제 알겠어요! 난 이제 대시가 아니라 주모예요, 주모! 그대들이 머리 조아려 모셔야 될 주모!"

승자의 음성은 항상 밝다. 속삭여도, 소리쳐도, 음울하게 말해도 밝다. 여인처럼 득의에 차서 경멸하는 말투로 내뱉어도 밝다는 것은 부정할 수 없다.

"대…… 공(大功)을 축하드립니다!"

"경하드립니다, 존주!"

백포인들은 일제히 머리를 조아리며 칭송을 터뜨렸다.

"사모(四謨), 경하는 나에게 먼저…… 헉! 으음……."

여인의 음성이 갑자기 중단되었다. 그리고 의자가 삐걱거리는 소리와 함께 격렬한 비음이 터져 나오기 시작했다.

"아, 아무리 급해도…… 헉! 으으음…… 아! 존주! 아!"

살과 살이 부딪친다. 의자가 몸살을 앓는 듯 삐걱거린다. 그러다 자세를 바꾸는지 약간의 움직임이 일어났고, 곧이어 따귀를 후려치는 듯한 소리가 대청을 가득 메웠다.

여인은 자지러졌다. 원래 비음을 잘 내는 여인인지, 아니면 자신도 모르게 내뱉는 소리인지는 모르지만 소리만 들어서는 최고의 쾌락을 즐기고 있음이 분명했다.

"아아! 아! 그, 그만! 아악!"

일 다경가량 지속되던 정사가 여인의 비명을 끝으로 마무리되었다.

"정말 대단했어요. 어저께 그렇게 하고도 또…… 존주님은 타고난 색골(色骨)…… 컥! 커커컥!"

여인의 음성 속에 답답함이 묻어 나왔다. 급작스런 비명에서 놀람으로, 절망으로…… 그녀의 입에서 흘려낸 소리는 똑같은 말이었으나 내포된 의미는 전혀 달랐다.

이윽고 대청에서 여인의 음성은 사라졌다.

"좋군."

낮게 깔린 사내의 음성이 들렸다.

"그대들도 여자를 죽일 일이 있으면 이렇게 죽이도록. 아무리 방중술이 하찮은 계집이라도 목 졸려 죽으며 꿈틀거릴 때는 천하의 요부가 되지. 목석도 사정하고 말 거야."

"……"

백포인들은 말대꾸조차 할 수 없다는 듯 침묵으로 일관했다.

휘익! 터엉!

여인의 몸뚱이가 날아가 벽에 부딪쳤다.

짙은 혈향이 콧속을 파고든다. 몸이 터졌을 리는 없고 머리가 깨졌을까? 어쩌면 몸이 터졌을지도 모른다, 존주의 내공이라면…….

"난 너희들의 머리가 하찮게 보여. 쓸모없는 근심 걱정으로 가득 찼을 뿐이야. 자, 말해 봐. 나보고 어떻게 하라고?"

"……"

백포인 네 명은 입을 열지 못했다.

존주는 세상에서 제일 아끼던 여인을 가차없이 죽여 버렸다.

이유? 이유를 모른 척하기에는 네 백포인의 머리가 너무나 뛰어나다.

존주는 자신의 영역에 끼어드는 자를 용납하지 않는다. 사방에 빙 둘러 권위라는 울타리를 만들어놓고 그 누구의 기웃거림도 허용하지 않는다.

존주인 척하면 죽는다. 존주의 이름을 빌어 위세를 떨치려고 해도 죽는다. 존주가 곁에 두는 사람은 남녀노소를 불문하고 말 한마디에 죽고 사는 노예들이지 벗이 아니다.

대시는 여인이기에 죽었다. 그토록 오랜 세월 동안 존주를 모셔왔으니 성격을 누구보다 잘 알 터인데. 몸을 섞어 주모가 되었다는 일순간의 방심이 그녀를 죽음으로 몰아넣었다.

"해남 반도들 손에 흑운을 맡기는 일은 어찌 됐나?"

이번에는 즉답이 튀어나왔다.

"예정대로 진행 중입니다. 지금쯤 해남도로 들어가는 배를 타고 있을 겁니다."

"겁니다?"

"죽을죄를! 정정합니다! 오늘 유시(酉時), 흑운 백팔 명이 해안진(海安鎭)에서 배를 탑니다. 해남도에서는 본문 제칠공(第七功)만 사용하라고 지시해 놨습니다."

"그거면 해남도의 귀신을 몰아내고 애송이들이 전권을 휘어잡는다이 말이지?"

"아닙니다. 해남 전력을 칠 할 정도 깎는다면 최상의 결과입니다."

"다시 명을 전해라. 잔머리는 필요없다. 펼칠 수 있는 모든 무공을 펼치라고 해."

"그러면 무림 전체가 뒤집어질…… 알겠습니다. 명을 받듭니다."

존주에게 백포인들은 고양이 앞에 쥐보다도 못했다. 쥐는 살기 위해 발버둥이라도 치련만 백포인들은 의견을 피력할 만한 용기조차 생각할 수 없었으니까.

흑운이 모든 무공을 펼치게 되면 기대치는 한층 올라간다. 해남 전력을 칠 할 정도만 쇄진시킨다고 해도 최상의 결과라고 생각했지만, 명이 하달되면 최소한 칠 할은 소진된다.

해남파는 존재 가치가 의문시될 만큼 약해지는 것이다.

거기까지는 좋다. 하나 존주의 생각은 그 이상을 달리고 있다. 남은 힘을 모두 투입하는 한이 있더라도 해남파를 지워 버리려고 한다.

복건에 이어 광동, 해남까지…… 한 지역을 차지한 문파가 아니라 광범위한 땅을 소유한 왕이 되는 것이다.

중원무림이 가만히 있을까? 남은 팔파일방이 들고일어나지 않을까? 그들의 약점을 손아귀에 쥐고 있기는 하지만 중원 최강의 방파가 생겨나는데 지켜만 볼 사람들인가?

존주의 복심은 명확하다. '그까짓 것!'

존주가 차디찬 음성으로 말했다.

"그동안 손실이 얼마나 되나?"

"백사검(百死劍) 중 열일곱, 이십팔(二十八) 검총(劍總) 중 다섯, 오류하(五流河) 중 한 명입니다."

"오류하? 누가 오류하를 움직이라고 했나!"

"혈살괴마가 스스로 찾아갔습니다."

"누구야, 당한 게?"

"청양문주입니다."

"미련한 놈…… 어설프게 가르치지 않았거늘. 진작 도태되었어야 할 놈인가……."

존주의 음성에는 조금치의 애착도 담겨 있지 않았다. 능력없는 자는 죽고, 강한 자만이 살아남을 수 있다는 냉혹한 뜻이 읽혀졌다.

"금하명이 삼명으로 향했습니다. 어찌하오리까……."

존주의 무공이 무극에 이른 이상 사모(邪謀)는 불필요한 존재가 되었다. 허수아비가 되었다. 곁에 있다가 물으면 대답하는 가치없는 존재로 전락했다.

의견 개진은 죽음을 불러온다.

그렇다. 존주에게는 적이 없다. 구파일방조차도 안중에 두지 않는다. 단신으로 중원을 휘두를 능력을 구비했으니 수하들의 존재란 목적을 달성하는 데 소용될 도구 정도에 지나지 않는다.

지금까지 추진해 왔던 모든 일들이 백지화된다.

존주가 재미있다 싶으면 계속 이어지는 것이고, 흥미를 잃으면 폐기된다.

힘! 존주는 힘으로 밀어붙일 생각이다.

"가라고 해."

"……."

"백납도와 싸우겠지? 재미있겠어. 나도 가서 보지, 너희들을 질리게 만든 놈이 어떤 놈인지."

소름이 돋는다. 존주의 말뜻은……. 목숨이 칼날 위에 놓였다. 저런 놈에게 쩔쩔맸냐는 생각이 들게 되면 그 즉시 죽임을 당한다. 우습게도 금하명이 백납도를 이겨주기만 바랄 처지가 되었다.

"이모, 청화장 잔당들을 쓸어버린다고 했는데…… 어떻게 됐어?"

이모는 식은땀을 흘렸다.

"복건무림을 이용하여 금하명을 치게 하는 것은 성공했습니다. 이제 금하명은 얼굴을 내놓고 다닐 처지가 못 됩니다. 하물며 청화장 문주라고는 도저히 말할 수 없는 입장. 놈과 청화장은 완전히 분리되었습니다."

"그걸 물은 게 아닌데, 너도 늙었군."

"죄송! 변수가 생겼습니다."

이모라 불린 백포인이 다급히 말했다.

"귀찮군. 변수라니. 그게 모사라는 사람이 할 소린가?"

"놈들은 백사검의 습격을 받은 후, 곧바로 청화장으로 달려갔습니다. 놈들을 쓸어버리는 것은 언제라도 가능하나 소현(素賢) 부인(婦人)이 눈뜨고 지켜보는 앞에서는……."

"소현?"

백포인은 앗차! 싶었다. 소현의 소(素) 자도 입에 담아서는 안 되는 것을.

백포인은 황급히 머리를 조아리며 용서를 구하려 했다.

퍼억!

갑자기 이마가 화끈거린다. 무엇인가 뜨거운 물줄기가 콧등을 타고 흘러내린다. 곧이어 극심한 두통이 치미는가 싶더니 의식이 아득한 곳으로 떨어져 내린다.

'소리도 들리지 않았는데…… 눈치조차 채지 못했는데…….'

백포인이 세상에서 떠올린 마지막 생각이다.

이모의 신형은 목석처럼 둔탁하게 무너졌다.

"너무 귀찮았어. 언제부터 말이 많아진 거야?"

"……"

다른 백포인들은 입을 다물었다.

"놈들이 청화장에 있다면 놔둬. 쥐새끼처럼 살 곳은 잘도 찾는군. 그보다…… 능완이라는 계집은 아직도 백가에 있나?"

"넷!"

"손 탔어?"

"존주님의 뜻이 머무는 곳에 거역이란 있을 수 없습니다."

"잘됐군. 이번 나들이에는 거둬야 할 계집들이 많아서 재미있겠어. 사천당문의 계집도 있다던데?"

"청화장에 머물고 있습니다."

"청화장? 참 질긴 인연이군. 어떻게 모든 끈이 청화장과 이어져 있나. 질긴 인연이야. 더러운 인연인가? 괜찮아. 그게 더 재미있어."

'많이 변하셨다. 억눌렀던 색심이 봇물처럼 터지는 건가. 아니면 이것이 존주의 본모습인가.'

백포인들의 조아린 머리는 땅에 닿아 떨어지지를 않았다.

암울함이 치민다. 앞날이 어둡다.

장수로서 패장(覇將)은 어느 시대나 존재한다. 과거에도 존재했고, 현재에도 존재하며, 미래에도 힘을 바탕으로 한 용장은 등장할 게다. 하나, 군주는 다르다. 패왕(覇王)이 세상을 주무르는 것은 한 세대뿐이다. 하물며 폭군(暴君)이 되어서는 제명에 죽지도 못한다.

세상의 이치는 어느 곳에서나 매일반이다. 무공을 바탕으로 하는 무림에서는 모순이지만 더욱 그렇다. 성정이 폭급한 무인이나 색심으로 물든 무인치고 오래 산 사람이 없다. 이것도 모순이지만 그런 무인들은 무공이 강하면 강할수록 빨리 죽는다.

강한 힘을 드러낼 때는 덕(德)이 밑바탕에 깔려 있어야 되는데······.
"이따 술시(戌時)에 출발할 테니 준비해 놔."

일어나 나가라는 뜻.

대청에 들어온 이후 처음으로 존주를 쳐다볼 수 있는 기회가 생겼다. 하지만 차라리 보지 않는 편이 나았을 것을.

어둠에 익숙해진 백포인들의 눈은 차마 못 볼 것을 보고 말았다.

알몸의 존주가 역시 알몸인 시녀들에게 둘러싸여 있는 모습을. 그리고 연신 움직이고 있는 존주의 손을.

❸

'아버지······.'

술을 따랐다.

몇 년 만에 따르는 술인가. 너무 까마득해서 몇십 년은 흐른 것 같다. 너무 세월이 흘러서 아버지의 얼굴조차도 가물거린다. 손에 잡힐 듯이 명확하게 그려졌다가도 뿌옇게 흐려진다.

임종마저 지켜 드리지 못한 불효자식.

검에 맞을 때는 얼마나 아프셨을까. 미흡한 자식을 남겨두고 어찌 눈을 감으셨을까.

묘지는 몰락한 가문의 묘답지 않게 잘 다듬어져 있었다.

잡초 한 포기 구경할 수 없었고, 석대와 비석에도 이끼 한 점 묻어 있지 않았다.

참으로 정성스럽게 가꾼 묘다.

이래서 아버지는 기쁘실까? 이래서 편안하게 계신 건가?

묘를 가꿀 사람은 어머니밖에 없다.

보지 않았어도 본 듯이 그릴 수 있다. 밥 먹는 일처럼 하루 일과 중 빼놓아서는 안 될 일과가 묘지에 오는 것이었으리라. 잔디도 다듬고 풀도 뽑으면서 단 한 마디도 대답하지 않는 아버지에게 끊임없이 잔소리를 늘어놓으셨을 게다.

금하명은 피에 전 혈흔창을 제대에 올려놓고 재배를 올렸다.

아버님을 모실 때 절을 올리고는 처음으로 올리는 절이다.

피 냄새가 물씬 풍기는 창 한 자루, 그리고 값싼 화주 한 병.

그래도 흐뭇해하실 것 같다.

청화장을 오대세가와 버금가는 가문으로 융성시키겠다는 것이 아버지의 길이라면, 자신의 길은 어디가 끝인지도 모를 무인의 길을 하염없이 걷는 것.

부자간이지만 가는 길은 다르다. 하나 화공이 아니라 무인이 되었다는 것만으로도 아버지께서는 기뻐하실 것 같다. 어쩌면…… 정말 어쩌면 무림을 등지고 화공이 되기를 바라셨을지도 모르고.

절을 올린 후에는 혈흔창을 집어 들었다.

쒜엑! 쒜에엑! 파앗!

혈흔창이 공기를 가른다. 섬광곤법, 십자곤법, 허간곤법…… 백포인들과 싸우며 터득하게 된 이름없는 무공까지 모조리 선보였다. 아버님

부도황하심불사(不到黃河心不死) 165

께서 그토록 완성하고 싶어 하셨던 대환검법까지 창으로 펼쳐 냈다.

"됐습니까?"

'아직도 이 아비를 따라오려면 한참 멀었다.'

"아버님보다 나을 텐데 그러네."

'못된 송아지 엉덩이에서 뿔난다고, 헛바람만 잔뜩 들었구나.'

"웬만하면 괜찮았다고 말해 주지. 옳은 소리 한다고 혓바늘 돋는 것도 아닌데."

금하명의 눈가에 이슬이 맺혔다.

아버지와의 추억이라면 야단맞은 것밖에 없는데, 귀청을 쩌렁 울리던 호통 소리가 이토록 그리워질 줄이야.

"가야겠어. 다음에는 번듯하게 제상 차려 드릴게."

'제상은 그만두고, 네 얼굴이나 가져와라.'

금하명은 벼락이라도 맞은 것처럼 부들부들 떨었다.

돌아가신 아버님이 말을 할 리는 없다. 아버지와 주고받은 대화도 모두 자신의 마음속에서 만들어진 것이다. 때로는 포근하게, 때로는 비웃으며 말씀하셨지만 모두 자신의 말이다. 살아 계셨다면 이렇게 말씀하셨을 거라고.

그런데…… 제 얼굴을 가져오라신다.

생면부지 초면인 혈살괴마의 절은 받기 싫으니 당신의 자식을 돌려달라신다.

금하명은 발을 떼어놓지 못하고 묘 앞에 털썩 주저앉고 말았다.

혈살괴마로 역용한 가장 큰 이유는 백포인들을 끌어내기 위해서다. 백포인들을 끌어내는 과정에서 자신 곁에 모여들 사형제들의 무의미한 희생을 방지하기 위함이다.

진면목을 드러내면 전부는 아니더라도 십여 명쯤 되는 사형제들이 모여들 것이다. 그들은 백포인들의 공격에 자유롭지 못하게 되고, 결국은 죽임을 당한다.

현재도 백포인들은 자신이 금하명이라는 건 알고 있다. 하나 금하명이 아니기 때문에 자신만 독하게 마음먹으면 사형제들을 떼어놓을 수 있고, 곁에 없으니 공격도 받지 않는다.

실제로 그렇게 되고 있지 않은가.

곁에 있으면 공격받고 없으면 받지 않는다.

또 하나 큰 이유가 있다. 백포인들의 주목을 끌어당기기 위해 살겁을 저질렀지만 이는 인의대협으로 명성이 자자하던 아버님의 얼굴에 먹칠을 하는 행동이나 다름없다.

물론 자신은 정당한 싸움을 했다. 무림에 몸을 담은 무인으로서 강한 자들, 도전해 오는 자들과 싸웠다. 혈살괴마가 아니라 금하명이 저질렀다고 해도 당당하다고 할 수 있다.

그런데 복건무림은 그렇게 생각하지 않는다.

비무란 무공을 비교하는 선에서 그쳐야 한다고 생각한다. 피치 못할 경우에는 목숨을 앗을 수도 있지만, 말 그대로 피치 못할 경우뿐이다.

혈살괴마처럼 도전해 오는 사람들을 태반이나 죽이게 되면 마인으로 낙인찍힌다.

병기를 맞댄 자에게는 최선을 다해야 하고, 그리하다 보면 생과 사를 가르는 것은 어쩔 수 없는 운명인데도.

복건무림과 금하명이 생각하는 무인의 길은 확연히 다르다.

하후는 그런 점을 알고 있기에 혈살괴마로 역용시켰다.

악역을 혈살괴마에게 떠맡겨 금하명만은 자유롭게 풀어주려고.

금하명 자신도 하후의 뜻에 따랐다. 사형제들의 애꿎은 죽음도 미연에 방지하고, 아버님 얼굴에 먹칠을 하지 않아도 되고, 백포인들을 만날 경우에는 자비를 남기지 않아도 되고.

이런 일들은 누가 하는 것인가.

결국은 혈살괴마가 아니라 금하명 자신이 하는 행동이지 않은가. 자신이 벌인 일을 혈살괴마에게 뒤집어씌운다면 그거야말로 마인의 행동과 다를 바 없지 않나.

사형제들이 공격을 받아도 어쩔 수 없다. 사형제들도 무인들이니 강자나 약자를 불문하고 싸울 줄 알아야 한다.

만약 자식이 있다면…… 자식에게도 이런 말을 할 수 있을까? 병기를 들었으니 상대가 누구든 싸울 일이 생기면 무조건 싸워라. 싸우다 죽게 되는 건 어쩔 수 없다고. 그게 무인의 숙명이라고. 자식에게도, 눈에 넣어도 아프지 않을 자식에게 매몰찬 말을 할 수 있을까?

금하명은 심각하게 생각했다.

자식은 피부에 와 닿지 않으니 하후나 빙후처럼 아끼고 사랑하는 사람을 죽음이 거의 확실시되는 싸움판에 내몰 수 있는지 자문했다.

생각의 끝은 불가(不可)다.

자신 혼자만의 문제라면 얼마든지 죽음 속으로 뛰어들 수 있지만 사랑하는 사람들이 죽어가는 모습은 차마 보지 못하겠다.

'안 돼. 그것만은…….'

그러다 퍼뜩 깨달아지는 것이 있었다.

세상은 평온하지만 무림은 평온하지 않다.

사람들은 웃고 떠들며 살지만 무인들은 밀림의 맹수들처럼 철저한 약육강식의 세계에서 산다. 방금 먹이를 잡았어도 자칫 한눈을 파는 날에는 곧바로 뒷덜미를 채이고 만다.

맹수의 새끼들도 마찬가지다.

오죽하면 호랑이의 새끼도 생존율이 이 할밖에 되지 않을까.

무인은 밀림의 맹수들처럼 병기를 잡는 순간부터 죽을 때까지 정신 바짝 차려야 한다.

새끼들뿐만이 아니라 다 자란 맹수라 할지라도 천적을 만나면 여지없이 잡아 먹힌다. 새끼들을 염려할 틈조차 없다. 같은 이유로 새끼들이 잡아 먹혀도 슬퍼할 겨를이 없다.

밀림의 법칙, 맹수들의 법칙, 무림의 법칙.

무림은 밀림이다.

자신이 죽어도 남은 사람들에게는 슬픔이 되는 것. 곁에 있는 사람이 죽으면 자신 역시 슬픔으로 가득 차는 것. 무인이란 슬픔을 가슴 한쪽에 밀쳐 놓은 사람들만이 발을 디딜 수 있는 곳.

약간이나마 위안을 받을 수 있는 것이라면 맹수가 새끼들을 보호하듯이 강한 자만이 주위 사람들을 보호할 수 있다는 것이다.

주위 사람들을 보호할 만큼 강한가?

아니다. 자신할 수는 없다. 하지만 무인의 길을 걷는 것과 마찬가지로 목숨이 끊어지는 순간까지 보호할 생각이다.

'이것으로 된 거지. 우리 모두 그렇게 살아가는 거야.'

혈흔창을 발밑에 놓고 가부좌를 틀었다. 그리고 태극오행진기를 주시했다.

역용을 풀기 위해서는 사내가 준 단환을 십 일 동안 복용해야 한다.

인피면구를 떼어내고, 인피의 색깔과 같은 색깔로 변색된 피부색을 원래로 돌리려면 그만한 시간이 필요하다. 역용을 할 때도 힘들었지만 풀 때도 쉽지만은 않다.

금하명에게는 다른 방도가 있다.

어떤 이물질도 침입을 불허하는 태극오행진기가 있다. 태극오행진기를 일시에 전신 모공으로 뿜어내면 단숨에 이물질을 제거할 수 있다. 살을 탈색시킨 약물도 단숨에 밀려날 게다.

스으으읏! 파앗!

맹렬히 휘돌던 진기가 어느 한순간 세침(細針)보다 더 작은 화살이 되어 전신 모공을 꿰뚫고 밝은 세상으로 뛰쳐나갔다.

전신으로 진기를 방사(放射)하는 일은 동서고금(東西古今)을 통틀어 듣지도 보지도 못했던 기사(奇事)다. 내공을 생명처럼 여기는 무인들이 한 터럭도 남기지 않고 단전을 텅 비운다는 것은 있을 수 없는 일이다.

금하명은 그런 일을 했다.

역용이나 풀자고 무모한 행동을 한 것은 아니다. 삼명에 들어서기 전에 백포인들과 싸우지 않았다면 생각지도 못했을 행동이다.

이제는 서슴없이 한다.

태극오행진기가 곧 자신임을 알았기 때문에. 진기가 죽으면 자신도 죽는 것이고, 자신이 죽으면 진기도 죽기 때문에.

너무 당연한 말인가? 아니다. 이것이 태극오행진기만이 지닌 묘용이다. 진기를 사용하고 또 사용해도 고갈되지 않는 이유는 생명력이 있기 때문이다. 그리고 진기의 생명력이란 자신의 생명력과 동일한 선상에서 움직였다.

진기가 곧 생명이고, 생명은 살아 있다는 것을 의미한다.

자신이 죽지 않는 한 단전은 비워지지 않는다.

추측에 불과한 게 아니다. 믿음이나 확신 따위도 필요없다. 땅은 영원히 땅인 것처럼 생각할 필요도 없는 진리다.

다른 내공심법은 운기(運氣)와 축기(縮氣) 과정을 거친다.

태극오행진기는 하루 십이 시진 쉬임없이 운용된다. 운기도 필요없고, 축기도 필요없다. 내공을 운기하느라고 정신을 집중할 필요도 없다. 그것은 바로 끊임없이 윤회하는 태극과 오행의 순환 고리가 혈도들을 엮어주고 있기 때문이다.

천하제일의 내공심법이라고 자부해도 무방하지 않은가.

비우면 비워진 만큼 채워주니 내공이 고갈되어 병기조차 들지 못하는 일은 발생하지 않으리라.

스스스슷!

진기가 빠져나간 자리는 곧바로 다른 진기가 자리를 차지했다. 그리고 여느 때와 마찬가지로 음은 양으로, 양은 음으로 자석에 이끌린 듯 휘돌았다.

얼굴에서 떨어져 나온 혈살괴마의 인피면구를 집어 들었다.

백이면 백, 사람 가죽이라고 할 만큼 정교하다.

인피면구는 품 안에 갈무리했다.

손을 들어 살색도 살펴봤다. 정상이다. 누리끼리하던 살색은 오간데 없고 불그스름한 혈색이 감돈다. 모발도 정상으로 돌아왔을 게다.

"아. 크흠!"

소리도 내보고 헛기침도 해봤다.

목소리도 자신의 목소리로 돌아왔다.

아버님을 만난 기념…… 그래, 금하명으로 다시 하자.

*   *   *

음살검은 번화한 거리를 걸었다.

음양쌍검 같은 사람들에게는 대도읍보다는 산이나 들이 더 어울렸다. 또 실제로 사방이 환히 트인 곳이 마음에도 들뿐더러 잠행술을 펼치기도 수월했다.

대도읍이라고 잠행술을 펼칠 수 없는 것은 아니다. 도읍에서는 도읍에 맞게, 물에서는 물에 맞게 그때그때마다 부딪치는 환경에 부합되는 은둔술이 있다.

백포인은 대도읍에 들어서기 무섭게 좁디좁은 골목길로 들어섰다.

아무리 배짱이 좋은 사람이라도 전신을 하얀 백포로 휘감은 상태에서 대로를 활보할 수는 없었으리라.

음살검은 일정한 간격을 두고 백포인의 뒤를 쫓았다.

뜻밖의 깨달음으로 구류음둔공을 새로운 경지로 끌어올린 후에는 천하의 누구라도 미행할 수 있다고 자부하는 터이다. 무려 나흘 밤낮 동안이나 백포인의 뒤를 밟았어도 눈치채는 기색이 전혀 없다는 것만으로도 구류음둔공의 진가를 설명할 수 있지 않은가.

백포인이 떼어놓는 발자국 소리를 귀로 듣고, 방향을 감지하고……골목을 휘돌았다 싶을 때에서야 몸을 드러냈다.

백포인은 보이지 않는다. 하지만 어디로 갔는지는 알 수 있다.

지금까지 이런 식으로 미행을 했으니 뒤를 밟힐 우려는 없다.

스스스스슥……!

음살검의 발이 미끄러지듯 움직였다.

삼명다루(三明茶樓).

골목길에 다 쓰러져 가는 다루가 보였다.

 워낙 후미진 곳에 위치해 있어서 찾는 사람이나 있을까 싶다. 그래도 장사는 해야겠는지 다루 주인으로 보이는 사내가 의자에 앉아 꾸벅꾸벅 졸고 있다.

 '삼명다루…… 삼명? 그럼 여기가 삼명?'

 지금까지 그는 자신이 어디에 있는지도 알지 못했다. 온 신경이 백포인에게 집중되어 있어서 주위를 살필 겨를이 없었다. 그의 뒤를 쫓고 있는 양광검은 다소 여유가 있으니 벌써 알고 있을 터이지만.

 '삼명성(三明省). 이곳이 삼명성이군. 어쩐지 번화하더라 싶더니 삼명성이었어.'

 다른 곳은 몰라도 삼명성만은 잊을 수 없다. 그와 어떤 연분이 있어서가 아니라 남해검문 금지옥엽의 남편인 금하명이 태어나고 자란 곳이지 않나.

 만홍도에서 만날 때만 하더라도 이렇게까지 질긴 인연으로 이어질 줄은 짐작도 못했는데. 그때다.

 "바쁘지 않으면 차 한잔 들고 가지 그러우."

 꾸벅꾸벅 졸던 다루 주인이 언제 눈을 떴는지 게슴츠레한 눈길로 쳐다보며 말했다.

 '이런!'

 음살검은 낭패한 안색을 떠올렸다.

 골목길이라지만 시끌벅적한 번화가의 소음이 고스란히 전달되는 곳이다. 다루 주인의 음성쯤은 무시해도 좋을 성싶다. 하나 그런 무시가 죽음으로 다가온다면 믿겠는가.

부도황하심불사(不到黃河心不死)

백포인쯤 되는 자는 항시 뒤를 경계한다. 사람 발길이 드문 골목길에서 들려오는 소리라면 더욱 귀를 쫑긋 세워서 듣기 마련이다. 이 정도의 사람 음성이면 충분히 듣고도 남는다.

"차 마실 돈이 있으면 떡이나 사 먹겠소. 배고파 죽겠는데 누굴 약 올리나."

음살검은 뒷골목 건달들이 흔히 하는 말투를 흉내 내어 말했다. 그러면서 바쁘게 걸음을 놀리려고 했는데…… 얄궂게도 다루 주인은 눈치조차 없는지 재차 말을 건네왔다.

"사람 인심이 그런 게 아니지. 차라고 해봤자 결국은 잎사귀 끓인 물에 불과한데 물 한 잔 주지 못할까. 오쇼. 한 잔 줄 테니 입가심이나 하고 가쇼."

두 번이나 음성이 새어나갔다. 아니, 자신의 목소리까지 합하면 세 번째다.

'난 틀렸어. 빌어먹을! 양광검에게 맡겨야겠군.'

음살검은 내키지 않지만 어쩔 수 없이 다 쓰러져 가는 다루로 들어섰다.

피치 못할 사정만 아니었다면 평소라도 결코 들어서지 않았을 다루다. 켜켜이 쌓인 먼지 하며, 코를 찌르는 곰팡이 냄새 하며…… 이런 곳에서도 차를 마시는 사람들이 있기는 한 건가.

그러나 음살검의 태연하던 마음은 다루에 발을 들여놓기 무섭게 전혀 다른 방향으로 바뀌었다.

"양광검이라는 사람은 보이지 않는데, 빨리 오라고 하쇼."

다루 주인은 백포인이 사라진 골목을 예리하게 훑어보며 귓속말처럼 작은 음성으로 속삭였다.

"누구냐."

음살검도 작은 음성으로 말했다. 진한 살기를 담고. 다루 주인에게서 조금이라도 무인의 냄새가 풍겼다면 벌써 검이 뽑히고도 남았겠지만, 다루 주인은 평범한 사람에 불과했다.

"죽기 싫으면 빨리! 여긴 호굴(虎窟)이오. 난 경고했으니 당신 친구에게 잘못된 일이 벌어지면 내 책임은 아니오."

다루 주인에게서는 거짓이 엿보이지 않았다. 얼굴 표정은 다급했고, 골목길을 쳐다보는 눈길은 불안으로 가득했다. 하나, 해남도라면 모르겠거니와 해남도에서 가까운 광동성도 아니고 한참 떨어진 복건성에서 그들을 도와줄 사람은 없는데…….

'무슨 수작인지는 모르겠지만 헛수작이면 죽인다.'

음살검은 생각을 굳혔다.

다루 주인이 양광검을 정확하게 지목한 것은 누군가 그들을 알고 있는 사람이 손을 쓰고 있다는 말이 된다. 더군다나 불안한 눈길이 다른 곳도 아니고 백포인이 사라진 골목길을 향하고 있으니 적어도 백포인과 동일한 부류는 아닌 것 같다.

"쯔으…… 쯔으으…… 쯔읏……."

음살검의 입에서 귀뚜라미 소리 같기도 하고 아닌 것 같기도 한 이상한 소리가 흘러나왔다.

잠시 후, 양광검이 어슬렁거리며 다루로 들어섰다.

"뭐야?"

음살검은 대답하지 않았다. 대신 다루 주인을 노려보며 눈빛으로 설명을 촉구했다.

"저 문을 열고 나가면 작은 골목이 나올 거요. 그 길로 쭉 가다 보면 반쯤 열린 뒷문이 보일 거고. 그리고 가쇼. 어서!"
 다루 주인이 골목길에서 눈을 떼지 않은 채 말했다.

 음양쌍검은 진기를 가득 끌어올려 양손에 운집했다. 언제 어디서 기습이 가해져 오더라도 즉각 반응할 수 있는 태세를 갖췄다.
 뚜벅! 뚜벅……!
 그들의 발걸음 소리는 평범해 보인다. 그러나 한 걸음, 한 걸음…… 떼어놓는 걸음걸이마다 피가 말리는 긴장이 배어 있다.
 "여긴가 보군."
 양광검이 반쯤 열린 뒷문을 먼저 발견했다.
 "내가 먼저 들어가지."
 양광검은 음살검이 뭐라고 말할 틈도 주지 않고 뒷문으로 불쑥 들어섰다.
 큰 부자는 아니더라도 작은 부자의 후원쯤 되는 곳.
 네다섯 평쯤 되는 작은 연못도 있고, 어른 키만한 석탑도 두 개가 눈에 띈다.
 오밀조밀하게 꾸며졌지만 사람이 몸을 숨길 공간은 없어 보인다.
 삐걱!
 주방 뒷문으로 보이는 곳이 열리며 뭘 하다 나왔는지 구정물을 뒤집어쓴 뚱뚱한 여인이 모습을 드러냈다.
 "뭐 해, 이리 오지 않고."

 음양쌍검은 입을 쩍 벌린 채 다물지 못했다.
 뚱뚱한 여인을 따라서 주방을 거쳐 회랑을 두 번이나 돌아서 들어선 작은 방.

가구라고는 침상 하나와 탁자 하나, 의자 세 개가 전부인 방.

그곳에 전혀 생각지 못했던 인물이 앉아 있었다.

"다, 당신이 어떻게……?"

음살검은 너무 뜻밖의 인물을 만나서인지 말조차 더듬었다.

"금하명은 나의 의제죠. 의제를 위해서 나도 뭔가는 해야 하지 않겠소. 난 고수도 아니고, 머리가 좋은 것도 아니고…… 같이 다녀봤자 짐만 될 것 같아서 미리 떨어져 나왔지."

"그럼 그때부터 계속 여기서……."

"여기서 청화장은 지척지간이오. 백궁(白宮)은 바로 코앞이고. 아! 백궁이란 쌍검께서 뒤쫓던 백포인들을 말하는 거요. 우연히 그들이 말하는 것을 들었는데 백궁이란 말이 튀어나옵디다. 그 후부터 그들을 말할 때는 백궁이라고 부르고 있죠."

'우연히'라는 말은 없다. 백궁이란 단 두 글자를 듣기 위해 야괴는 밤낮으로 귀를 열고 있었으리라.

대해문 귀제갈에게 고용된 백팔겁(百八劫)의 겁주(劫主).

누구를 죽이라는 청부를 받았다면 틀림없이 해냈을 것이다. 살각과 전각, 두 각이나 나선 남해검문의 정예와 맞붙어 당당하게 금하명을 지켜낸 실력자들이었으니까. 아니, 청부를 받은 순간부터 인간이기를 포기한 인간 말종들 백팔겁이 되었으니까.

백팔겁이 야괴만 남기고 몰살당했다고 해서 남해검문을 치켜세울 사람은 없다. 오히려 몰살당하면서까지 금하명을 지켜낸 백팔겁이 더욱 크게 자리매김한 사건이 되리라. 중원 사대(四大) 살맥(殺脈) 중 일맥(一脈)으로.

"어쩐지…… 대륙에 들어서자마자 할 일이 있다며 사라지더라니. 그런데 궁금한 건…… 우리도 한참 뒤에야 그놈들을 알기 시작했는데 어떻게……."

"후후! 내가 신이 아닌 이상 어찌 알았겠소. 당시 떨어져 나올 때는 칠대 백팔겁을 추리자는 의미뿐이었소. 난 혼자서는 아무것도 못하는 위인이잖소."

"하하! 야괴가 그런 사람이라면 지나가는 개도 웃겠네. 은신술로는 살각의 적엽은막공이 단연 뛰어나지. 한데 압도적인 우위를 차지하지 못한 건 죽음을 무릅쓴 결사(決死). 야괴를 함부로 봤다간 큰코다칠 거요."

야괴의 외눈은 무감정했다.

"백팔겁을 추리고, 다시 합류하러 가는 길에 의제의 집이나 들러야 겠다고 왔는데…… 살각 무인들보다 더욱 은밀하게 움직이는 자들을 봤소. 삼명에서. 의제의 고향에서. 그놈들이 누군가 알아본다는 것이 그만 눌러앉고 말았소."

음양쌍검은 고개를 끄덕였다.

자신들도 백포인에게 죽을 고비를 맞았다. 그들을 상대할 고수는 정녕 손에 꼽을 정도일 게다. 하물며 그들의 뒤를 캐낼 수 있는 사람은 더 더욱 드물 게다.

그러나 이들은 할 수 있다. 무공으로는 상대가 되지 않지만 평범 속에 진리가 있는 법. 가장 평범한 사람들이 될 수 있는 이들이기에, 무인이 아닌 평범한 사람으로서 그들에게 접근할 수 있었던 게다.

그래도 너무 대담하지 않은가. 그들이 오가는 길목에다 다루를 차려 놓다니.

"아! 다루. 의심할 수가 없지. 거긴 원래부터 있던 곳이오. 전 주인이 죽기 전에는 차 맛이 일품이라서 골목에 있으면서도 사람들이 북적거렸는데…… 이젠 하루 한 명도 손님이라고는 구경할 수 없지. 그래도 문은 열어놓고 있소. 하하하!"

음양쌍검은 큰 짐을 던 기분이었다.

야괴가 알고 있는 것은 음양쌍검이 목숨을 열 개쯤 내놔야 알아낼 수 있는 귀한 정보들이었으니까.

그들은 시간이 흐르는 줄도 모르고 낮과 밤을 지새우며 술잔을 기울였다.

第四十七章
피일시야(彼一時也), 차일시야(此一時也)
그때는 그때고 지금은 지금이다

피일시야(彼一時也), 차일시야(此一時也)
…그때는 그때고 지금은 지금이다

저벅, 저벅, 저벅……!

사람의 발걸음 소리가 이토록 무거울 수 있을까. 천근만근 가슴을 짓누를 수 있을까.

금하명은 다가서는 사람들을 보며 가슴이 납덩이라도 얹힌 듯 답답했다.

진승의(陳承義), 이등강(李騰江), 왕봉승(王鳳升)…….

밥을 먹을 때도, 잠을 잘 때도 한 손에는 항상 검을 쥐고 있었던 검귀들.

청화장 문도들 중에 단연 으뜸을 꼽으라면 청화이걸이다. 그런데 청화이걸 다음이 누구냐고 물으면 의견이 분분해진다. 금하명이라는 사람도 있고, 능완아라고도 한다. 혹은 이들을 꼽는 사람도 있었다. 진승의, 이등강, 왕봉승…….

자신만의 검을 갖고자 불철주야 고심했던 사형들.

썩 반갑지만은 않다. 사형으로 왔다면 두 손을 움켜잡고 눈물이라도 흘리련만, 백납도의 그림자인 칠살음(七殺陰)으로 왔으니 차라리 만나지 않느니만 못하지 않은가.

"너였구나. 반갑다."

일 장 앞까지 다가와 걸음을 멈춘 진승의가 말했다.

"……."

금하명은 아무 소리도 하지 않았다. 할 수가 없었다.

멀찍이 떨어진 곳에서부터 검을 뽑아 든 사형들. 진기를 가득 끌어올린 사형들.

사형들이 운공하는 진기는 아버님의 절학인 천우신기(天宇神氣)다.

일곱 가닥 진기의 흐름이 느껴진다. 머리끝 백회혈(百會穴)에서부터 발바닥 밑에 있는 용천혈(湧泉穴)까지 전신 혈도가 모두 감지된다. 천우신기가 어느 정도의 빠르기로, 어느 경맥을 흐르고 있는지, 또 세기는 어느 정도인지.

태극오행진기는 천지자연과 조화를 이루려고 한다. 그러다 보니 주위에 흐르는 기운들은 자연스럽게 감지해 낸다. 그것이 상대가 운용하는 본신 진기의 흐름을 알아챌 정도이니 상대에게는 최대의 불행이라고나 할까.

싸움이다. 사형들은 싸움을 준비하고 있다.

"사부님의 묘는 상시 감시 대상지 중에서도 으뜸으로 꼽히는 곳이다. 넌 머리가 뛰어나니 그 정도는 알고 있었을 테고. 우리가 나타나리란 것도 예상했겠구나."

"형은 항상 그랬어."

"무슨 말이냐?"

"칠검이라고 했지, 청화장에서는. 일곱 검귀. 서로들 멀찌감치 떨어져 있는 것 같지만 언제나 함께 움직였어. 그리고 형은 항상 맏이 노릇을 했고."

"그랬나?"

"지금도 그렇잖아."

"검을 버리고 창을 들었구나. 사부님께 미안하지 않니?"

"청화장을 버린 건 망해 버렸으니까 그럴 수 있다고 해도…… 사부란 사람을 죽인 백납도에게 밥을 얻어먹는 건 괜찮나?"

"혈살괴마가 된 것보다는 낫지."

"보는 건 알았는데 사형들인 줄은 몰랐어."

"보지 않았어도 네가 들고 있는 그 창은…… 많은 말을 해주지. 혈흔창. 이름도 섬뜩하군."

"에이, 칠살음만큼이나 섬뜩할까."

"삼명을 떠나라. 창을 버리고 붓을 들어. 넌 그림을 좋아했잖아. 지금이라도……."

여기서도 문답무용이다.

금하명은 창을 들어올렸고, 칠살음은 말문을 닫았다.

함께 웃고 울던 사이, 그러나 지금은 서로의 가슴에 병기를 겨눠야 한다.

"우린 모두 오산(誤算)했다. 모두 다. 우리들뿐만이 아니라 능완아까지. 휴우! 백궁이란 곳이 있다, 삼명에. 너무 은밀하게 숨어 있어서 아는 사람도 몇 안 돼. 그들이 몇 명이나 되는지도 모르고. 분명한 건 그들 개개인이 우리들보다 훨씬 강하다는 거야. 그중 어떤 자들은 백납도만큼이나 강해. 참고로 말하자면 백납도는 우리 일곱 명의 합공을 무너뜨렸다, 아주 손쉽게."

'유언?'

금하명은 진승의 말에서 어두운 냄새를 맡았다. 지금은 칠살음이 아니라 사형제로서 말하고 있는 게다.

"우리가 봐주마, 네 무공이 얼마나 늘었는지. 혈살괴마 이야기는 귀가 따갑게 들었다만…… 직접 눈으로 봐야 믿겠어."

사형들의 진기가 요동친다.

극강 상태로 끌어올려지기도 하고 일 푼쯤 사정을 남기기도 한다.

차마 독수를 펼칠 수 없음인가? 아니다. 처음부터 죽일 마음을 갖지 않았다. 이는 백납도의 명을 좇아서 온 것이 아니라 사형제 간의 정리로 온 것을 의미한다.

'그랬군. 어쩐지 이상했어. 아버님이 돌아가시자마자 등을 돌린 게 믿어지지 않더니. 강한 무공, 인증된 무공을 배우고자 했다면 구파일방에 입문했을 거라고 하지 않았나. 그랬단 말이지.'

찰칵!

창날이 튀어나왔다.

오른손으로 창날 중단을 잡고 창대 끝을 오른쪽 겨드랑이 밑으로 빠져나오게 땅을 향해 겨눴다, 옆으로 비스듬히.

쏴아아아!

진기들이 극강으로 끌어올려진다.

금하명의 위세를 본 후 태만할 수 없다고 판단한 듯하다.

그 생각이 맞다. 역용을 풀면서 배웠던 진기 방사를 시전하고 있으니, 검을 겨누고 있는 사람들은 막대한 심적 압력을 받고 있을 게다.

검이 무거워지고, 호흡이 가빠지고.

상대의 기를 죽여 버리는 것.

이는 싸움에서 최상책이다. 상대로 하여금 감히 싸울 마음조차 들지 못하게 만드니까.

단지 느낌으로 기를 죽이는 것이 아니라 실직적인 진기 방사로 기를 누르고 있으니 죽을 맛일 게다.

"무변(無變)이 백팔십변(百八十變)으로 이어지니 환무(幻舞)!"

금하명의 입에서 쩌렁 하고 일갈이 튀어나왔다. 동시에 혈흔창이 수십 가닥의 환영을 그려냈다. 너무 빨라서, 너무 화려해서 어느 것이 진창(眞槍)인지 구분할 수 없는 아름다움이 피어났다.

"심신일체(心身一體) 정기일전(精氣一轉)하여 티끌만한 기운도 엿볼 수 없으니 무허(無虛). 무허는 빛으로 변하여 쏘아지니 광전(光電)!"

화려한 꽃봉오리가 활짝 펼쳐지며 사방으로 비산했다. 꽃잎 하나하나가 빛살처럼 빠르고 섬세했다. 방패를 지녔어도 들어올리기도 전에 몸에 닿아버릴 빠름이었다.

"일수 일수마다 태산을 담으니 압악(壓岳)!"

땅! 타당! 따앙……!

격렬한 금속음이 터져 나왔다.

칠살음이 들고 있던 검은 거세게 튕겨 올라 하늘에 흩뿌려졌다.

금하명의 공격은 여기서 멈추지 않았다.

"이 셋이 하나로 뭉쳐서 일어나니 대환(大桓)!"

'막을 수 없어!'

칠살음은 피할 생각도 하지 못하고 멍한 표정으로 죽음의 손길을 쳐다봤다.

대환! 그것은 빛의 터짐이다.

너무 넓게 퍼져 있어서 피할 곳이 없고, 너무 빨라서 막을 수가 없고, 너무 강해서 산산이 부서져 버린다.

눈을 아리게 하던 환상무(幻像舞)는 피어났다 싶은 순간에 스러졌다. 너무 빠른 순간에 일어났다가 사라진 광채여서 거울에 반사된 빛이 잠시 눈에 아른거린 것만 같았다.

"이, 이것이 대, 대환, 대환, 대환검!"

"아! 대, 대환!"

칠살음은 격렬하게 몸을 떨었다.

그들의 몰골은 처참했다. 옷은 걸레나 다름없이 찢어졌고, 피부 곳곳에 혈흔이 비치기도 했다. 얇은 면도(緬刀)로 정성스럽게 그어놓은 듯한 상처들.

그러나 칠살음 중 자신의 몰골에 신경을 쓰는 사람은 없었다.

얼마나 고되고 치욕스런 세월이었나. 청화장 무공을 그렇게나 확신했건만, 백납도 한 사람에게 풍비박산난 못난 무공에 불과했으니. 노력하고 노력해도 좌절만 느껴졌는데…….

칠살음이 격정에서 미처 깨어나기도 전에 금하명이 낭랑한 음성을 토해냈다.

"오늘이 구월 초나흘. 이달 보름, 청화장 봉문(封門)을 풀 거야. 청화장 문도는 한 사람도 빠짐없이 모여야 할 것이며, 이에 불응시에는 청화장 문주로서 문도를 정리해야겠지."

칠살음은 얼어붙었다.

금하명은 사형들의 심정을 헤아렸다. 사내는 겉으로 눈물을 흘리는 것이 아닌데 울고는 싶으니 몸이 굳어질 수밖에.

"사형들이 모두에게 통보해 줘. 통보를 받지 못했다는 사람이 나오면 사형들을 문책할 거야. 두 가지가 더 있어. 하나는 진 사형이 맡아줘야겠어. 청화장이 몰락하게 된 원인은 백납도 때문이니 결자해지(結者解之). 백납도에게 전해줘. 청화장 봉파(封破) 대전(大戰)에 초대한다고. 초대장은 사흘 전쯤에 도착할 거야. 미리 준비나 해두라고."

"알겠다."

"사형, 말투 고쳐야겠어. 문주 대접 좀 해주면 어디가 덧나?"

"후후후! 후후후후! 심고원려(深考遠慮)라고 생각했는데 무망(无妄)에 불과한 것이었나. 후후후!"

"아니, 무망이 아냐. 사형들 덕분에 봉문 풀 생각을 했으니까."

남자와 남자의 진한 눈길이 오고 갔다.

눈빛을 주고받는 것만으로도 서로의 마음을 헤아리기에는 충분했다.

"고…… 맙다."

"고맙긴. 그건 그렇고…… 또 하나. 이건 왕 사형이 맡아줘야겠어. 삼명 백가의 입김이 복건무림 전역에 퍼져 있는 걸로 아는데?"

"맞다."

얼굴이 길어서 오이라는 별칭으로 불리던 왕 사형이 탁 갈라진 음성으로 대답했다.

"복건무림에 소문을 내줘. 혈살괴마가 청화장 문주 금하명이었다고. 나에게 원한이 있는 사람은 청화장으로 찾아오라고 해. 단, 복수라는 이름을 걸려면 죽은 사람이 애꿎게 죽었어야 해. 무인 대 무인으로 싸운 것은 복수가 될 수 없어. 그런 사람들은 비무라는 이름으로 도전하라고 해. 꼭 이대로 전해줘."

"소문이…… 거짓이었다는 거냐?"

"거짓도 있고 진실도 있고. 많이 과장되기는 했지. 날 알잖아."

"알지, 알지."

왕 사형이 같은 소리만 반복하고 있을 때, 진승의는 무슨 말인가를 하려는 듯 입술을 달싹거렸다. 그러나 끝내 말하지 못했다. 남몰래 가는 한숨을 내쉬며 가슴속 말을 묻었다.

무슨 말인지 얼추 짐작된다.

능완아에 대한 말이다. 청화장 모든 문도들의 연인이었던 그녀.

금하명과 능완아라는 한 쌍의 연인이 탄생한 후에도 그녀는 여전히 꽃이었다.

능완아…… 진 사형은 그녀에 대해서 무슨 말을 하고 싶었던 것일까.

궁금하다. 무슨 말인지 듣고 싶다. 그러나 들을 수 없다. 그녀에 대해서 호기심을 보인다는 것은 하후와 빙후에 대한 도리가 아니다.

금하명은 혈흔창을 어깨에 둘러메고 바람 부는 대로 걷기 시작했다.

*　　　*　　　*

구월 보름에 청화장이 봉문을 푼다.

가주는 금하명. 혈살괴마 금하명이다.

삼명 백가 백납도와의 비무는 정해진 일이며, 혈살괴마에게 은원을 가진 무림인들에게도 싸울 수 있는 기회를 준다고 한다.

삼명성은 물론이고 복건무림 전체가 들썩일 소문이요, 사건이다.

혈살괴마가 뿌린 피는 결코 적지 않다. 많은 무인들이 그의 앞을 가로 막았고, 죽어갔다. 복건무림과 혈살괴마는 공존할 수 없는 최악의 관계가 되고 말았다. 그런데 그런 그가 다른 사람도 아닌 복건무림의 별로 숭앙받는 청화신군의 아들이었단 말인가.

복건무림은 발 빠르게 움직였다.

소문을 듣자마자 출발한 무인들은 벌써 삼명성에 모습을 드러냈으며, 노골적으로 적의를 드러내며 청화장을 감시했다.

그 수는 시간이 흐를수록 많아졌으며 구월 열흘에 이르러서는 청화장을 포위하는 형국이 되었다.

삼명성 주민들의 시선도 곱지 않았다.

청화신군에게 막대한 은혜를 입은 그들이지만 시류에 따라서 인심도 변하는 법이 아닌가. 청화장은 아무것도 해줄 것이 없는 반면에 삼명 백가는 물심양면으로 덕을 베풀고 있으니 인심이 옮겨간다고 해서 나무랄 수만은 없다.

삼명 백가의 입김은 복건무림 전체를 휘감고 있다.

삼명 백가에서 쌀 한 섬을 내놓으면 복건무림은 백 섬을 내놓아야 한다.

일반 백성들에게 무림 문파란 강한 힘을 지니고 있어서 근접이 꺼려지던 집단이었는데, 그들이 자발적으로 나서서 도와주고 있으니.

혹자는 청화신군이 무너지고 삼명 백가가 들어선 것도 하늘이 자신들을 굽어 살핀 결과였다고까지 말한다.

인심이 이러니 삼명 백가를 무너뜨리고 청화장을 재건하겠다는 것과 다를 바 없는 청화장 봉파가 반가울 리 없다.

"금하명이라면 그 붓쟁이 말하는 거 아냐? 어려서부터 오냐오냐 자라더니 아직도 천방지축이군. 그런 놈은 무서운 걸 알아야 돼."

"이 사람아, 혈살괴마라고 하지 않나. 혈살괴마에게 죽은 사람이 어디 한두 명인가. 그놈을 죽이겠다고 나선 사람들은 모두들 추풍낙엽처럼 쓰러졌다네."

"에이, 그래도 백납도에게는 안 될걸. 오죽 빨라야 말이지. 눈앞에서 무언가 번쩍하면 끝나잖아."

"혈살괴마의 병기는 창이라는데, 검이 창을 이길 수 있을까?"

"검은 만병지왕이라는 말도 못 들었어?"

"놈도 만만치 않게 빠르니까 하는 말이지."

사람들의 의견은 분분했다. 하나 의견을 종합해 보면, 백납도가 단칼에 혈살괴마라는 마인을 베어주었으면 하는 것이었다.

이제 남은 날은 닷새.

삼명성은 일촉즉발의 화약고가 되어갔다.

슥슥슥슥……!

노태약은 단정하게 앉아서 검을 갈았다.

세상이 어떻게 변하든 그의 마음을 흔들 수 있는 사건은 없어 보였다. 세상이 온통 혈살괴마로 들끓어도 그는 세상사를 냉엄히 쳐다보는 바위였다.

기완은 팔베개를 하고 누워 하늘을 올려다봤다.

입에 문 풀잎이 입술을 따라 간들거린다.

청화이걸이란 화려한 명성을 쌓았던 두 사람.

그들이 청화장으로 돌아와 하는 일이라고는 오직 이것뿐이었다. 한 사람은 검을 갈고, 다른 한 사람은 팔자 편하게 드러누워 하늘만 쳐다보고 사형제들이 적지 않게 청화장으로 돌아왔어도 그들 곁에는 다가서지 않았다.

누구라도 베어버릴 듯한 검기가 사방 십여 장을 맴돌았다.

너무 차다. 너무 날카롭다. 그들 곁으로 다가서면 불문곡직 베어버릴 것 같다. 또 그들의 검이 요동치면 반드시 피바람이 일 것 같다.

한동안 혈살괴마를 따라다니던 성금방, 담정영, 그리고 조자부, 조가벽 남매도 청화장에 머물렀다.

그들이 하는 일도 청화이걸 못지않게 무심했다.

그들은 자신들이 깨우침을 얻었다고 생각한, 혈살괴마가 일러준 대환검의 요체에 근접하느라 끼니까지 거르며 수련에 정진했다.

삼명 백가에 몸을 의탁했던 문도들 중에서도 일부는 돌아왔다. 또 일부는 남았다.

돌아온 사람들은 예전에 기거했던 자신의 처소에 틀어박혀 나올 생각을 하지 않았다. 청화장주 금하명에게 용서를 받기 전까지는 하늘을 쳐다볼 수 없다는 것이 이유였다.

처음에는 한 사람이 시작했으나 한 명, 두 명 행동을 같이하면서 이제는 하나의 행동 묵약이 되어버렸다. 삼명 백가에 몸을 의탁했던 문도들은 청화장주에게 용서를 구해야 한다는, 그전에는 처소에서 나올 수 없다는.

그들 중 칠살음은 없었다.

그들이 바로 소문을 내기 시작한 당사자인데도 청화장 문턱도 밟지 않았다.

제일 바쁜 사람은 봉자명이다.

청화장 문도들 중에서 나이가 가장 많으나 무공에 대한 재질이 빈약

하여 큰 성취를 보지 못했던 사람.

그의 무공은 지금도 형편없었다. 하지만 청화신군이 최종적으로 곁에 둘 제자로 생각할 만큼 청화장에 대한 애착은 여전했다.

그는 금하명이 돌아온다는 사실만으로도 즐거운지 흥에 겨워 팔을 걷어붙였다.

드넓은 장원에 수북이 자란 잡초들을 베어내는 것도 그의 일이다. 지붕을 뚫고 자란 잡초도 제거해야 한다. 깨어지고 무너진 기와는 다시 갈아야 한다.

그전에 장원 곳곳에 널린 거미줄부터 걷어야 한다. 수북이 쌓인 먼지도 털어내고, 예전처럼 윤이 반질반질 나게 쓸고 닦아야 한다.

청화장 식솔들의 먹거리를 해결하는 것도 보통 문제가 아니다.

삼명성 사람들이 청화장에는 쌀 한 톨 팔지 않으니, 야채 하나를 구하기 위해서는 십 리 길을 다녀와야 한다.

몸이 열 개라도 부족할 판이다.

천만다행이라면 성미 급한 무인들이 월장하는 사태만은 막을 수 있다는 점이다.

쳐다보기만 해도 숨이 멎어버릴 것 같은 미인이 청화장을 지킨다.

그녀의 별호는 화부용, 무림에서는 독절로 더 유명한 당운미.

그녀 혼자만의 힘으로는 복수에 눈이 뒤집힌 무림인들을 막아내는 데 부족한 면이 있으나, 청화장을 뒤엎다시피 깔린 노방(路傍)이며 독들이라면 침입하기 전에 한두 번쯤 더 생각하게 만든다.

당운미는 청화장을 허락받기 전에는 침입할 수 없는 철옹성으로 만들었다.

자연스럽게 봉자명과 당운미는 역할을 분담했다.

봉자명은 내외총관의 일을 맡았고, 당운미는 수장(守莊) 무인의 역할을 하게 된 것이다. 본의는 아니었고, 내외총관이나 수장 무인이라고 하면 펄쩍 뛸 사람들이지만 하는 일이 그러니.

근래에는 색다른 사람들도 속속 들어선다.

"야괴께서 보내서 왔습니다. 이곳 장주님과는 의형제시라고……."

"아아, 됐어요. 의제를 도와줘야 한다고요. 뭘 할 수 있는데요?"

"전 목수입죠. 장원을 수리해야 한다기에. 흠……! 보아하니 손댈 데가 한두 군데가 아닌데…… 시간이 촉박하니 이만 일을 시작해도……."

"그러시죠."

봉자명에게 무턱대고 고개를 끄덕이게 만드는 사람들.

야괴라는 사람을 본 적은 없다. 인간 말종들인 백팔겁의 수뇌라는 소문은 들었지만, 금하명과 의형제라니 받아들일 수밖에 없지 않나.

일말의 경계심이 없었던 것은 아니다. 청화장에 들어선 사람들이 무공을 모르는 범인들이고, 청화장을 재건하는 일에 자신의 일처럼 매달리는 모습을 보지 않았다면 지금도 경계심을 풀지 않았을 것이다.

야괴라는 사람이 보내온 사람들은 꼭 필요한 사람들이고, 청화장에 아무런 해도 끼치지 않는다.

의형제의 진위 여부는 아직도 미심쩍지만 현재로서는 받아들일 수밖에 없다. 봉파일이 코앞으로 다가왔으니.

'그러나저러나 소문만 무성하고…… 금하명 이놈은 도대체 어디 있는 거야? 장주님 묘에 들렀으면 바로 올 것이지…….'

금하명, 그는 청화신군의 묘에 모습을 드러낸 후 십여 일이 지나도록 종무소식이었다. 그 누구도, 그 어디에서도 혈살괴마를 봤다는 사람은 없었다.

❷

곤명산(昆明山)은 복건 사람들조차도 아는 이가 드물다.

산자락을 휘돌며 자리한 여섯 마을 사람들도 곤명산이라는 말을 들으면 일차적으로는 고개를 갸웃거린다. 마을 사람들에겐 곤명산이라는 말 대신 뒷산, 혹은 앞산으로 통하기 때문이다.

곤명산은 평범한 산이다. 산이 높고 골이 깊지만 절경이라고는 눈을 씻고 찾아봐도 볼 수가 없다. 뿐만 아니라 산이 가파르고 험해서 사람들의 발길을 돌리게 만드는 악산(惡山)이기도 하다.

빙사음은 누렇게 말라가는 잎사귀들을 밟으며 산길을 걸었다.

단풍나무라도 있으면 울긋불긋한 아름다움을 토해낼 텐데, 어찌 된 산이 단풍조차 시들하다.

"후읍!"

폐부를 깊숙이 열어 맑은 공기를 들이켰다.

그녀의 몸속에 휘도는 태극오행진기는 어디가 극점인지를 모르게 만든다. 이 정도가 끝이겠거니 하면 곧 또 다른 세계로 그녀를 끌어들인다.

자신이 진기를 제어하는 건지, 진기가 자신을 통제하는 건지.

그날…… 금하명을 선택한 일은 아주 잘한 일이었다.

후회하지 않는다. 절대무비의 내공심법을 얻었다고 해서가 아니라 그를 얻었음에.

그런 점에서는 하후도 마찬가지 심정일 게다.

듣는 것만으로도 소름이 끼치는 전엽초가 그를 얻게 해주었으니, 화(禍)가 변하여 복이 된 것.

하 부인과의 인연도 평범하지 않다.

자신이 금하명에게 전해준 귀사칠검 때문에 그녀가 능욕을 당했고, 그의 여인이 되었다.

자신이 그와 하 부인을 연결시켜 준 것과 무엇이 다르랴.

하 부인도 그런 일을 했다.

금하명이 빙사음이라는 처녀를 여자로 만든 계기는 하 부인이 만들어주었다. 전엽초에 중독된 두 사람에게 백물혈독술을 시전하지 않았다면 그토록 급작스럽게 한 몸이 되는 일은 없었을 게다.

서로가 서로를 위하여 다리를 놓아준 매파(媒婆)가 되었으니.

"훗!"

빙사음은 가볍게 웃으며 마른 잎사귀 한 잎을 땄다.

아직도 기억이 새롭다.

만홍도에서 그에게 알몸을 처음 보였다. 천검공자라는 위인에게 능욕을 당하기 직전, 그는 귀사칠검을 수련한 몸으로 들끓는 색심을 이겨내며 나체의 자신을 치료했다.

'그때 그의 사람이 된 거야. 이렇게 될 줄 알았어, 그의 사람이 될 것을.'

좋아하는 사람이 가슴속에 들어 있다는 것은 기쁘다. 그러나 한편으로는 슬프다. 좋아하는 사람이 도산검림에 몸을 담고 있기 때문에 한시도 마음을 놓을 수 없다.

해남도에 남아서 남해검문이나 이어받았으면 좋았을 텐데.

무림에 몸을 담은 사람들이 모두 금하명처럼 핏물 속에 사는 건 아닌데.

금하명을 믿지만 불안한 마음도 떨칠 수 없다.

중원은 기인이사가 헤아릴 수 없이 많은 곳이다. 하늘의 별처럼 헤아릴 엄두조차 나지 않을 만큼 많은 무인이 있다. 그런 연유로 초극강의 고수가 많고 많지만 감히 천하제일인이라고 자부하는 사람은 없다.

금하명은 천하제일인이 되고자 한다.

어디서 끝날지 모르는 무인의 길을 목숨 다하는 날까지 가보겠다는 것이 천하제일인이 목적이라는 말과 무엇이 다르랴.

아니다. 천하제일인은 무인의 길을 가는 데 나타나는 작은 움막에 불과하다, 잠시 몸을 쉴 수 있는. 그는 거기서 멈추지 않고 계속 갈 것이니.

몇 년을 함께 살지는 모르지만 죽음이 갈라놓을 때까지 가슴을 저미며 살 팔자다.

'해봐, 할 수 있는 데까지. 끝까지 같이 가줄게.'

산길을 걸었다.

이곳에서, 이 산에서 금하명은 본격적으로 무공을 수련하기 시작했다. 능 총관이라는 사람에게서는 부법을 배웠고, 원완마두에게는 창법을, 지옥야차에게는 유밀강신술을 시전받았다.

곤명산이 오늘날의 금하명을 탄생시킨 모태인 셈이다.

빙사음은 금하명이 맨발로 치달려 올라가던 곳을 천천히 더듬어 올라갔다.

사람마다, 문파마다 무공을 수련하는 법은 각기 다르지만 금하명은 그중에서도 가장 원초적인 무공 수련법을 택했다. 청화장 무공을 알고 있으니 체계적인 수련도 가능했을 터인데, 모든 걸 버리고 야수 같은 몸부림을 배웠다.

그것이 오늘의 금하명을 있게 했는지도.

그는 옆에 없다. 하나 그의 발길이 닿았던 산길에서는 그의 냄새가 풍긴다. 그를 느낄 수 있다.

홀로 된 어머님을 놔두고 산길을 치달릴 때는 가슴이 얼마나 터졌을까. 백납도는 정당한 비무를 치렀으니 복수의 대상이 아니라지만, 살부지수를 앞에 두고 물러서야만 했던 심정은 얼마나 비통했을까.

빙사음은 금하명의 생각을 읽었다. 그를 느꼈다.

그녀가 옛날 금하명이 머물렀던 곳, 사랑했던 여인 능완아에게 혈마독이라는 선물을 받은 움막에 도착했을 때는 시간이 꽤 흘러서 태양이 중천에 떠 있었다.

오랜만에 모습을 드러낸 사람들이 있다.

음양쌍검, 그리고 야괴.

놀라지는 않았다. 움막이 보일 즈음부터 음양쌍검이 토해내는 기운을 읽었고, 야괴의 기감(氣感)도 감지했으니까.

야괴와 헤어질 당시에는 기감을 읽을 정도가 되지 않았다. 음양쌍검과 같이 있는 모습을 보았을 때도 등을 돌리고 있어서 낯선 자로만 보였다. 그러나 거리가 가까워지자 확연하게 야괴임을 알 수 있다.

움막 앞 탁자에는 야괴와 하후가 앉아 있고, 음양쌍검은 팔짱을 낀 채 서 있다.

해남도의 노괴물들은 보이지 않는다.

오늘도 삼명성 소식을 알아내기 위해 이곳저곳을 뛰어다니고 계시겠지.

"소저!"

음양쌍검이 포권지례를 취해 보이며 반겼다.

"고마워요, 살아 돌아와 줘서. 언니 말이 무척 힘들 거라고 했는데, 고초가 많았겠어요."

"어찌……."

음양쌍검이 서로를 쳐다보며 어색해했다.

"왜요?"

"소저가 어찌…… 하후를 많이 닮은 것 같아서…… 뭔가…… 날카로운 기세가 죽고 포근하다는 느낌이…… 이거 영 다른 소저를 보는 것 같아서 적응이 안 되네요."

"그래요? 전 달라진 것 없어요."

빙사음은 방긋 웃으며 하후 곁에 앉았다.

"정말 반가워요. 그렇게 갑작스럽게 가버리셔서 섭섭했는데, 잘 오셨어요."

빙사음은 텁수룩한 머리에 외눈, 얼굴에 살이 없어서 강퍅해 보이는 사내를 진심으로 반겼다.

그녀가 아버지에 의해 폐관수련을 강요당하고 있을 때, 야괴는 남해검문으로부터 금하명을 보호했다. 야괴가 없었다면 금하명은 살각과 전각 무인들 손에서 무사히 벗어나지 못했을 게다.

한때는 남해검문과 양립할 수 없는 적으로 존재했던 사내.

참 우습다. 적이 친구가 되고, 친구가 적이 되는 현실이. 그리고 그것이 무림이다.

"소저에 대한 청부가 들어온다면…… 백팔겁은 차라리 청부자와 싸우는 쪽을 택해야겠군요. 전과는 아주 달라 보입니다."

야괴가 웃으며 말했다.

야괴는 청부 살인 조직의 수괴다운 눈총을 지녔다. 그는 한눈에 빙사음이 해남도를 떠날 때와는 전혀 다른 여걸이 되었음을 알아보았다. 검으로만 상대한다면 당적할 사람을 손꼽을 정도로 강자가 되었음을.

이들과 헤어져 있는 시간은 길다면 길었지만 짧게 생각하면 한없이 짧다. 고작해야 육 개월 남짓이다. 그동안 어떻게 이런 강자가 되었는지 도무지 이해할 수가 없다.

분명한 것은 빙사음이 해남도의 노괴물들도 어쩔 수 없는 강자가 되었다는 것뿐.

"과찬이에요. 전 가가에 비하면 형편없어요."

빙사음이 보는 사람으로 하여금 아찔한 현기증을 일으키게 만드는 미소를 지었다.

"그놈…… 만날 때부터 괴상한 놈이더니…… 하늘에 있는 복이란 복은 죄다 쓸어 먹은 모양입니다. 아주 아름다우세요."

"어멋! 저한테는 아무 말씀도 안 하시더니. 동생은 좋겠네. 아름답다는 말을 입에 침이 닳도록 들으니."

하후가 짓궂게 말했다.

야괴 덕분에 해남도 노기인들은 발품을 팔 필요가 없어졌다.

야괴의 정보는 눈으로 본 듯이 정확했고 자세했다. 곤명산에 둥지를 튼 사람들이 굳이 삼명성에 내려가 보지 않아도, 청화장을 들르지 않아도 아침에 누가 무엇을 먹었는지까지 알게 되었다.

야괴의 이런 정보력은 어디서 나오는 것일까?

그것이 세상 사람들이 알지 못하는 백팔겁의 무서움이다.

청부를 받으면 백팔 명 모두 목숨이 끊어질 때까지 싸운다는 것은 널리 알려진 사실이고…… 청부자 역시 백팔 명의 목숨 값을 치러야 하니 청부금이 클 수밖에 없다.

세인들은 그 돈을 어디에 쓰느냐, 누가 쓰느냐에는 관심을 두지 않는다.

천 명, 만 명…… 야괴조차 정확한 숫자를 모르는 사람들이 청부금을 쓴다. 백팔겁이 목숨을 내놓은 돈으로 그들은 하루하루를 살아간다. 어떤 사람은 술값으로 탕진하기도 하고, 노름으로 소진하기도 하지만 대부분은 몇 달치 식량으로 탈바꿈된다.

백팔겁은 그런 사람들이다. 죽지 못해 사는 사람들을 위해 목숨이라도 팔아야 되는 사람들이다.

누가 백팔겁이 될지는 아무도 모른다.

오늘은 주루에서 술을 마시고 있지만 내일은 검을 들게 될지도.

자신의 목숨이라도 팔지 않으면 굶어 죽는 가족들이 생길 때 그들이 선택할 수 있는 길은 많지 않다. 죽을 것이 분명한, 지금까지의 관례로 보면 산다는 것이 기적인 백팔겁에 스스로 자원하게 된다.

그래서 백팔겁과 인연을 맺은 사람들은 백팔겁에 대해서는 철저하게 함구한다. 또한 백팔겁에게 도움이 되는 일이라면 아무리 사소한 것이라도 전하기 위해 애를 쓴다.

그래야 현재의 백팔겁이 조금이라도 오래 목숨을 부지할 수 있을 테니까. 자신이 백팔겁이 되었을 때 도움을 받을 수 있는 사람들이라면 오직 죽지 못해 살고 있는 사람들뿐이니까.

야괴는 그런 힘을 삼명성에 투입시켰다.

적어도 삼명성에서만은 중원에서 가장 정보가 방대하고 정확하다는 개방과 필적할 만한 정보력을 갖춘 것이다.

빙사음이 야괴를 본 날로부터 이틀이 지났을 때, 야괴가 어슬렁거리며 나타났다.

"찾았나요?"

하후가 뜬금없이 물었다.

"내일 모레가 봉파일인데 하는 짓거리 하고는……."

야괴도 뜬금없이 대답했다.

"그놈 어디에 있어!"

깨끗한 청삼으로 쫙 빼입은 일섬단혼이 눈을 부라리며 말했다. 눈을 부라린다고 해봤자 이제 갓 이십 세 정도밖에 되어 보이지 않기 때문에 별로 위엄도 느끼지 못하지만.

"잠자고 있습디다."

"잠을 자?"

"아주 태평하게 코까지 골며 잠들어 있더군요."

"지금…… 이 판국에…… 잠을 처잔단 말이지? 그놈 어딨어! 내 가슴 조린 생각을 하면 이놈을 당장!"

"분명히 잠을 자고 있었나요?"

빙사음이 차분하게 말했다.

빙사음은 원래가 차게 보이는 여인이었다. 강한 활동력 때문에 활기차게 보였을 뿐이지, 말하는 모습이나 음성들은 아름다움에 눈을 돌리지 못할 만큼 냉정했다.

그런데 몇 달밖에 되지 않는 동안 성정이 변했다.

차분한 면은 여전하지만 음성에 훈훈함에 맴돈다. 듣는 사람의 마음을 편안하게 해주며, 아름다운 얼굴에 눈이 가게 만든다. 그녀를 모르는 사람들이 보면 자칫 무공을 모르는 여자처럼 보이기도 한다.

무공이 극을 넘어서 원점으로 돌아온다는 증거다. 굳이 기도를 드러낼 필요가 없으니 여인의 부드러움이 되살아나고 있는 게다.

"자고 있었소. 옆에 다가가도 까마득히 모르고. 목을 베어오라면 쉽게 벨 수 있겠던데…… 기회가 닿으면 적보다 벗이 치명적이라는 걸 알려줘야겠소."

야괴가 편한 심정으로 대답했다.

"깨워도 안 일어나죠?"

야괴는 어떻게 알았냐는 표정으로 고개를 끄덕였다.

"가가는 정말 너무하는군요. 간신히 따라붙었다 싶으면 저만큼 멀리가 있으니."

다소 원망 섞인 말투였으나 그녀의 얼굴을 무척 밝았다.

"글글…… 이제…… 글…… 이 늙은이는…… 몇 수…… 글글…… 버티지 못…… 글글…… 하겠어."

천소사굉의 얼굴도 밝았다.

"뭐예요, 이게? 내가 모르는 뭔가가 있다는 투인데…… 의제의 무공이 더 높아지기라도……."

"돌머리. 똥인지 된장인지 꼭 찍어 먹어봐야 아나."

일섬단혼이 핀잔을 주었다.

하후가 빙사음과는 또 다른 포근함, 넉넉함이 배어 있는 미소를 띠며 말했다.

"상공께서는 내기(內氣)가 소멸되고 있어요. 보통 기도(氣道)와 혈도(穴道)를 같이 생각하지만 엄연히 다르죠. 기도는 인간의 몸속에 무형(無形)으로 숨어 있어요. 숨은 길이죠. 상공은 기도를 녹여서 전신으로 받아들이는 중일 거예요. 기도가 없으니 운공할 필요도 없고, 전신에 녹아 있으니 금강불괴(金剛不壞)가 따로 없어요."

"미, 믿을 수 없는…… 어떻게 그런 일이…… 기도가 녹다니, 세상에 이런 기문이……."

하후의 의술은 당대 최고 의원들과 견주어도 손색이 없다. 그녀의 의술은 수천 권의 의서에 바탕을 둔다. 동서고금의 의서란 의서는 총망라되어 있던 그녀의 의고(醫庫).

그녀가 읽은 서적은 수천 권에 달한다. 학문의 깊이도 학자라는 사람들과 견줄 정도가 된다.

그녀가 하는 말은 진실이다. 그럼에도 믿을 수 없다.

하후는 야괴의 마음을 짐작한 듯 웃는 표정을 지우지 않고 말했다.

"기학집방(氣學集訪)이라는 책에 적혀 있어요. 저도 기학집방을 읽을 때는 세간 사람들 말대로 있을 수 없는 일이라고 생각했는데…… 그런 일이 있군요."

"그, 그럼 전에도 그런 일이 있었단 말이오?"

"아뇨. 기학집방에 적힌 것은 이상향이에요, 그럴 수 있다는. 그런 사람이 있었는지는 몰라도 제가 알기에는 상공이 처음이에요."

"글글…… 그런 책이…… 글글…… 있다니…… 읽어보고 싶군."

해남도의 세 기인도 하후의 말은 금시초문인 듯 흥미를 나타냈다.

그들은 막연하게 금하명이 한 단계 더 높은 성취를 이뤘다고 짐작할 뿐이었지, 실제로 어떤 현상이 벌어지는지는 하후의 설명을 듣고 나서야 알게 된 것이다.

기도가 녹아 인체에 흡수된다.

평생을 무학만 연구해 온 해남 세 기인도 상상조차 하지 못한 일이었다.

"잠이 깊이 든 것은 기도가 녹으며 흘러나온 막대한 경력 때문이죠. 태산 같은 기운이 몸에 스며들면서 일시적으로 깊은 수면 상태를 만들거든요."

이번에 말한 사람은 빙사음이다.

그녀는 의술을 모른다. 의서라고는 무인이 구비해야 할 기초적인 책자 몇 권 읽은 것이 고작이다. 그럼에도 금하명의 상태를 정확히 읽어 냈다는 것은……?

사람들의 눈길이 일제히 빙사음에게 쏠렸다.

"아뇨, 아니에요. 저는 그 정도까진 되지 못해요. 단지 그럴 수 있겠다는 생각이 들어요. 뭔가…… 태극오행진기와 육신이 하나인 듯한 느낌…… 원래 진기와 육신은 하나이니 이런 말을 하는 것도 이상하지만, 뭐랄까요. 일심동체(一心同體)? 태극오행진기는 그걸 원하는 것 같다는 느낌이에요."

"그, 그거야말로 완벽한 내공심법이군. 인간이 창조해 낼 수 있는 완벽한 심법."

벽파해왕이 무릎을 탁 치며 말했다.

빙사음은 피식 웃었다.

완벽한 내공심법…… 이런 것을 많은 사람에게 전수하면 오죽 좋을까. 하나 함부로 전수할 수 없는 무공이니.

욕심? 그런 건 없다. 당장 앞에 있는 사람들만 해도 친혈육과 다름없는데 무엇 때문에 욕심을 부릴까.

문제는 태극오행진기를 수련하려면 정(正)과 마(魔)의 갈림길에 한 번은 서야 한다는 점이다.

전엽초를 복용하고 극심한 독기가 오장육부를 훑는 고통을 겪었다. 백물혈독술의 잔인함에는 치가 떨린다. 그러고도 금하명과 음양합일(陰陽合一)을 거치며 음양의 기운을 조절한 후에야 얻을 수 있었던 내공심법이다.

금하명처럼 스스로 깨달을 수도 있다. 하나 그도 파천신공의 극랄함을 이겨냈다. 색마가 되느냐 마느냐 하는 갈림길을 무수하게 거쳤다.

결코 편안하게 깨달은 것은 아니며, 편안하게 전수할 방도도 없다.

앞으로 얼마나 더 발전하고 어떤 심득을 얻게 될지는 몰라도, 현재 같아서는 단맥(單脈)으로 끝나기가 십상인 내공심법이다.

어쨌든 금하명은 아무도 가보지 않은 길을 한 발짝 더 밟은 것만은 틀림없다.

태극오행진기는 어디서 변화를 멈출지……

"잠자는 게 강해지는 거라니……. 다행이군. 난 그놈이 또 옛날처럼 고질병이 도졌나 하고 가슴이 철렁했는데. 의제란 놈 하나 있는 게 항상 걱정만 끼쳐 대니……."

"누가 네놈더러 걱정하래냐?"

일섬단혼이 야괴를 퉁박했다. 그러나 야괴는 이제 만성이 되어서 아무렇지도 않다는 듯, 일섬단혼은 쳐다보지도 않고 하후와 빙후를 보며 말했다.

"아우가 있는 곳이 여기서 멀지 않은데 가보는 것이……."

"아뇨. 혈살괴마의 탈을 벗었다는 것은 큰 싸움을 준비하고 있다는 것이죠. 아시다시피 혈살괴마는 복건무림의 공적. 자신을 환히 드러내 놓고 오는 창검은 모조리 막아준다는 게 상공 말씀이에요. 이건 혈살괴마와 복건무림의 싸움이 아녜요. 복건무림과 청화장의 싸움이죠. 상공은 복건무림의 창검으로부터 청화장을 지킬 생각이세요. 청화장 사형제들을 모두."

"글글…… 한마디로…… 글글…… 무리수를 뒀군. 글글…… 또 다른 단애…… 지투인가?"

아무도 입을 열지 못했다.

청화장 사형제들이 금하명을 쫓아서 복건무림과 싸운다 해도 문제가 많다. 사형제들의 무공이란 것이 해남도 세 기인만 나서도 몰살시킬 수 있는 수준이기 때문이다. 청화장이 봉문한 후, 그들이 어디서 무슨 무공을 어떻게 수련했느냐가 변수로 작용하겠지만 객관적인 평가는 그렇다.

금하명은 홀가분하게 혼자 몸으로 싸우는 것이 아니라 청화장 식솔들을 보호해 가며 싸워야 한다. 이는 금하명의 본신 무공을 절반쯤 삭감하는 것과 다를 바 없다. 무인에게 보호해야 할 대상자가 생겼다는 것은 치명적인 약점이니까.

청화장의 사형제들이 금하명과 뜻을 같이한다고 볼 수도 없다. 그들 중 더러는 오히려 혈살괴마가 된 살인마 금하명에게 검을 겨눌지도 모른다.

금하명이 혈살괴마의 탈을 벗고 과감하게 청화장 봉파를 선언한 것은 이 모든 행동들을 한 몸으로 받아내겠다는 결사 의지다.

자신있는가?

금하명이 언제 자신있어서 행동한 적이 있던가. 단애지투도 그렇고 벽파해왕, 천소사굉과의 싸움도 그렇고……. 해남도에서 벌어졌던 모든 싸움에서 그가 필승이란 말을 떠올린 적은 한 번도 없었다.

오직 가다가 죽으면 어쩔 수 없다는, 책임감없는 배짱만으로 싸움에 임해왔다.

이번에도 마찬가지리라. 자신이 있다기보다는 해야 할 것 같기에 하는 일일 것이다.

정말 그는 한시도 마음을 편하게 해주는 사람이 아니다.

"그렇기 때문에 우리는 지켜봐야만 해요. 이건 상공의 싸움이에요. 상공이 이번 위기만 무사히 넘기면 청화장은 복건무림에 우뚝 설 거예요. 청화장 대 복건무림의 싸움이죠."

"그놈의 위기를 넘길 공산이라는 게 불가능에 가까우니까 하는 말이지. 안 그럼 뭐 하러 골머리를 싸매겠나? 특히 그 백궁인가 뭔가 하는 놈들도 이번 싸움에서 끝장을 내려고 할 텐데."

"그러니까 한 사람이라도 더 도와야죠. 그래서 저와 빙 매는 청화장으로 갈 거예요."

"뭐라고? 이거야 원, 헷갈려서……. 그래서 가면 안 된다, 그래서 간다? 하후, 돌머리 놀리지 말고……."

"우리는 그분을 낭군으로 모셨어요. 행복을 같이하면 죽음도 같이해야죠. 우리가 상공에게 가는 건 청화장의 일원으로서 당연한 거예요. 그렇죠?"

"끄응!"

일섬단혼은 더 이상 말을 못하고 골머리를 싸맸다.

뿔뿔이 흩어졌던 청화장 식솔들이 운집하듯이, 청화장과 연관있는 사람만이 이번 싸움에 임해야 한다는 것이 하후의 종언(終言).

야괴는 의형이라고 하지만 백팔겁의 수장이니 싸움에 가담할 수 없다. 있는 곳이 다르기 때문이다. 그가 굳이 싸움에 가담하겠다면 백팔겁의 수장 자리를 내놓은 후이거나, 백팔겁을 통째로 청화장에 귀속시켜야 한다.

해남 세 기인과 음양쌍검에게도 주문은 같다.

다시는 해남도로 돌아가지 않겠다며 섬을 떠나왔지만 해남무림과의 끈끈한 연관은 지울 수 없다. 즉, 언제라도 해남도로 돌아가려고 마음만 먹으면 돌아갈 수 있는 위치다.

그런 신분과 위치를 계속 유지하든 청화장의 식솔이 되든 양자택일 하라는 주문. 지금까지 동고동락을 해왔고, 가족과 다름없이 되었지만 명분마저도 확실히 하라는 뜻이다.

결정을 내리기가 어렵기는 야괴나 해남도 세 기인, 그리고 음양쌍검이 모두 마찬가지였다.

음양쌍검에게는 남해검문이라는 사문을 버리고 청화장을 선택하는 파문의 길이다. 해남 세 기인에게는 평생 동안 쌓아 올린 명성을 버려야 하는 기로다. 야괴는 눈에 보이는 백팔겹뿐만이 아니라 수천, 수만에 이르는 사람들의 눈길이 쏠려 있기에 쉽사리 결정할 수 없다.

금하명이 신이 아닌 이상은 복건무림 전체를 상대로 싸울 수는 없는데. 하기는 해남무림에서도 그랬으니. 그래도 백궁은 감당할 수 없을 텐데. 그에게 달려간다고 해도 겨우 백궁 무인 한두 명 정도밖에 상대할 수 없을 테고.

그들은 침묵했다.

❸

금하명은 구월 열나흘이 되어서야 청화장에 모습을 드러냈다.

그를 제일 먼저 발견하고 달려 나온 사람은 봉자명 사형이다.

"야속한 놈. 사람이 어떻게 그럴 수 있어! 혼자 배를 타고 도망쳐? 그렇게 하고 나니까 뱃속이 편하디?"

봉자명 사형의 눈가에는 눈물이 그렁거렸다.

역시 무인이 될 사람은 아니다. 이렇게 마음이 약해서야……

그런데도 아버님은 제자로 받아들이셨다. 사형의 성품을 몰랐을 리는 없다. 한두 마디 건네보는 것쯤으로 사람 됨됨이를 살필 수 있는 분이시다.

왜일까? 왜 아버님은 재질도 평범하기 이를 데 없고, 마음까지 심약한 사형을 받아들이셨을까.

성품이 약한 것이 아니라 정이 많은 것이다.

정을 준 사람에게는 한없이 약하지만, 반대편 사람에게는 지독하리만치 강하다. 한쪽에는 모든 걸 내주지만 다른 쪽에는 꺾일지언정 부러지지 않을 고집을 지녔다.

무공이 탁월한 사람들만 골라서 제자로 받아들이면 청화장의 성세가 단번에 드높아지겠지만 장구한 세월 동안 이어져 간다고는 장담하지 못한다. 하나 사형 같은 사람들을 제자로 받아들이면 위명을 드높이는 데는 시간이 걸릴지라도 탄탄한 거목으로 성장하리라.

비바람이 몰아치면 맞아주고, 도끼질을 해대면 찍혀주고…… 온갖 풍파를 겪으면서 참된 생명을 유지하는 것이 진정으로 강한 것이다.

아버님은 그런 청화장을 만들려고 하셨다.

아버님이 돌아가신 후, 청화장은 사상누각이도 된 듯 허무하게 무너졌다. 아니다. 무너진 것처럼 보였다. 지금 이 자리에, 좀 더 크게 성장한 나무들이 모여 있지 않은가. 이들은 아버님 때보다 조금은 더 강해졌고, 청화장도 그만큼 튼실해졌다.
 아버님은 청화장을 생명의 뿌리라고 생각할 사람들만 제자로 거두신 것이다.
 오랜 세월이 지나서야 아버님의 뜻을 알게 되다니. 복없는 분이라고 한탄을 하였건만 세상 사람들의 복을 모두 합친 것보다 더 많은 복을 지니신 분일 줄이야.
 금하명은 손을 올려 봉자명 사형의 어깨를 움켜잡았다.
 "사형, 난 사형을 잊지 못해. 전 재산을 팔아서 여비를 마련해 주던 사형을."
 "그까짓 걸 뭐……."
 "행운이 있다면 우리 함께. 불행이 있다면 내게 줘. 내가 살아 있는 한은."
 "그런 걸 바라고……."
 "내가 원하는 거야. 어머님은?"
 금하명은 봉 사형이 말할 기회를 주지 않았다.
 진심으로…… 봉 사형을 지켜주고 싶고, 줄 수 있다면 행운을 모두 주고 싶다.
 "주, 주방에. 괜찮으시다고 해도 허드렛일을 하시네. 자식이 정통으로 장주 직을 이어받는 날인데 음식이 부실하면 안 된다고 하시면서. 새벽에 들어가셔서 한시도 나오시질 않네."

 청화장은 활기가 넘쳤다.
 주방으로 가는 길에 마주친 사람들은 한결같이 밝은 표정들이다. 내일이면 피바람이 몰아칠지도 모르는데 근심이나 걱정 따위는 읽을 수 없다.

또한 사람들의 수가 적지 않다.

이들 대부분이 야괴가 보낸 사람들이니 의제를 생각하는 야괴의 마음을 알 수 있지 않은가.

주방도 마찬가지다.

주방 근처에 다가서지도 않았는데 볶고 지지고 굽는 냄새가 코를 찌른다. 그러나 웃고 떠드는 소리라던가 식기를 다루는 소리는 들리지 않았다.

어머니, 소현 부인이 안에 있다는 증거다.

무인이 검을 다루듯, 주방에 들어선 사람은 음식을 청결하고 신성하게 다뤄야 한다는 지론을 가지신 분이니 경망함이나 소란스러움을 용납할 리 없다.

주방에 있는 사람들은 모두 야괴가 보내온 사람들이다. 소현 부인과는 관계가 없는 사람들이며, 엄밀히 말하면 도와주러 온 사람들이다. 지시를 할 입장이 아닌 것이다.

그래도 한다. 도움을 받지 않을지언정 눈밖에 나는 일을 용납할 수는 없다.

어머니는 아직 늙지 않으셨다. 약해지지도 않으셨다.

주방 안은 아버님이 살아 계실 적과 다르지 않았다. 깨끗한 옷을 입은 사람들이 분주하게 음식을 만들고 있다. 그중에는 어머님도 계실 터인데 쉽게 눈에 띄지 않는다.

금하명은 주방에 있는 사람들을 하나하나 훑어보다가 한쪽 구석에서 부지런히 칼질을 하고 계시는 어머니를 발견했다.

다른 사람들과 마찬가지로 하얀 무명옷을 입고 계신다.

호박을 써는 모습이 능숙하시다. 부엌일에 도가 튼 사람처럼 익숙하게 칼질을 하신다.

가슴에서 울컥하고 격정이 치민다.

뛰어난 예인이기는 하셨지만 부엌일은 늘 서투르셨는데… 손수 죽이라도 쑤시는 날이면 모두들 식사 시간이 되기도 전부터 떫은 표정을 감추느라 식은땀부터 흘리곤 했는데.

이제는 능숙하시다. 얼마나 많은 고초를 겪으셨나.

몸도 많이 야위셨다. 많은 사람들의 눈을 멀게 하던 아름다움은 사라지고 앙상한 뼈만 남으셨다.

"어머니."

격정을 감추고 잔잔하게 말했다.

어머님이 벼락이라도 맞은 듯 칼질을 뚝 멈추셨다.

"어머님, 절부터……."

"장주!"

금하명은 절을 올리려다 말고 굳은 몸이 되어 어머니를 쳐다봤다.

어머니의 음성에는 질책이 담겨져 있지 않은가.

"이 어미가 한 말을 잊으셨소!"

경어(敬語)! 어머니가 경어?

어머니는 쳐다보지도 않으셨다. 칼질은 멈추셨지만 뒤도 돌아보지 않고 말을 이으셨다.

"백납도가 도전할 생각도 품지 못할 거인이 되어서 돌아오라고 했거늘…… 힘없는 어미라고 무시해도 좋다는 생각이시오! 이곳에서 백납도와 칼 겨룸을 하겠다는 거요!"

'확실히 어머님이야. 이분을 누가 말리나.'

금하명은 속으로 피식 웃었다.

"누군지 소문을 절반만 전해드렸군요. 전 백납도에게도 기회를 주었을 뿐입니다. 복건무림 전체에 기회를 주었듯이. 전 군림하러 돌아온 것이지 누구와 겨루고자 돌아온 것이 아닙니다."

어머니의 어깨가 미미하게 흔들렸다. 그러나 벌써 마음을 추스르셨는지 믿을 수 없을 만큼 빠르게 냉정을 회복하셨다.

"이곳은 아낙이나 드나드는 곳, 장부가 발길을 옮길 데가 아니오. 대청에서 봅시다."

탁탁탁탁……!

어머니는 칼질을 이어가셨다.

대청은 적막했다.

깨끗이 청소되어 있지만 허름한 탁자 하나 외에는 어떤 집기도 보이지 않았다. 아버님이 쓰시던 물건들이 하나도 보이지 않으니 마치 남의 집에 들어선 듯 낯설기도 했다.

삼십여 명이 둘러앉을 수 있었던 긴 탁자, 호랑이의 문양이 각인된 의자들, 휘장이며 그림들, 화병…… 모든 것이 사라지고 텅 빈 공간에 찬바람만 휑하니 도는 대청.

사람들 발길도 끊어졌다.

장차 장주가 될 사람이 대청에 앉아 있건만 차 한 잔 끓여오는 사람이 없었다. 그토록 반색을 했던 봉자명 사형조차도 그림자조차 비치지 않았다.

금하명은 철저하게 고립된 공간에 앉아 있었다.

어머니께서 하얀 무명옷을 벗어던지고 날렵한 경장으로 차려입으신 모양으로 들어선 것은 한 시진이나 경과한 후였다.

"혈살괴마가 되어서 복건무림을 피바다로 물들이고 있다는 소문은 들었소."

육 년 만에 만난 어머니께 절도 드리기 전에 들은 말.

오랜만에 만난 모자지간이라고는 믿을 수 없을 만큼 삭막한 대화다.

"더 많은 피가 청화장 연무장에 뿌려질 겁니다."

"추구하는 것이 무엇이오?"

"무도(武道)입니다."

"얼마나 많은 피를 봐야 직성이 풀리시겠소."

"피는 땀입니다, 병기를 든 무인에게는."

"무인이라면 세상 사람들 모두를 죽여도 괜찮다는 말이시오?"

"모두를 죽일 필요는 없습니다. 어머님 말씀대로 능력이 안 되는 자들은 도전할 엄두도 내지 못할 테니까요. 도전해 오는 자만 상대합니다. 결사를 원하면 결사로, 비무를 원하면 비무로. 인간의 말은 보지도 듣지도 않습니다. 병기가 하는 말만 듣습니다. 못난 자식, 현재는 여기까지입니다."

"……."

"……."

모자는 한동안 말을 잊었다.

대화만 없을 뿐이다. 오고 가는 시선 속으로 수만 마디의 밀어들을 속삭였으니까.

'고생했구나.'

'어머님도 많이 야위셨네요.'

'복건무림이 벌 떼처럼 들고일어났으니 걱정이구나. 적이 많으면 한

시도 편하지 못한 법인데.'

'편함은 원치 않습니다. 그럴 팔자는 안 되잖아요. 복건 최고 무가에서 태어났기에 좋은 팔자인 줄 알았더니, 이건 해도 너무하는 것 아닙니까?'

혈육으로 이어진 관계는 천리만리 떨어져 있어도 서로를 느낄 수 있다고 한다. 하물며 지척에서 눈길을 주고받는데 마음 정도를 읽지 못할까.

"석가(釋迦)께서는 태어나시자마자 한 손으로는 하늘을, 한 손으로는 땅을 가리키며 일곱 걸음을 걸으신 후 말씀하셨지. 천상천하(天上天下) 유아독존(唯我獨尊). 후인들은 이 말을 사자후(獅子吼)라고 표현하고. 백수를 놀라게 하는 사자의 포효. 천둥이 울려 퍼지는 것처럼 당당하고 우렁차면서도 듣는 이의 가슴에 촉촉이 스며드는 말."

금하명은 잠자코 어머니의 말씀을 경청했다.

"신군께서 쓰시던 물건을 모두 치웠네. 봉자명이 새 물건을 들여오려기에 뒤로 미루라고 지시했네. 이 대청을 혈살괴마의 물건들로 채우시게. 청화장을 혈살괴마의 숨결로 채우시게. 그리고 복건무림, 아니, 중원을 향해 외쳐 주시게. 천상천하 유아독존이라고."

"하나밖에 없는 자식인데 죽이려고 작정하셨군요."

"자네 말대로 무인의 숙명이지 않은가. 천상천하 유아독존의 포효를 터뜨리지 못하는 한은…… 신군처럼 비명횡사할 운명들이니. 이 어미는 하나밖에 없는 자식이기에 잃고 싶지 않은 것이오."

"배가 고프군요."

금하명은 웃었다. 그리고 소현 부인도 그제야 웃음을 띠었다.

피일시야(彼一時也), 차일시야(此一時也)

청화장은 용담호혈(龍潭虎穴)이다.
 폐가나 다름없던 청화장을 튼튼한 요새로 탈바꿈시킨 사람은 독절 당운미다.
 평범하게 피어나는 꽃에서 독가루가 날린다. 담벼락 밑에 놓인 돌멩이를 함부로 걷어찼다가는 순식간에 고슴도치로 변한다. 담장에 손이라도 짚는 날에는 다섯 걸음도 옮기기 전에 시커멓게 변색된 피부를 봐야만 한다.
 엄청나게 많은 독과 암기가 투입되었다.
 당운미 혼자서 이 일을 해냈다고 보기는 어렵다. 당운미의 뒤에는 반드시 조력자가 있을 것이고, 짐작컨대 사천당문이 직접 개입하지 않았나 싶다.
 사천당문이 왜 혈살괴마에게 관심을 갖는 것일까.
 청화장을 들어서는 순간부터 가장 마음에 걸린 것은 그것.
 어머님을 뵌 후 제일 먼저 당운미부터 찾으려고 했다. 그런데 찾으러 나설 필요조차 없게 되었다.
 대청을 나서는 그에게 장미처럼 화사한 용모를 지닌 여인이 밝은 웃음을 건넸다.
 "내일이 봉파일인데 주인장이 너무 늦게 온 것 아냐? 그런데 너무 잘생겼다. 그런 얼굴을 왜 가리고 다녔어? 인피면구는 완전히 벗은 거야? 아니면 어머님을 뵙기 위해서 잠시?"
 "고맙다고 인사하면 받아줄 건가?"
 금하명은 걸었다. 찾아가는 곳은 청화이걸의 숙소. 지금 이 순간까지도 지옥에 몸을 담고 있는 사형들을 만나야 한다.
 당운미는 금하명 곁에서 나란히 걸었다.

"인사 같은 건 받기 싫은데. 딱 부러지게 인사하겠다는 건 남남 사이란 점을 명확히 하겠다는 거잖아? 싫어."

"우리가 무슨 사이도 아닌데 남이 들으면 큰일날 소리."

"훨씬 낫다, 혈살괴마보다는. 얼굴에 냉기가 풀려서 그런가? 밀쳐내는 소리도 정답게 들리네?"

금하명은 피식 실소를 터뜨렸다.

됐다. 어설프게 고마움을 표시하는 것보다는 차라리 몇 마디 농담이 낫다.

"어디까지 따라올 건데? 나야 상관없지만 사형들이 그대를 반길 것 같지 않아서 말이야."

"걱정 마. 나도 더 이상은 따라갈 생각이 없었으니까. 그 냉골들…… 아예 감정을 죽이고 살기로 작정했나 봐. 그런 부류는 오직 하나밖에 생각하지 않아. 죽음. 난 가산(家山) 쪽을 살펴봐야겠어. 아무래도 틈이 있는 것 같거든. 간다."

당운미는 대답도 듣지 않고 신형을 날렸다.

'강해졌다!'

청화이걸과 대면한 순간 극심한 추위가 살갗에 스며들었다.

청화이걸, 노태약 사형과 기완 사형이 내뿜는 냉기는 소름 끼치도록 차갑다. 주위 사람들로 하여금 도살장에 끌려온 소처럼 기운을 쓰지 못하게 만든다.

노태약은 검을 갈고 있을 뿐이다. 기완 사형은 누워서 풀잎을 씹고 있다. 그들이 하는 행동은 그것밖에 없지만 감히 곁에 다가설 엄두가 나지 않는다.

뚜벅! 뚜벅……!

금하명은 주위를 둘러보며 천천히 걸어 들어갔다.

청화장은 며칠 사이에 몰라보게 달라졌다. 봉자명 사형이 잠도 자지 않고 애쓴 결과겠지만……. 아버님이 살아 계실 적과 비교해도 전혀 손색이 없을 만큼 깔끔하게 다듬어졌다.

그러나 이곳만은 잡초가 무성하다. 청화이걸이 기거하는 처소는 아직도 거미줄이 치렁치렁하고 문풍지는 구멍이 숭숭 뚫려 있다.

봉자명 사형이 이곳을 손대지 못했다는 것은…… 청화이걸은 봉자명 사형조차도 받아들이지 않은 것이다.

"좌수검법을 연성했네. 역시 노 사형이야. 돈 벌었군."

노태약 사형은 금하명은 쳐다보지도 않은 채 검만 갈았다. 기완 사형도 누운 자리에서 눈길조차 돌리지 않았다.

기의 흐름에 격동이 없다. 자신이 강자가 되어 나타났는데도 놀람이나 흔들림을 보이지 않는다.

무중생유(無中生有)를 이뤄냈다. 모든 것을 다 버린 상태에서 죽음만 가져왔다.

금하명은 문지방에 등을 기대고 앉았다.

"사형 오른팔이 잘렸을 때 말이야, 사람들 의견이 분분했거든. 이대로 무너질 것이다, 아니다. 난 아니다라는 쪽에 돈을 걸었는데, 다행히 잃지는 않은 것 같아. 이럴 줄 알았으면 좀 많이 걸 걸 그랬지?"

"……"

"이런! 오랜만에 만났는데 눈길도 안 주는 거야? 너무하는군. 장주에 대한 예의가 이래서야 청화장 앞날도 뻔한 거지. 좋아, 좋아. 언제 내가 대접받았나."

금하명은 일어나 옷에 묻은 먼지를 털었다. 그리고 두 사형을 등 뒤로하고 뚜벅뚜벅 걸어 나갔다.

두 사형에게서 살기가 뿜어 나온다.

이것을 보고 싶었다, 살기를. 살기가 어떤 형태로 뿜어 나오는지를.

차가움이나 죽음만 묻어 있는 검은 위험하기 그지없다. 그런 검은 극강으로 적수를 찾아보기 힘들지만, 그런 검을 지닌 사람치고 오래 산 사람도 보지 못했다.

검을 뽑으면 반드시 피를 보아야만 하는 살인검이라니. 이 얼마나 위험한 검인가.

두 사형이 살인검을 지녔다면 청화장에서 내쳐야 한다. 자신을 청화장주로 인정한다면 폐관수련을 명해야 한다. 그것이 두 사형을 조금이라도 오래 살게 하는 방편이다.

두 사형의 살기는 살에 닿을 듯 말 듯 간지럽게 던져진다. 생각하기에 따라서는 유약하다고 볼 수도 있는 살기다.

하늘을 아는 검이다. 섭리를 안다. 자신의 검이 최고가 아니라는 점을 밑바탕에 깔고 있는 검이다. 현재는 적수를 찾아볼 수 없다고 해도 언젠가는 반드시 검이 꺾인다는 점을 인식하고 있다.

'됐어. 사형들…… 고생 많으셨네.'

……!

소리가 멈췄다. 검을 갈던 소리가 뚝 멎었다. 기 사형의 입속에 머물던 풀잎도 볼을 타고 미끄러져 바닥에 떨어졌.

'승부!'

공격을 가해 올 것인가, 말 것인가!

사형들의 무공뿐만이 아니라 성숙도까지 측정할 수 있는 기회다.

사형들의 무공은 가히 청양문주와 겨룰 수 있는 지경이다. 백납도하고 일전을 불사하겠다고 해도 만류할 수 없다. 해남도 세 기인에게 도전할 만한 정도가 된다.

승패를 점친다면 십에 팔구 할 정도는 패로 끝날 공산이 크다. 하지만 일이 할의 가능성이 있다는 것만으로도 검을 들기에는 충분하다고 생각하는 사람들이 무인이다.

또 상대와 자신의 무공을 정확히 측량할 줄 아는 사람들은 함부로 검을 뽑지 않는다.

검은 언제라도 뽑을 수 있다. 뽑을 만한 이유가 명확할 때가 아니면 뽑아서는 안 된다. 이것이 오로지 죽음만 아는 검과 검도의 한 방편으로 사류(死流)를 택한 검과의 차이점이다.

금하명은 사형들이 사류를 택한 검이라고 확신했다. 죽음 속에서 묻어나는 여유가 이를 말해 주고, 그는 몸과 일체가 된 진기가 말해 주는 느낌을 가감없이 받아들이니까.

사형들은 공격해 오지 않았다. 노 사형은 검을 계속 갈았고, 기 사형은 고개를 돌려 풀잎을 다시 물었다.

'진정으로 강해졌어. 그럼 일을 해야지.'

금하명은 걸음을 멈추고 말했다.

"노 사형을 좌수문장으로 임명해야겠어. 무공도 변변치 않은 자가 청화장을 무시하고 정문으로 당당히 들어선다면 말이 안 되지. 안 그래? 기 사형은 우수문장을 맡아. 이것 괜찮은데? 장주가 되니 사형들을 맘대로 부릴 수 있잖아."

"도대체 어디서 뭘 한 거지? 천골(天骨)이란 건 알았어도 이건 너무

하는군. 우리는 뭐야? 이래서야 지난 세월이 너무 가엾지 않나."

기완이 낮게 중얼거렸다.

"모르면 말을 하지 않는 거다. 잠깐 동안이었지만 놈에게서 풍기는 피 냄새에 골이 욱신거려. 보보마다 피를 밟고 온 놈이야. 우리가 자신을 죽이고 있을 때, 놈은 사람을 베고 있었어."

"진정한 사류였단 말이지."

"목숨을 돌볼 겨를조차 없는 삶. 사류인가 아닌가 생각하는 것 자체가 사치지. 낭인(浪人) 중에서도 최악의 낭인이야. 지금까지 목숨이 붙어 있는 게 용할 정도로. 사부님…… 이제야 눈을 감으시겠군."

"빌어먹을 놈! 그래도 그렇지. 오랜만에 만나서 한다는 소리가 수문장이나 되라고? 사형들을 뭘로 보고…… 청화이걸 체면도 생각해 줘야 할 것 아닌가."

"재수가 없긴 없는 놈이었지. 후후후!"

"그래도 하루살이 장주는 안 되겠지?"

"하루살이나 한여름을 나는 잠자리나. 가자. 수문장을 맡겼으니 밥값은 해야지."

노태약이 검을 들고 일어섰다. 청화장에 들어선 후, 처음으로 자리에서 일어나는 순간이었다.

청화장 멸문 당시 그 어디에도 적을 두지 않고 혈혈단신으로 중원을 떠돈 강골들이 있다.

그들의 뼈는 쇠로 만들어졌다. 그래서 어떤 강풍에도 휘지 않는다. 못 견딜 지경이 되면 차라리 뚝 부러지고 말지, 거짓으로라도 휘는 꼴은 보지 못하는 사람들이다.

피일시야(彼一時也), 차일시야(此一時也) 223

담정영, 성금방, 조자부, 조가벽.

이들은 강골이면서도 지독히 운이 좋다.

서금중은 집에서 잠자다가 불에 타 죽었다. 주서민은 달려오는 마차에 깔려 죽었다. 강골이 되어 세상을 떠돌았던 스물한 명 중에 살아남은 사람은 청화이걸과 이들 네 명뿐이다.

청화신군의 죽음 뒤에는 세상에 알려지지 않은 많은 죽음들이 뒤따랐다.

타 문파에 입문했던 묵유(墨游)가 측간에서 일을 보다가 발을 헛디더 분뇨 속에 파묻혀 죽었다. 한삼문(漢森門)에 입문한 애륜(艾倫)은 심장마비로 사망.

그와 같은 죽음은 넷이 더 있다.

패륜이라는 오명을 뒤집어쓰고 삼명 백가에 몸을 투신한 문도들도 적잖이 죽어갔다.

청화장으로 돌아와 속죄 방에 들어가 있는 문도가 쉰한 명. 삼명 백가에 잔존한 문도가 예순일곱 명. 백팔십 명이 투신하여 예순두 명이 죽고 백십팔 명만이 살아남았다.

청화신군이 살아 있을 때와 비교하면 거의 절반에 육박하는 문도가 저승 고혼이 되어 사라져 갔다.

금하명은 네 사람을 보며 어색한 미소를 지었다.

"장주…… 너무했어. 감쪽같이 속이다니. 한 번은 속을 줄 알아."

담정영이 인상을 찡그리며 말했다.

"장주는 무슨 얼어죽을 장주. 그전에 사형제 간의 계산부터 끝내야지. 사제! 사형을 능멸하면 어떻게 되지?"

"설마…… 곤장을 때리겠다는 건……."

금하명은 일부러 떨떠름한 표정을 지으며 말했다.

어색했던 관계가 이렇게 풀리면 바랄 게 없지 않은가.

"설마가 사람 잡는 거지. 바지 까내리고 볼기짝 대!"

성금방이 당장이라도 매를 들듯이 날뛰었다.

"장주일 줄 알았어. 죽음밖에 모르는 혈살괴마가 우릴 살려준 것도 그렇고…… 장주와 의형제를 맺었다는 것도 미심쩍었고. 잘 왔어. 이제 한번 기지개를 크게 켜보자고."

조자부는 환한 얼굴로 맞았다.

조가벽은 아무 소리도 하지 않았다. 대신 사슴처럼 큰 눈에는 눈물이 금방이라도 쏟아질 듯 그렁거렸다.

'청화사검. 청화사검이라는 이름을 줘야겠어.'

청화장의 하루는 조용히 저물었다.

금하명이 올 때와 달라진 점이 있다면, 속죄방에 들었던 쉰한 명이 삼삼오오 짝을 이뤄 각기 다른 전각에 들었다는 점이다. 또한 청화장 정문 한가운데에 외팔이 무인이 버티고 앉아 검을 갈고 있으며, 다른 한 명은 우측 문가에 기대고 앉아 풀잎을 씹고 있다는 것 정도다.

그 외에는 달라진 것이 없다. 아무것도…….

第四十八章
명지산유호(明知山有虎), 편향호산행(偏向虎山行)
산에 호랑이가 있는 줄 알기에 산으로 간다

명지산유호(明知山有虎), 편향호산행(偏向虎山行)
…산에 호랑이가 있는 줄 알기에 산으로 간다

묘시 초(卯時初), 금하명은 자신이 청화장이라고 쓰인 현판을 들고 나와 직접 내걸었다.

성금방도 목판 두 개를 들고 뒤따랐다.

그는 청화장을 둘러싸고 있는 무인들을 경멸하는 표정으로 쑥 훑어본 후, 정문 옆에다가 목판을 커다란 망치로 두들겨 박았다.

"글을 읽을 수 있는 자는 두 눈깔로 확인하고, 글을 읽지 못하는 자는 아는 놈에게 물어라!"

청화장의 느닷없는 등장만큼이나 어이없는 봉파선언이었다.

금하명은 현판을 내건 후, 군웅들에게는 한마디도 하지 않은 채 들어가 버렸다. 성금방도 한마디 일갈을 던진 후에는 눈을 맞출 사람이 없다는 듯 건방진 태도로 들어갔다.

한마디로 안하무인(眼下無人)이다.

"이런 때려죽일 놈이! 그래도 제 아비 낯짝을 봐서 참아줬건만."

"아예 생매장당하고 싶어서 안달이 난 놈이군. 이 많은 사람을 모아 놓고 무슨 헛수작이야!"

군웅들은 분노를 노골적으로 터뜨렸다.

"뭐라고 쓰여 있어?"

"읽어서 뭐 해! 개수작 부리는 데 장단을 맞추자는 거야!"

"개수작이니 무슨 개수작인지 보자는 거지."

군웅들 대부분은 목판에 신경도 쓰지 않았다. 그러기에는 얼음물을 끼얹은 것 같은 냉대가 너무 심했다.

일부가 목판 앞으로 모여들었고, 쓰여 있는 글귀를 읽었다.

고(告).

일(一), 복건제일세가(福建第一勢家) 청화장 봉파(封破).

이(二), 방문자는 적아(敵我) 중 택일할 것이며, 호의를 지닌 방문자는 수문장에게 병기를 맡길 것.

삼(三), 뜻을 밝히지 않은 자는 침입자로 간주, 즉참(卽斬).

언제 어느 때 왜 봉문했으며, 어떤 사연으로 봉문을 푸는지에 대한 설명은 전혀 없었다. 제일 첫 번째 눈에 띄는 글귀, 복건제일세가? 청화신군이 살아 있을 적에는 그랬을지 모르지만, 산지사방으로 쫓겨났던 오합지졸들이 다시 모인 것에 불과한데 뭐라고?

아니다. 그 정도는 애교로 보아 넘길 수 있다. 그런데 뭐라고? 방문자들에게 적아를 선택하라고?

광오한 글귀다. 미쳤다고밖에 할 수 없다. 더군다나 무인에게는 생명이나 다름없는 병기를 맡기라는 터무니없는 글귀까지.

현 무림에서 타 문파를 출입할 시에 병기를 풀어놓는 곳은 딱 한 군데밖에 없다.

무당파(武當派) 해검지(解劍池).

해검지가 탄생한 유래는 강요에 의한 것이 아니라 장삼봉(張三峰) 조사(祖師)에 대한 존경심의 발로였다. 지금은 뜻이 변색되어 무당파를 방문하는 사람은 무조건 병기를 풀어놓는 것으로 인식되어 있지만, 그런 무당파의 해검지도 이토록 무례하지는 않다.

"허! 기가 막히네. 이걸 보라고 써놓은 거야?"

"미친놈이 제대로 말하는 것 봤어? 미친놈인데 뭔 짓인들 못할까. 실컷 찧고 까불라고 해. 오늘 하루도 제대로 넘기지 못할 테니. 저건 또 뭐라고 써놓은 거야?"

첫 번째 목판에서 혀를 내두른 군웅들은 두 번째 목판으로 모였다.

고(告) 혈안(血案).

일(一), 은원을 해결할 기한은 구월 스무닷새 자정까지다.

이(二), 암습이나 기습, 협공을 포함하여 강구할 수 있는 모든 수단과 방법을 사용해도 좋다.

삼(三), 일 대 일의 결전을 원할 시에는 혈첩(血帖)을 제시하여 정당한 비무 절차를 밟아라.

사(四), 일 대 다(多)의 결전도 수락한다. 단, 기습이나 암습이 아닌 결전일 경우에는 삼항(三項)과 같이 정상적인 비무 절차를 밟아야 한다.

오(五), 기일이 경과한 후, 청화장을 적으로 삼는 자는 수단 방법을 가리지 않고 멸참(滅斬)한다.

단순한 봉파가 아니었다. 복건무림을 향한 선전포고였다. 향후 십일 동안은 어떤 공격이라도 받아주겠으나, 그 후에는 마찬가지로 수단 방법을 가리지 않고 죽이겠다는 엄포다.

십 일 동안만 검을 들어라. 그 후에는 머리를 조아려라.

혈살괴마가 드디어 미친 것인가?

혈살괴마는 그렇다 쳐도 소위 명문정파의 후인들이라는 청화장 문도들이 미친 자의 넋두리에 동조하고 나섰단 말인가.

"이런 죽일 놈들이 있나!"

"미쳐도 단단히 미쳤군. 제정신이 아냐."

뭇 군웅들의 분노는 하늘에 닿았다. 만약 분노로 사람을 죽일 수 있다면 청화장 식솔들 중에 살아남는 사람은 없을 게다.

그러나 청화장을 향해 검을 뽑는 사람 또한 없었다.

혈살괴마가 청화장으로 향하며 보여준 신위를 생각하면 오금이 저렸다. 많은 무인들이 혈살괴마를 죽이고자 나섰지만 오히려 몰살당하고 말았지 않은가.

흑포괴도, 사검문의 이십팔 연합검진...... 복건무림이 좁다며 횡행하던 사람들이었는데 모두 당했다.

청화장에는 혈살괴마만 있는 게 아니다.

청화장을 염탐하겠다고 담장을 넘었던 무인들이 독에 중독되고 암기 세례를 받아서 절명했다.

죽은 사람의 몸에서 발견된 독과 암기로 어느 독문(毒門)이 개입되었는지는 쉽게 가려낼 수 있다.

사천당문.

암기는 생각할 것도 없다. 한낱 안개에 스쳤다고 전신이 푸른색으로 변색되고, 칠공(七孔)으로 검은 피를 쏟아내며 죽어가는 현상은 사천당문의 혈독무(血毒霧)밖에 없다.

사천당문이 청화장과 손을 잡았는데 누가 감히 청화장을 건드릴 수 있을까. 청화장을 멸문시킨다고 해도 그 후에 다가올 사천당문의 분노는 무슨 수로 감당한단 말인가.

혈살괴마와 사천당문만 해도 복건무림인에게는 감당할 수 없는 무게다.

그런데…… 또 있다.

청화장 문도들, 그들은 예전의 청화장 문도가 아니다. 정문 한가운데 버티고 앉아 검을 가는 무인은 백납도에게 한 팔이 잘린 청화이걸 노태약이 분명하다.

당시는 애송이였다. 청화이걸이라는 무명은 얻었으나 튼튼하게 자라는 묘목을 보듯이 기특한 심정으로 바라볼 수 있었다. 지금은 아니다. 살기가 숨통을 조여와서 그의 곁을 지나 안으로 들어서는 데도 목숨을 걸어야 할 것 같다.

그런 사람이 한 명도 아니고 두 사람이나 된다. 일문의 문주라도 이 두 명의 검을 벗어나 안으로 들어서기에는 손바닥에 땀이 배이리라.

방금 전에 모습을 보였던 성금방은 어떤가?

청화장의 성명병기인 검을 버리고 항우나 사용할 만한 대도를 들었다. 대도에서 뿜어져 나온 예기가 살을 가를 듯 날카롭다.

도대체가 말이 안 된다. 멸문해서 산지사방으로 찢겨져 간 청화장 문도들이 이토록 강한 고수가 되어서 나타나다니.

청화장에는 이런 무인들이 몇 명이나 있을까. 열 명, 스무 명?

웅성거림이라도 있으면 사람 숫자나 파악할 수 있으련만 공동묘지처럼 을씨년스러우면서 조용하니 도대체 알아볼 방도가 있나.

그때다. 다 떨어져 넝마나 다름없는 감색 무명옷을 입고 머리는 봉두난발(蓬頭亂髮), 검은 안대로 오른쪽 눈까지 가린 애꾸가 청화장을 향해 걸어갔다.

군웅들은 숨죽였다.

드디어 첫 번째 도전이 이루어지는가. 청화장을 향해 단신으로 뛰어들 정도면 상당한 무공을 지녔을 터인데, 왜 한 번도 보지 못한 인물일까.

그가 검을 갈고 있는 노태약 앞에서 우뚝 멈춰 섰다.

"백팔겁 겁주, 야괴다."

"……."

노태약은 검만 갈았다. 그래도 기완은 고개를 돌려 쳐다보기는 했다. 말이 없기는 마찬가지였지만.

"의형이 의제를 만나러 왔다. 병기는 없다."

야괴는 목판에 쓰여 있는 대로 정상적인 절차를 밟았다.

노태약은 검을 갈고, 기완은 풀잎만 씹는다. 일언반구(一言半句)조차 대꾸하지 않는 그들의 태도는 사람을 무시하는 것으로 비쳐질 수도 있다.

야괴는 개의치 않았다. 통보를 한 이상 안으로 걸어 들어가면 된다. 한데 그러자니 금방이라도 노태약의 검이 다리를 후려쳐 올 것 같지 않은가.

어지간한 강심장 정도로는 발걸음을 떼어놓지 못할 위협이다.

야괴는 성큼성큼 걸어 들어갔다. 공격을 가해오면 온몸으로 맞이해

주겠다는 자신감이 물씬 배어 나왔다.

"백팔겁! 인간말종들까지! 초록은 동색이라더니 혈살과마와 백팔겁이 어울린단 말이지. 이 인간쓰레기 같은 놈들!"

"쉿! 이 사람아, 언성 좀 낮춰. 백팔겁의 표적이 되고 싶은가?"

야괴가 등장한 이후부터 군웅들의 분노는 점차 사그라졌다. 안에서는 열 길 불길이 솟구칠지라도 입으로 소리 내어 표현할 만큼 배짱이 두둑하지 못한 것이니.

백팔겁은 두려운 상대다. 정당한 비무도 아니고, 오로지 죽이겠다고 달려드는 작자들이니. 놈들이 수련한 은신술은 초절정고수도 속을 정도로 감쪽같으며, 무엇보다도 백팔 명이나 되는 작자들이 목숨을 내놓고 달려든다는 것은 생각만 해도 끔찍하다.

야괴가 청화장 안으로 사라지고 반 각 정도 지났을 무렵, 특이한 모습의 이노일소(二老一少)가 나타났다.

노인 한 명은 걸음걸이조차도 시원치 않다. 옆에서 부축이라도 해주지 않으면 금방이라도 꼬꾸라질 것 같다. 지병이 있는지 기침도 연신 토해낸다.

다른 한 노인은 제일 먼저 튼실한 거구가 눈에 들어온다. 두 번째로는 낚싯대, 세 번째로는 결코 세월에 지지 않는 큰 눈이다.

일소는 더욱 괴이하다. 이제 갓 약관을 넘었음 직한데 두 노인과 허물없이 대화를 나누고 있다.

"늙으면 고향이 제일이라던데 이게 무슨 짓인지. 푸른 물결이 그립지 않겠어?"

말투까지 평대다.

"잊어야지. 그나마 늙은이가 할 일이 있다는 게 다행 아닌가."

거구의 노인도 젊은이의 평대를 스스럼없이 받는다.
"처, 천소사굉이닷! 해남파 전임 장문인이야!"
누군가 천소사굉을 알아보고 소리쳤다.
"그럼 저 노인이 벽파해왕이겠네? 저 꼬마는…… 아니지, 꼬마가 아니지. 내가 오늘 왜 말까지 더듬나. 저 꼬…… 노인이 해남제일의 쾌검수라는 일섬단혼인가?"
해남파 세 기인의 등장은 뭇 군웅들을 긴장시켰다.
이들이 해남파를 떠나 쌍미천향교를 받든다는 기사는 이미 널리 알려진 사실이다. 그 이유조차 아직 풀지 못했거늘, 사파 무리나 다름없게 생각되는 청화장에 나타났으니.
세 기인도 노태약 앞에서 걸음을 멈췄다.
"짜식! 사검(死劍)을 익혔으면 익힌 거지 꼭 이렇게 티를 내야 되냐? 아직 멀었다, 이놈아! 살기란 마음에서 일어나는 것이지 검날에서 나오는 게 아냐! 저놈은 뭐야? 풀잎을 씹으며 매 순간을 긴장한다 이거지? 집어치워라, 이놈들아. 히히히!"
일섬단혼이 천진하게 웃었다.
노태약과 기완은 벼락이라도 맞은 듯 부르르 몸을 떨었다.
"길 틀래, 뚫고 들어갈까?"
일섬단혼은 여유를 주지 않고 몰아붙였다.
검을 가는 소리가 멈췄다. 풀잎도 땅에 나뒹굴었다.
"뚫고 들어가야 할 모양새네."
노태약의 검은 숫돌 위에 올려 있다. 하나 노태약은 이미 손잡이를 잡았다. 기완도 문설주에서 등을 떼지 않았다. 그러나 온몸은 팽팽하게 당겨진 활시위처럼 곤두섰다.

"이놈들…… 자신있는 모양이지?"

"적아를 말하지 않으면 침입자. 누구도 예외는 없소."

"이놈아! 내가 금가 놈 의형이야! 금가 놈이 네놈들 주인이라며? 그럼 네놈들도 내 종새끼들이잖아! 이 동태눈깔들…… 그냥 확 뽑아버릴까 보다."

한동안 참았던 독설이 청화이걸을 상대로 무차별적으로 쏟아져 나왔다.

청화이걸은 감히 말대꾸를 하지 못했다. 대꾸할 엄두가 나지 못했다는 편이 맞다.

이노일소가 뿜어내는 기운은 태산과 같아서 상대할 엄두가 나지 않는다. 일 대 일이라면 어떻게든 해보겠는데, 이 대 삼이어서는 패배만이 눈에 보인다.

그때 시녀 한 명이 쪼르르 달려 나와 청화이걸을 궁지에서 풀어주었다.

"장주님께서 안으로 드시랍니다."

일섬단혼은 그럴 줄 알았다는 듯 어깨를 거들먹거리며 안으로 들어섰다. 그러면서도 한마디 하는 것은 빼놓지 않았다.

"검에 마음을 담느니 어쩌느니 하는 건 전부 개소리야. 뭘 담을 생각을 하지 말고 비울 생각을 해. 선생자내(先生子內) 후취어외(後取於外)라고 했으니, 안에서 먼저 일어난 후에야 밖에 걸 얻을 것이야. 인기합일(人氣合一)이면 인천합일(人天合一)이라. 이놈들아, 죽음이 별거더냐."

해남도 세 기인이 장원 안으로 사라져 보이지 않게 된 즈음에도 청화이걸은 몸을 움직이지 못했다.

일섬단혼이 툭 던진 한마디 말...... 그것은 청화이걸이 몽매에도 터득하고자 했던 검결이지 않은가.

놀라움은 계속 이어졌다.

세 기인이 안으로 들어가고 일 다경도 되지 않았을 때, 이번에는 이남사녀(二男四女)가 나타났다.

중인들이 그들에게서 눈을 떼지 못하는 것은 눈을 떼고 싶어도 뗄 수 없게 만드는 두 여인의 절색 때문이다.

다른 두 여인은 눈에 들어오지도 않았다. 두 사내도 거치적거리는 걸림돌에 불과했다. 차라리 옆으로 비켜서서 절색을 가리지나 말아주었으면.

이남사녀는 아직 충격에서 벗어나지 못한 청화이걸에게 다가갔다.

"저희 두 사람은 장주님의 내자들이에요. 들어가도 될까요?"

웬만해서는 흔들리지 않는 청화이걸조차도 정신이 없었다. 하물며 지켜보는 군웅들이야.

"쌍미천향교! 그 여자들이야! 맙소사! 혈살괴마의 부인이라니!"

그러잖아도 폭풍의 핵으로 급부상한 청화장. 이들의 등장은 청화장이 목판에 쓴 것처럼...... 복건제일세가로 자부하는 게 미친 것만은 아니라는 걸 일깨워 주었다.

❷

독(毒)이란 대다수의 사람들에게는 상당한 위협이다.

노노와 설아는 온 정성을 다해 차를 끓이고 있는 당운미를 노려보며 속으로만 씩씩거렸다.

"됐어. 온도가 아주 알맞아."

당운미가 주담자를 들고 일어섰다.

"여기 있어요!"

노노가 들고 있던 다반(茶盤)을 내밀었다.

기꺼운 행동은 전혀 아니고 불만이 가득 담겨 거칠게 보이는 행동이다. 불만은 말투에도 담겨 있어서 듣기가 거북했다.

당운미는 활짝 웃었다.

"고마워."

"흥!"

"다 좋은데 앞으로는 좀 공손해져야겠다."

당운미의 얼굴은 밝았다. 웃는 모습을 보자면 장미꽃이 활짝 핀 것처럼 아름답다. 그런데 어찌 된 일일까? 노노와 설아에게는 당운미의 웃음이 악마의 미소처럼 가슴을 철렁이게 만드니.

'누구냐'는 단순한 질문을 던진 결과는 참혹했다. 밤새도록 측간을 들락거려야 했으니. '이건 내 일이에요!' 라고 통박을 주었다가 창자가 끊어지는 고통을 맛봤다.

하후의 시중을 드는 동안 상당한 수준으로 의술을 연마한 설아는 고통이 치미는 즉시 독에 중독되었다는 사실을 깨달았다. 한데 그녀의 의술로는 해독제를 만들기는커녕 무슨 독에 중독되었는지도 모르겠으니 어쩌랴.

다행히도 노노와 설아에게는 창을 막을 수 있는 방패가 지척에 있었다.

하후는 증상을 보자마자 해독제를 만들어냈고, 고통은 멈췄다.

해독제를 만들었으니 중독시킨 독이 무엇인지도 당연히 알아냈다. 시중에서는 듣지도 보지도 못했던 희귀한 독, 오직 사천당문 사람들만이 사용하는 독.

사천당문 사람이라면 당운미밖에 더 있나.

노노와 설아는 당운미에게 따지러 갔다가 또 된통당하고 말았다.

물론 그때마다 하후가 해독제를 만들어주기는 한다. 하지만 해독제를 만들 때까지는 고통에 시달려야 하지 않는가. 그 고통이란 당해보지 않은 사람은 정말 말할 수 없을 게다.

하후에게 사정도 해보았다. 흉수가 분명하니 따끔하게 일침이라도 놔달라고. 당운미는 청화장과는 아무 상관도 없는 여우이니 장주께 꼬리치기 전에 쫓아버리라고.

하후의 대답은 냉정했다.

"당 소저는 청화장을 지키는 보루 중 중요한 부분을 맡고 있는데 쫓아내서야 쓰나. 너희가 비위를 맞춰야지."

그 다음부터, 노노와 설아가 할 일을 빼앗긴 것이.

완전히 빼앗아갔으면 말도 안 한다. 허드렛일은 모두 시키면서 생색내는 일만 빼앗아갔으니 배알이 뒤틀리는 게다.

당운미는 노노와 설아가 준비한 다반을 들고 내원(內院)으로 사라져갔다.

"정말 마님 속을 알 수 없다니까. 저 여우가 장주님께 꼬리치는 게 보이지도 않으시나. 장주님도 사낸데 덜컥 건드리기라도 하면 어쩌시려고. 그때는 후회해도 늦지."

"참아. 하후님 말대로 지금은 꼭 필요한 사람이잖아. 하후님이 보통 분이야? 저 여우 따위에게 당할 일은 없어."

노노와 설이는 분을 삭였다.

독을 만들기 위해서는 물과 불을 잘 다뤄야 한다. 독초를 선별하는 것은 기본에 속한다.

그런 면에서 당운미가 끓이는 차는 최상이라고 극찬해도 모자란다.

코에 풍기는 향, 입에 감도는 맛, 뒤끝의 여운까지 다른 사람이 끓인 차와는 비교할 수 없는 풍부함을 지닌다. 마치 차의 진수를 모두 뽑아낸 것처럼.

"아주 맛있게 마셨다."

소현 부인이 찻잔을 내려놓으며 말했다.

"고맙습니다, 어머님."

당운미는 한없이 자신을 낮췄다.

오빠는 쌍미천향교를 찾으라고 했다. 하후와 빙후의 종이라도 되라고 했다.

당운미는 달리 생각했다.

중원 천지에 화부용을 탐내지 않는 사내도 있다던가. 화부용을 적으로 삼지 않으려는 마음은 독절이라 불리는 독술이 무서운 탓도 있겠지만, 화부용 같은 미녀와 적이 되고 싶지 않다는 마음이 더 크리라.

사내 마음쯤 돌려놓는 건 시간문제다.

문제는 그의 마음이 너무 꽁꽁 얼어 있다는 것인데…… 그럴 때는 돌아가는 게 상책이다. 급하게 서둘지 말고 천천히 녹여가야 한다. 그러자면 주변 사람들부터 내 편으로 만드는 것이 좋다.

당운미는 쌍미천향교를 찾지 않고 곧바로 삼명 청화장으로 왔다.

"어머님, 소녀 당운미라고 합니다. 사천당문 문주님이 아버님 되시

고요. 그분께는 알리지도 않고 이렇게 불쑥 찾아뵀어요."

소현 부인과 첫 대면에서 한 말이다.

당돌했다. 오라버니의 말이 맞았다. 금하명도 여느 사내들과 다를 바 없다고 생각했던 건 크나큰 오산이었다.

하후와 빙후의 미모는 하늘도 가린다. 두 여인 중 누구 한 명도 자신에 비해 빠지는 것이 없는 여인들이다. 이런 여인들이 곁에 있는데 한눈을 파는 사내가 있을까?

지절 귀산 오라버니는 쌍미천향교를 봤을 것이다. 이 여인들의 아름다움은 물론 장단점까지 세세하게 파악한 후 차라리 종이 되는 편이 빠르다는 결론을 얻었으리라.

쌍미천향교를 찾아가 연심(戀心)을 호소했다면, 그래서 두 여인과 밀착된 관계를 가졌다면 지금 이토록 곤혹스럽지는 않았을 텐데.

금하명이 돌아오고, 하후와 빙후가 청화장을 찾은 이후부터 자신의 처지가 참 난감하게 되었다. 하후와 빙후는 소현 부인을 모시지 않고 치른 혼례지만 정식으로 혼인을 한 관계인데 자신은 뭔가.

하후와 빙후가 쫓아낸다면 군말없이 나가야 할 판이다. 소현 부인이 하후와 빙후를 생각해서 이제 그만 자리를 피해달라고 해도 어쩔 수 없이 나가야 한다.

오라버니가 주도하는 일이 무엇인지는 알고 싶지 않다. 설혹 오라버니의 일이 사천당문의 존폐를 건 일이라고 해도 여인의 일생을 담보로 하는 일이라면 망설였을 거다.

그러지 않았다. 오라버니의 말을 듣는 즉시 행동으로 옮겼고, 청화장까지 왔다.

왜 그랬냐고 묻는다면 우문(愚問)이다.

단지 호기심 때문에 혈살괴마의 뒤를 쫓았지만…… 인피면구를 쓰고 있어서 진면목을 본 적도 없지만…… 그와 함께라면 도산검림도 두렵지 않다는 생각을 했다.

그런 기분은 처음이다. 무림에 나와 험한 일도 많이 겪었지만 사내의 곁에 있는 게 포근하다는 느낌을 받은 적은 없었다, 혈살괴마를 만나기 전까지는.

이제는 놓칠 수 없다. 그와 같은 사람은 중원 천지를 뒤져도 찾지 못할 것 같다. 그를 놓친다면 평생 홀로 고독하게 지내게 될 것 같다.

소현 부인은 여전히 어머님이고, 하후와 빙후에게는 종이 되리라.

소현 부인과 하후, 빙후가 다과를 즐기는 자리.

당운미는 시녀가 된 듯이 함께 앉지도 않고 그들 뒤에 서서 수발을 들었다.

청화장이 봉파하는 날은 긴장감 때문에 숨소리조차 크게 내지 못했다. 하루가 지났을 때는 한두 마디 정담이 흘러나왔고, 나흘이 지난 지금은 당운미의 행동까지 이야깃거리가 되었다.

소현 부인과 하후, 빙후는 흉금을 털어놓는 사이로 발전해 가고 있다. 그러면 그럴수록 당운미는 점점 소외되고 있으며 설 자리도 좁아지고 있다.

소현 부인이 한마디라도 건네주면 좋으련만, 청화장 일에 대해서는 적극적으로 나서면서 자식과 며느리 사이에 일어나는 일에 대해서는 일절 간여하지 않으신다.

하후나 빙후도 '어머니'라고 부르는 소리를 들었다. 당운미의 행동에 어떤 의도가 숨겨져 있는지도 안다. 그러면서 그녀들 역시 입에 자물통을 채운 듯 말이 없다.

당운미는 체념하지도, 서둘지도 않았다.
하루 이틀 사이에 해결될 일이라고는 생각하지도 않았으니까.
이 자리에 모인 여인들의 마음도 중요하지만 정작 중요한 것은 금하명의 마음을 얻는 일.
지금은 그런 일에 대해서는 언질조차도 꺼내서는 안 될 때다.
다과가 거의 떨어져 갈 무렵, 증휘(曾輝)가 들어와 고했다.
삼명 백가에 몸을 담았던 자로, 청화장 문도들 중에서 가장 발이 빠르고 눈치도 빨라서 연락을 담당하고 있는 자다.
"장주님께서 회합을 소집하셨습니다. 네 분 모두 모시라는 전갈이십니다."

대청에는 많은 사람들이 모여 있었다. 금하명이 정중앙에 앉아 있고, 우측으로는 해남 세 기인과 야괴가, 좌측에는 청화사검과 음양쌍검이 자리했다.
네 여인도 상하석(上下席)에 구애받지 않고 자리에 앉았다.
"백납도가 오지 않고 있어. 장주께서 청화장에 들어서던 날 혈첩을 전달했으니 벌써 닷새가 지났는데, 연락 한 통 없단 말이야. 복건 놈들도 수상해. 너무 숨죽이고 있어. 혈살괴마를 죽이자고 길목마다 막아서던 살벌함에 비하면 터무니없을 정도로 조용해. 어디서부터인지 일이 틀어진 게지. 그걸 상의하고 있었어."
일섬단혼이 회합 내용을 말해 주었다.
해남 세 기인은 청화장에 들어서면서부터 공봉(公奉)이란 신분이 되었다. 그런 연유로 배분을 떠나서 공식 석상에서는 금하명을 장주로 깍듯이 대한다.

야괴는 백팔겁의 겁주이자 청화장 취정관(聚情館) 관주가 되었다.

말이 취정관 관주이지, 사실 취정관이라는 건물조차 존재하지 않는다. 야괴가 입문 의사를 밝히고, 백팔겁의 능력을 최대한 활용할 수 있는 직책을 급히 만들다 보니 정보를 모으는 관이라는 뜻의 취정관이 탄생한 것뿐이다.

당장은 급한 대로 상승검법을 수련할 때 사용하는 중원(中院) 별각(別閣)을 취정관으로 사용하고 있다.

취정관 관주라는 직책상 야괴가 제일 먼저 입을 열었다.

"일이 거꾸로 됐어요. 우리는 독 안에 든 쥐가 되었고, 저놈들은 우리에 갇힌 짐승을 구경하는 격이니. 바깥소식을 알 수 없다는 게 이렇게 답답하군요."

이 점까지는 하후도 생각하지 못했다.

백납도가 당연히 올 줄 알았다. 혈첩을 보냈는데 오지 않는다는 것은 도전을 회피한다는 뜻이 되지 않나. 도전을 피한 무인…… 무인에게는 지금까지 쌓아 올린 명예가 와르르 무너지는 중대사다.

백궁이 잠잠한 것도 판단 착오다.

야괴 말대로 독 안에 든 쥐가 되었으니 마음껏 공격해 와야 한다.

복건무림은 신경 쓸 것 없다. 혈살과마를 죽이자고 우르르 달려든 것도 그들의 의지와는 상관없이 모종의 압력을 받았기 때문일 게다. 그럴 수 있는 능력을 구비한 곳은 백궁밖에 없고.

백궁이 손대지 말라고 명을 하달했다면, 복건 무인들 중 손을 쓸 수 있는 사람이 몇 명이나 될까.

백납도와 백궁의 연관성도 큰 변수다.

지금까지의 상황을 종합해 보면 백납도 백궁의 일원일 가능성이

농후하지만, 만에 하나라도 아닐 경우에는 백궁과 힘을 겨루고 있는 유일한 사람이 된다.

모든 것이 모호한 안개 속에 휘감겼다. 야괴 말대로 바깥 상황을 전혀 알 수 없다는 데서 기인된 일이다.

"장주, 아이들 몇을 보내겠소."

"공격받을 겁니다."

금하명의 대답은 단호했다. 거절.

"백팔겁은 안에만 있는 게 아닙니다. 여기 들어온 백팔겁은 스무 명도 채 안 되죠. 나머지 구십여 명은 밖에 있어요. 그놈들을 움직이면 됩니다."

"명을 내리려면 사람이 나가서 만나거나 전서구를 날려야 하죠. 표적만 될 뿐이에요."

하후도 금하명과 생각을 같이했다.

회합은 두 시진이 넘게 진행되었다. 발언은 야괴와 청화사검이 대부분을 차지했고, 다른 사람들은 간간이 의견을 밝히는 정도였다. 하나 뾰족한 방법이 나올 리 없다. 모두들 추측성 발언에 불과했으니까.

"기다려 보는 수밖에요. 약속한 기한이 며칠 남지 않았으니까요."

하후의 말을 대신할 의견도 없었다.

경험상 적이 의도하는 대로 움직이다가는 모두 당한다.

죽음은 두렵지 않다. 적에게 끌려 다니다가 죽는 게 싫을 뿐.

야괴는 수하 네 명을 불렀다.

"목숨을 줘야겠다."

"말씀하십시오."

"밖에 나가서 형제들을 만나라. 삼명 백가의 동태 좀 알아봐. 미행이 붙을 테니까 각별히 조심하고. 만일을 대비해서 한 사람이 한 사람씩만 만나도록 해. 네가 만나는 사람은 모두 죽는다는 생각을 가져야 할 게다."

"저희들의 은신술도 만만치 않을 겁니다. 쉽게 당하지 않을 테니 걱정 놓으십시오."

봉파 나흘째 되는 날 미시(未時), 야괴 수하 네 명이 야공을 가로질렀다.

뚜벅! 뚜벅! 뚜벅……!

수레를 멘 황소 한 마리가 풀 뜯을 곳을 찾는지 어슬렁거리며 다가왔다. 황소 임자는 아침부터 술에 취했는지 수레 한가운데 벌렁 드러누워 있다.

기완이 천천히 일어나 수레로 걸어갔다.

한 걸음, 두 걸음…… 네 걸음을 옮겼을 때, 기완의 오른손은 검을 움켜쥐고 있었다.

노태약도 검을 움켜잡았다.

수레에서 풍겨나는 피 냄새가 상당히 진하다. 이토록 진한 피 냄새라면 갓 죽은 시체라야 가능하다.

짐작대로 수레에는 시체 한 구가 실렸다.

목울대에서부터 배꼽까지 일직선으로 갈라져 끔찍한 형상이다. 더욱 끔찍한 것은 뱃속에 당연히 있어야 할 장기들이 하나도 없다는 것이다. 간, 위장, 심장, 폐, 내장…….

누군가 고의적으로 사람을 죽인 후에 청화장으로 보냈다.

시신이 도착했다는 소식을 듣고 제일 먼저 달려 나온 사람은 야괴다.

그는 힘없이 중얼거렸다.

"나위(羅偉)…… 내가 널 개죽음시켰구나."

그것이 시작이었다.

수레를 멘 황소는 정확히 반 시진마다 한 대씩 도착했다.

진시 말(辰時末), 사시 정(巳時正), 사시 말(巳時末)…… 여덟 구.

금하명과 하후의 예측은 정확했다. 청화장에서 빠져나간 사람들뿐만이 아니라 그들이 접촉했던 사람들까지 모두 죽었다.

하후가 말했다.

"자책하지 마세요. 개죽음은 아니었어요. 누군가 지켜보는 사람이 있다는 걸 알았다는 것만으로도 대가는 얻은 거예요."

물론 그 정도 대가를 얻자고 백팔겁 중 여덟 명이나 죽음으로 몰아넣을 수는 없다. 그런 자가 있다면 머리가 텅 빈 사람이거나 사람 목숨을 파리 목숨보다 못하게 여기는 마인일 게다.

그러나 어쩌랴. 일은 이미 벌어졌고, 사람은 죽은 것을.

한구석, 음살검이 양광검에게 속삭였다.

"백팔겁의 은신술이라면 살각의 적엽은막공하고도 겨뤘던 비공(秘功)인데…… 흥미가 당기지 않아?"

"백팔겁은 정보력을 잃었다고 봐야겠지. 우린 백궁을 탐지할 생각이었고, 삼명 백가로 방향을 돌린다고 억울할 건 없어."

"오늘밤?"

"오늘밤."

❸

봉파 엿새째 정오.

하후는 지난밤을 뜬눈으로 밝히고 날이 밝은 후에도 반나절이나 눈꺼풀을 붙이지 못했지만 피곤함을 느끼지 못했다. 그러기에는 상대가 너무 무섭다.

'우물 안 개구리였어, 우물 안 개구리.'

하후는 자신의 머리를 탓했다.

따지고 보면 평생을 살아오면서 계략 같은 것에는 관심조차 두지 않았다. 그녀가 하는 일이란 것은 오로지 환자를 살펴서 병을 낫게 해주는 일뿐이었다.

그러던 사람이 병서 좀 읽은 게 있다고 모사 흉내를 냈으니 제대로 될 것이 있겠나.

금하명의 행동은 그녀의 생각을 벗어난 것이다.

그녀는 금하명이 계속 혈살괴마로 행세하며 백납도와의 비무까지 끝마치기를 기다렸다. 백납도를 무너뜨린다는 것은 복건무림의 절대지주를 무너뜨리는 것, 단숨에 복건제일고수로 발돋움할 수 있는 첩경이다.

하후는 그 다음도 생각해 놨다.

혈살괴마의 살겁은 실제보다 더욱 부풀려졌다. 그렇게 소문을 흘렸으니 당연한 거고. 혈살괴마를 단숨에 주목받게 하려면 어쩔 수 없는 일이었지만, 백납도를 무너뜨린 후에는 다시 고쳐 잡아야 한다.

혈살괴마가 죽인 사람들의 면면을 상세히 기술했다.

죽인 사람들은 누구이며, 언제 어디서 어떤 방식으로 싸우다가 죽였는지까지 눈으로 본 듯이 기술해 놨다.

그중 무인 아닌 사람은 없다. 암습이나 기습을 가해서 죽인 사람도 없다. 금하명이 먼저 병기를 들었을 때는 상대 역시 명성이 자자한 고수로, 수많은 청년 협사들이 비무 상대로 손꼽는 자들.

정확한 사실이 복건무림에 유포되면 금하명은 일약 진정한 무인으로 탈바꿈된다.

그래도 청화장으로 돌아가는 것은 아직 이르다.

그동안 정체를 드러낼 백궁, 그들과의 싸움마저 끝내야 한다. 청화장으로 돌아가는 것은 그 다음이다.

한데 금하명이 돌연 방향을 틀었다. 백납도와의 싸움을 벌이기도 전에 진면목을 회복했고, 청화장으로 돌아왔다.

그녀의 생각과는 다른 방향이지만 그것도 좋다는 생각을 했다.

정정당당하게 힘으로 떨쳐 울리는 것도 괜찮을 것이라고. 복건무림인들의 분노는 계획했던 대로 혈살괴마의 행적을 흘림으로써 종결될 것이라고.

백궁과의 싸움에서 청화장 식솔들을 지켜야 한다는 부담이 있지만, 복건무림인들의 응집된 힘을 활용할 수 있는 장점도 있다고.

그 생각도 틀어졌다.

금하명이 청화장 정문에 세운 목판은 복건무림에 대한 도전이다.

그래서는 혈살괴마가 아무리 정인협사라고 설득을 해도 통할 리가 없다.

실질적으로 일이 틀어지기 시작한 것은 그때부터다.

모사재인(謀事在人) 성사재천(成事在天)이라더니. 하루만 빨리 청화장으로 돌아와 금하명을 만났더라면, 아니, 단 몇 시진만 빨리 왔더라도 목판을 세우는 일만은 막았을 텐데.

금하명의 생각을 모르는 바는 아니다.

그에게는 계략이나 계획 같은 것이 없다. 무식할 정도로 답답하게 무인의 길을 걷는다. 그중에 하나가 이번 일, 무인 대 무인으로 백납도와 복건무림 전체와 일전을 겨루겠다는 생각이다.

상대는 무인이 아니라 효웅(梟雄)인데 이쪽만 무인이니…….

그것도 일이 틀어진 중요한 이유인가?

금하명의 길을 막을 생각은 없다. 그 길이 답답하더라도 낭군이 가는 길이니 일부종사(一夫從事), 따르는 게 도리다. 다른 여인들은 어떨지 몰라도 자신만은 그렇게 생각한다.

과거는 접어두고 현실을 돌아보자.

야괴의 수하를 죽인 사람이 백납도인지 백궁인지 알 수 없지만 어느 쪽이라도 상관없다. 어차피 양쪽 모두 한 번은 겪고 넘어가야 할 사람들이니까.

상대는 절대 무리를 하지 않는다. 이는 계획이 완벽하다는 것을 의미한다.

혈살괴마의 동조 세력들이 모두 한군데에 모여 있으니, 이보다 치기 쉬운 적이 또 어디 있을까.

그래도 공격해 오지 않는다. 왜? 이유는 단 하나, 피해가 예상되기 때문이다. 그렇다면 피해가 적으면서도 혈살괴마 일행을 섬멸하는 방법은?

'각개격파(各個擊破)! 십 일 후, 청화장은 세상 밖으로 나가게 돼. 그때야! 그때 공격해 올 거야. 한 명씩, 한 명씩. 흩어지면 모두 당해. 그렇다고 세상 밖으로 나가면서 뭉쳐 다닐 수도 없고. 청화장에서 벗어나는 사람은 모두 죽일 계획이야! 포위망을 형성해 놓고 굶겨 죽이겠다는 계획!'

하후가 간신히 가닥을 잡아가려고 할 때, 중휘가 들어와 생각을 방해했다.

"장주님께서 급히 오시랍니다."

하후가 대청에 도착했을 때, 그녀는 제일 먼저 피투성이가 된 음양쌍검을 봐야만 했다.

"음양쌍검! 이게 어떻게 된 일이에요! 누가 밖으로 나가라고 했어요! 누가!"

한 발 앞서 달려온 빙후가 음양쌍검을 부여잡고 소리쳤다.

"괜찮습니다. 재수가 없어서 몇 칼 맞았는데…… 조금만 쉬면 괜찮아질 겁니다."

음살검이 무덤덤하게 말했다.

"괜찮은 게 아니에요. 빨리 치료하지 않으면 평생 고생할 거예요."

하후는 늘 지니고 다니는 치료용 소도(小刀)를 꺼내 옷을 찢고 상처를 살폈다.

살만 찢긴 게 아니다. 내장까지 베였다. 등에 난 상처는 뼈가 환히 드러나 보일 정도로 깊다. 양광검의 경우도 별반 다르지 않다. 피가 좀처럼 지혈되지 않으니 음살검보다 더 위급한 지경이다.

"괴화(槐花:생나무 꽃), 대자석(代赭石:천연적철광), 백동옹(白冬翁:할미꽃 뿌리), 백지(白芷:구릿대 뿌리)……."

하후의 입에서 약초 이름이 다급하게 흘러나왔다.

"언니, 대천음자(大天飮子)?"

당운미가 하후의 뜻을 정확하게 파악해 내고 되물었다.

당운미도 있었던 모양이다. 정신이 없어서 보질 못했는데. 하기는 청화장 호장무인으로 지칭되는 그녀이니 음양쌍검이 당한 일을 모를 리 없을 게다.

원래 독술과 의술은 상통하는 법이다. 약초로 사람을 죽일 수 있는 사람은 살릴 수도 있으며, 살릴 수 있는 사람은 죽일 능력 또한 구비하고 있다.

하후가 당운미를 힐끗 쳐다본 후, 다시 양광검의 상처를 짓누르며 말했다.

"빨리 만들어 와요. 대천음자에다가 황금(黃芩:속서근) 다섯 개, 적석지(赤石脂:적색 점토) 반 근을 넣고."

"언니, 우선 이걸 써봐요. 본 문에서 사용하는 상비약인데……."

당운미는 거름종이에 싸인 단환을 하후의 손에 쥐어주고는 나는 듯이 달려 나갔다.

거름종이를 풀자 향긋한 냄새가 대청을 진동한다.

향을 피워놓은 듯 진하면서도 심신을 상쾌하게 만들어주는 냄새다.

"해급파환(解急破丸)!"

좀처럼 놀라지 않는 하후가 경악했다. 음양쌍검의 상처는 한시가 급한데 까마득히 잊어버린 양손을 쓸 생각을 하지 못한다.

"언니."

빙후가 하후를 일깨웠다.

"응? 아! 내 정신 좀 봐. 미안해요. 정신을 깜빡 놓았네요."

하후가 음양쌍검을 돌아보며 미안해했다.
"해급파환이란 게…… 귀한 것인 모양입니다."
음살검이 일그러진 인상을 펴지 못한 채 말했다.
"귀하죠. 아주 귀한 거예요. 삼십 년에 한 알밖에 만들지 못하는 단환이니까요. 귀한 만큼 약효도 뛰어나요. 거짓말 좀 보태면 죽은 사람도 살릴 수 있다는 기사회생의 단약이에요. 사천당문에서도 오직 문주만이 가지고 있다고 들었는데……."
하후는 단약을 사등분하여 한쪽을 물에 개었다.
음양쌍검이 화들짝 놀라며 몸을 뒤로 뺐다.
"우, 우린…… 그 귀한 걸…… 우린 참을 수 있으니 대천음자라는 걸 기다렸다가……."
하후는 물에 개어 단약이 되어버린 해급파환을 양광검의 상처에 쏟아 부었다.
치지직……!
상처에서 심한 거품이 쏟아져 나왔다. 피와 단약이 뒤섞이는가 싶더니 곧 피는 멈추고 거품만 흘러넘쳤다.
"대천음자를 만들어 오라고 했지만 비상수단일 뿐이에요. 이런 상처에는 장담할 수 없죠. 가장 확실한 약이 있으니 사용하는 것. 나중에 당 소저에게 고맙다는 말이나 해요."
이게 어디 말 한마디로 끝날 성질인가. 사천당문에서도 문주만이 가지는 단환이라면 오직 한 알밖에 없다는 건데, 그런 약을 사용하고도 말 몇 마디로 끝낼 수 있는가.
"동생, 가서 당 소저에게 대천음자는 만들 필요 없다고 전해줘. 이거면 두 분 상처를 모두 치료할 수 있을 것 같아."

하후의 손길은 점점 빨라졌다.

당운미는 약재를 고르지 않았다. 어두운 약재 창고에 앉아서 멍하니 약초 더미들을 쳐다보고 있었다.

삐걱!

창고 문이 열렸다. 그리고 한 여인이 들어섰다.

당운미는 고개조차 돌리지 않았다. 약초 더미만 뚫어져라 쳐다봤다.

"고마워."

빙후가 당운미 곁에 앉으며 말했다.

"……."

"대천음자를 만들 필요가 없다는 말을 전하려고 왔는데…… 약재를 고르지도 않았네?"

"……."

"알고 있었구나, 해급파환이면 치료될 거라는걸."

"……."

"그래, 언니도 알고 있었어. 대천음자를 만들지 않을 거라는걸. 그러면서 내게 심부름을 시킨 거야. 고약한 언니네. 이런 일을 내게 맡기다니."

"그래요. 그 사람 좋아하게 됐어요. 남자들이 벌 떼처럼 모여들었어도 이런 감정은 느끼지 못했는데… 그래서 줬어요. 귀한 약이죠. 제 목숨이 경각에 달렸을 때 사용하라시며 주신 약이에요. 하지만 음양쌍검을 바라보는 그 사람의 눈길을 보는 순간…… 대천음자로는 안 돼요. 여기가 의원도 아니고, 어쩔 수 없으니 최선이겠지만 음양쌍검이 자랑하는 구류음둔공은 두 번 다시 펼칠 수 없을 거예요. 그 사람이 그걸 가슴 아파했어요."

"눈길로 그런 마음을 읽었다면…… 가가만 쳐다보고 있었네?"

"돌아가려고요. 그 사람…… 유혹도 해봤는데 눈길도 안 주더군요. 참 목석 같은 사내도 다 있다 싶었는데… 언니들이 있어서 그랬어요. 저는 아무래도……."

"호호호!"

빙사음은 웃었다. 경멸해서가 아니다. 자신도 처음에는 그렇게 생각했다. 그 생각이 나서 웃었다.

"가가…… 목석이 맞아. 우리가 있어서가 아니라."

"……?"

"가가는 무인이야. 그거면 대답이 충분할 것 같은데."

"……."

"가가를 좋아하게 되면 늘 가슴이 아파야 돼. 근심, 걱정, 불안, 초조는 친구처럼 달고 살아야 되고. 그래도 괜찮겠어?"

"언니……!"

당운미의 음성이 잘게 떨려 나왔다.

"동생이 가장 어리니 언니 대접받을게."

빙사음은 당운미를 껴안았다.

그 사람을 또 한 여인에게 넘겨준다. 좋은 마음은 아니다. 가슴이 쓰리다. 오직 그 사람과 단둘이서 오붓하게 살고 싶은데, 아주 작은 소망에 불과한데.

하후도 이랬을 게다. 금하명과 부부지연을 맺은 후, 자신에게 한편을 밀쳐 주면서 이런 마음이 들었을 게다. 그녀도 여자이니.

"언니, 사실 나…… 언니들도 자신있고, 어머님도 자신있는데……

그 사람이 자신없어."

어느새 당운미도 편한 말로 말하기 시작했다.

"남자들이 많이 따랐다며? 그런데도 아직 남자를 몰라? 도대체 어떤 남자들이 따라다닌 거야? 호호호! 가가의 약점은 여자에게 약하다는 거야. 약해도 너무 약해. 그래서 목석이 된 거야. 무슨 뜻인지 알지?"

당운미는 어둠 속에 있다는 것을 다행으로 생각했다. 아니었다면 불그스름하게 변한 볼 때문에 생각이 발각되었을 테니까.

하지만 빙사음은 태극오행진기를 익힌 몸, 당운미의 기도가 급격하게 변하는 것을 알아차리지 못할 리가 없었다.

'휴우! 세 명…… 조가벽이라는 여자도 가가만 쳐다보던데. 능완아! 능완아가 있었네. 삼명이니 곧 그녀도 만날 테고. 백납도와 혼인했다고 하던데…….'

남편 복이 있는 건지 없는 건지.

좋아할 사람은 딱 한 사람뿐이다. 미운 사람.

금하명은 막연하게 도전해 올 사람을 기다리고 있던 것만은 아니었다. 삼명 백가에서 청화장으로 다시 돌아온 문도들은 답답한 바깥 세상을 말해 줄 눈과 입이다.

금하명은 그들 개개인을 한 명씩 불러서 삼명 백가에 대한 일을 낱낱이 들었다.

"사소한 일이라도 좋아. 옛날이야기한다 생각하고 상세히 말해 줘. 아침은 뭘 먹고 저녁은 뭘 먹는지까지."

그러나 내용은 대동소이(大同小異)했다.

한 명, 두 명에게서 같은 이야기를 들었을 때는 단조로운 일만 했구나 하는 생각이 들었다. 그런데 면담하는 사람마다 똑같은 말을 한다. 열 명, 열다섯 명…… 전부 똑같은 말들이다.

이들은 삼명 백가에 머물지도 못했다. 초창기에 얼마 동안은 삼명 백가 사람이 되어 삼명성을 헤집고 다녔지만, 백가의 위용이 자리잡힌 다음에는 복건성을 떠돌아야만 했다.

청화장 문도들이 하는 일이라고는 복건 각지를 떠돌아다니며 삼명 백가주의 명을 전달하는 전령(傳令).

무인들이 하기에는 하찮은 일이었지만 청화장 문도들은 충실히 명을 좇았다. 한뎃잠을 자고 나무뿌리, 풀뿌리로 끼니를 채워야 할 때도 있었지만 멸문한 문파의 문도들이니 당연한 대접으로 받아들였다.

이들 처지가 그랬다. 당연히 삼명 백가에 대해 아는 것은 거의 없는 상태.

알고자 했던 것은 삼명 백가에 대한 것이었으나 알아낸 것은 없다.

대신 전혀 생각하지 못한 사실을 알게 되었다.

삼명 백가에 투신했던 백팔십 문도가 능완아의 지휘 하에 조직적으로 움직였다는 사실이다.

능완아의 비밀 지휘 계통은 백납도에게 발각된 것으로 추측된다.

어느 순간부터 능완아의 행동에 제약이 가해져 구금 상태나 다름없는 처지가 되었고, 칠살음을 제외한 청화장 문도들은 하나 남김없이 밖으로 휘둘려야 했으니까.

그들 중 일부는 밖에서도 능완아의 지시를 받았다. 그리고 죽었다.

예순두 명이나 되는 문도들이 허무하게 죽어간 것이다.

능완아가 무엇을 하려고 했는지는 알지 못한다. 살아남은 사람들은 능완아의 지시를 받지 못했으니까. 단지 그들이 삼명 백가에 몸을 의탁하게 된 동기가 능완아의 눈물 때문이었다는 것만은 틀림없는 사실이다.

"살아생전에 딱 한 번 믿어달라고 말할게요."

청화장 문도들은 그녀의 말을 믿었고, 삼명 백가로 들어갔다.

청화장으로 다시 돌아온 것도 자신들의 의지 때문만은 아니다. 행동이 자유롭지 못한 능완아가 애써서 연락을 취해왔고, 내용이 바로 청화장으로 돌아가라는 것이었다.

"그럼 다른 사형제들은?"

"아마 연락을 받지 못했을 공산이 클 겁니다."

금하명은 인내심을 가지고 쉰한 명 모두와 이야기했다. 비록 똑같은 말이었지만 끝까지 들었다.

도무지 모르겠다, 능완아가 뭘 하려고 했는지.

'능완아…… 잊으려고 했는데 또 생각나게 만드네. 그토록 바라던 강한 놈을 만났으면 가만히나 있을 것이지 뭘 한 거야.'

"대삼검을 수련해 내지 못하면 혼인은 꿈도 꾸지 마. 이런 걸 두고 세상에서는 마지막 경고라고 하는 거야. 네가 이 상태에서 답보를 면치 못한다면 나도 생각을 바꿀 수밖에 없어."

능완아의 카랑카랑한 음성이 귓전을 울렸다.

무공 수련에 매진하라는 충고를 무시했다고, 사랑하는 사람이 겨우 이 정도에 불과하니 참을 수 없다며, 자신까지 초라해지는 게 견딜 수 없어서 죽이기로 결심했다던 음성이 쟁쟁 울리는데.

혈마독이 다리를 마비시키던 느낌도 생생한데.

'난 이미 아내가 둘이나 생겼어. 아주 사랑스런 아내들이지. 아내들이 무인의 길을 버리라고 하면 버릴 수 있을 정도야. 능완아, 너와 난 나란히 설 수 없는 강 건너에 있는 거야. 하지만…… 네가 곤란하다면 구해준다. 날 위해 목숨을 버린 능 총관을 위해서.'
 금하명은 몸을 일으켜 안정을 취하고 있을 음양쌍검을 찾아갔다.

第四十九章
양호상투(兩虎相鬪) 필유일상(必有一傷)
두 마리 호랑이가 다투면
반드시 한 마리가 상한다

양호상투(兩虎相鬪) 필유일상(必有一傷)
…두 마리 호랑이가 다투면 반드시 한 마리가 상한다

탁! 타닥! 탁!

금하명은 오랜만에 돌을 쪼아 석부를 만들었다.

사람들 눈에 환히 띄는 혈흔창은 두고 갈 생각이다. 대신 시중 대장간에서 쉽게 살 수 있는 청강장검과 석부 아홉 자루를 챙길 예정이다.

"한동안 잊어버리고 있었는데 잘될지 모르겠어."

만들어진 석부 아홉 자루를 허공에 띄웠다.

능 총관의 천음대혈식(天陰大血式) 중 제삼식(第三式) 혈부비화(血斧飛花)의 기수식이다.

석부가 허공에 떠올랐다가 떨어지고, 떨어졌다가는 다시 솟구쳤다.

여기서 살상 대상을 향해 석부를 일제히 쏘아내면 혈부비화가 된다. 신형을 빙그르르 돌리며 적의 이목을 속이는 행동을 취하면 환부난무(幻斧亂舞)로 변형된다.

간단한 초식이지만 수련하기는 꽤나 힘들었는데.
손아귀에 잡히는 석부의 감촉이 기분 좋다.
중량도 알맞고 예기도 적당하다.
금하명은 석부를 거둬 허리춤에 찔러 넣고 신형을 날렸다.
스스스……! 스웃……!
한줄기 바람이 나뭇잎을 살랑였다. 바람은 다시 움직였고, 부드럽게 흐르는 잔영(殘影)만이 뒤를 쫓았다.
청화장 후원을 통해서 담을 넘으려면 열두 가지의 맹독과 다섯 군데의 노방을 피해야 한다. 어느 하나라도 건드란다면 스물두 개의 검은 손이 목숨을 거둔다.
당운미가 며칠 만에 설치한 방어막이 이럴진대 정작 사천당문 본문은 어떻겠는가. 멋모르고 침입했다가는 쥐도 새도 모르게 죽으리라.
금하명은 노방을 건너고 맹독을 피해 담장 밑으로 다가섰다.
백독불침의 몸이니 독은 아무런 영향도 끼치지 못한다. 하나 맹독을 건드리면 당운미가 즉각 알아차릴 것이고, 청화장은 비상 전투 체제로 전환된다.
여러 사람을 번거롭게 하고 싶지 않다.
음양쌍검도 마찬가지 심정이었다. 그들은 이 길을 통해 바깥으로 나갔고, 백포인의 뒤를 감쪽같이 미행했던 구류음둔공을 펼쳤음에도 당하고 말았다.
음양쌍검 같은 고수들이 누구에게 당했는지도 모르고 검을 맞았다면 믿을 수 있는가.
금하명은 감나무와 담장 사이를 유심히 살폈다.
흘깃 보아 넘긴다면 도저히 찾을 수 없는 미세한 흔적들이 눈에 띈다. 음양쌍검이 세 척마다 하나씩 박혀 있는 독암기를 피해 담장을 넘은 수법이 남아 있다.

감나무 위로 올라가서 남해검문의 독문신법인 비연약파를 펼쳤고, 허공에서 비룡번신(飛龍翻身)으로 몸을 뒤튼 후, 떨어질 때는 몸을 가볍게 하여 무흔답지(無痕踏地)를 펼쳤다고 했다.

금하명은 그대로 따라 했다.

쉬익! 스읏! 스으읏!

움직이는가 싶었는데 벌써 땅에 착지했다.

금하명이 내려선 곳에는 작은 송림이 있다. 송림 주위로는 드넓은 논이 펼쳐져 있고, 길이라고는 농민들이 오갈 때 사용하는 논둑길밖에 없다.

드넓게 펼쳐진 곳이지만 몸을 숨길 곳은 얼마든지 있다.

아무런 느낌도 전해지지 않는다. 이는 감시자가 없다는 말과도 같다. 인간의 육신이 거둬들인 느낌이 아니라 태극오행진기가 녹아서 혼영일체(魂靈一體)가 된 초감각이 전달하는 느낌이니 틀림없다.

금하명은 송림을 지나 논 한가운데로 들어섰다.

추수가 끝난 논들이라 거치적거리는 것은 없다. 어떤 면에서는 논둑길로 가는 것보다 훨씬 은밀하고 빠르게 이동할 수도 있다.

'과연 구류음둔공의 대가답군. 청화장에 온 게 며칠 되지도 않는데 주변 지형지물을 환히 파악해 놨어. 몸을 숨길 데는 많지만 숨어서 감시하자니 춥고 지루한 곳. 후후! 백팔겁 같은 사람들이 아니면 이런 곳에 숨어 있을 리 없지.'

삼명 백가로 가기 위해서는 길로 나서는 게 제일 빠르다. 그러자면 정문을 지나쳐야 하고 청화이걸과 마주쳐야 된다.

음양쌍검은 논둑길을 가로질렀다.
 여기에는 청화장 식솔들 몰래 염탐행을 하겠다는 의도 외에 다른 뜻도 내포되었다. 복건무림인들은 논 같은 곳에 숨어 있을 리 없으니 만약 암습을 받는다면……
 은자(隱者)들이란 때로는 죽은 몸으로도 말을 할 수 있어야 한다.
 음양쌍검은 자신들의 몸까지 음성으로 사용할 준비를 마쳤다. 백포인의 무공 수준을 모른다면 태연하겠지만 알고 있는 이상은 죽음도 각오해야 한다.
 적들이 공격해 온다면, 그 순간부터 몸이 적들의 말을 새겨들었다가 청화장에 전해주리라.
 음양쌍검은 사십 필지나 되는 논을 가로질렀다.
 '논을 가로지르는 데 반 각이 걸렸다고 했으니 보통 사람보다도 약간 느린 편.'
 사방을 경계하며 조심스럽게 이동했다.
 금하명도 따라했다. 음양쌍검이 논을 가로질렀던 방식대로 사방을 경계하며 몸을 숨기는 데 주안점을 두고 이동했다.
 사십 필지의 논을 가로지르는 데 반 각이라는 시간이 걸려야 한다.
 금하명의 눈과 귀는 음양쌍검보다 대여섯 배는 밝다고 봐야 한다. 은자의 특성상 음양쌍검의 눈과 귀도 본신 무공보다 훨씬 발달한 편이지만 태극오행진기에 비할 바는 아니다.
 주위에 아무도 없는 것이 확인되었으니 신법을 최대한 빠르게 펼쳐도 무방하다.
 그러지 않았다. 음양쌍검이 했던 행적을 그대로 답습했다.
 논을 가로지르면 마차가 다닐 수 있는 큰 길이 나온다. 관도는 아니고, 삼명성 외진 곳에 위치한 병학서원(竝壑書院)으로 통하는 길이다. 삼명성에서 병학서원까지는 이십 리 거리이니 외진 길이 상당히 길게 이어진 거다.

한쪽은 논, 한쪽은 산자락. 그런 상태로 삼명성까지 이어진다.

음양쌍검은 길 위에 올라선 후 산자락을 타고 신법을 펼쳐 빠르게 삼명성으로 이동했다.

쉬익!

금하명의 신형이 나무 사이를 휘저었다.

진기는 적당히 사용했다, 음양쌍검이 이동하던 속도에 맞춰야 하므로. 가는 동안 두 번을 쉬면서 사방을 살폈다니 그것 역시 따라 해야 할 것이고.

'이상한데……?'

의문이 고개를 쳐든다.

음양쌍검이 습격을 받았다는 저수지에 이르렀는데, 아무런 기척도 감지할 수 없다.

음양쌍검은 삼명성을 지척에 둔 조그만 저수지에서 발길을 돌려야만 했다. 어둠 속에서 검광이 번쩍이는 것만 봤다니, 검뿐만이 아니라 신형도 상당히 빠른 고수.

아무런 느낌도 없다. 미미한 생기조차 감지할 수 없다.

'우연히 지나가다 조우한 건가? 후후! 어처구니없는 생각. 음양쌍검을 그 지경으로 만든 사람이 우연히 지나갔을 리 없지. 이곳에는 천라지망이 펼쳐져 있었고…… 지금은 없으니 저쪽에 무언가 변화가 생겼다는 것이야.'

금하명은 단숨에 신형을 뽑아 올려 삼명성으로 들어갔다.

청화장 문도를 모두 축출해 버린 삼명 백가에는 누가 머물고 있을까. 누가 지키고 있는가.
금하명은 지붕 위에 엎드려서 오가는 무인들을 세세하게 살폈다.
어두운 야밤에 멀찌감치 떨어진 곳에서 오가는 사람들의 면면만으로 어느 정도의 무공을 지녔는지 감지한다는 것은 불가능에 가깝다.
금하명은 그런 일을 했다.
진기를 지닌 사람이라면 누구나 흘려낼 수밖에 없는 경기(勁氣)를 읽어들였다.
태극오행진기가 몸속에 녹아들기 전에는 꿈도 꾸지 못했던 일이다.
몸속에 녹아든다? 정확한 설명이 아니다. 기가 흐르는 길을 기도라고 한다면, 기도 자체가 사라져 버려 몸 전체가 기도라고 하는 설명이 옳다. 몸이 하나의 진기덩어리다. 덩어리 속에는 수천만 가닥의 흐름이 형성되어 진기가 흐른다.
임맥이니 독맥이니 하는 경맥의 구분이 필요없게 된 것이다.
그 후에야 알게 되었다. 사람은 양손을 지니고 태어났으나 오른손잡이와 왼손잡이가 있듯이, 똑같은 내공을 수련해도 많이 사용하는 경맥이 유독 발달한다는 것을.
몸 밖으로 표출되는 경맥은 진기의 표본이나 마찬가지다. 잘 살피다 보면 직접 손속을 부딪치지 않고도 상대의 무공의 성질과 강도, 고저를 구분하는 게 불가능하지만은 않다.
오가는 사람들을 살피던 금하명은 문득 과거의 만남을 떠올렸다.
복건무림으로 돌아와서 만났던 무인들 중에 가장 빠른 검을 지녔던

자. 일섬단혼과 필적할 만한 쾌검이어서 깜짝 놀란 적이 있는데…….
 청양문주!
 청양문주가 떠오른다. 당시 청양문의 문도는 오백여 명을 헤아렸다. 삼명 백가처럼 급부상한 청양문이니 문도들의 무공도 녹록치 않을 게다. 그러나 그들 중 금하명 앞을 막아선 사람은 없다. 청양문주가 죽는 순간까지도 개미 한 마리 모습을 드러내지 않았다.
 삼명 백가를 휘젓고 다니는 무인들… 이들에게서 청양문의 검공 냄새가 풍긴다.
 가장 강력한 경기의 흐름은 유중혈(乳中穴) 위쪽에 있는 수궐음심포경(手厥陰心包經) 천지혈(天池穴)에서 수태음폐경(手太陰肺經) 중부혈(中府穴)로 치솟는 기도(氣道).
 수궐음심포경은 상화(相火)의 성질을 지녔다. 수태음폐경은 금경(金經)이다. 불이 쇠를 치는 격이다. 더군다나 중부혈은 폐의 모혈(募穴)이다. 모(募)는 장기(藏氣)가 결취(結聚)되는 곳이니…….
 강력한 불길로 쇠를 녹인다. 결취된 장기를 일시에 태워 강력한 힘을 얻는다. 패(覇)로 돌리면 바위도 으스러뜨릴 것이고, 쾌(快)로 돌리면 눈부심밖에 볼 수 없다.
 이러한 검공에는 환(幻)이 존재하지 않는다. 화약이 터지듯 일시에 진기를 폭발시키는 무공이기 때문에 초식의 변화를 이어가야 하는 환을 표현할 수 없다.
 금하명은 지붕 위에서 가부좌를 틀고 앉았다. 그리고 정신을 최대한으로 풀어 무아지경(無我之境)에 이르게 한 후, 육 년 전에 벌어졌던 비무를 떠올렸다.
 노태약 사형과 백납도의 비무.

멀리 떨어진 곳에서 지켜봤기 때문에 세세한 초식의 흐름은 읽을 수 없었다. 지척에서 지켜봤다고 해도 당시 무공으로는 두 눈이 검의 흐름을 쫓을 수 없는 상태였다.

희미한 형태만 생각난다.

'찰칵' 소리와 함께 검집을 빠져나온 검이 사형을 베는 장면.

비슷하다! 청양문주의 검공과 백납도의 검공이 상통한다.

혹시나 했는데… 역시다. 백납도는 단독으로 움직인 게 아니다. 최소한 복건무림에 문파를 홀로 세울 수 있는 청양문주 같은 무인과 힘을 같이 나누고 있다.

이는 삼명 백가 역시 단독의 문파가 아니라 어떤 조직의 일원이라는 것을 말해 주는 게 아닐까?

이번에는 다른 생각을 했다.

최근에 싸웠던 백포인들…… 그들의 검공은 어떤 형태였나.

똑같다. 천지혈이 중부혈을 친다. 뻗어 나오는 검공은 눈부심으로 변한다. 쾌와 쾌의 연환이 이루어지지 않는 점도 같다. 단지 너무 빠른 쾌이기 때문에 연환이 이루어지는 것처럼 보일 뿐, 사실은 가닥가닥 끊기는 검공이다.

아니다. 다른 점이 있다. 무공으로만 본다면…… 청양문주가 백포인들보다 한 수 위다. 이것 역시 느낌이지만 믿는다. 의아한 점은 백포인들의 검공이 청양문주보다 빨랐다는 점이다.

청양문주는 빠름을 조금 죽이고 노련함을 가미했다고나 할까?

태극오행진기가 조금만 더 일찍 합일되었다면 청양문주의 검공을 상세히 들여다볼 수 있었을 텐데.

보지 않아도 상관없다. 분명히 청양문주는 백포인들보다 한 수 윗길의 고수다. 검공이 다르게 느껴지는 것은 진기의 흐름이 변했기 때문이리라.

이건 뭔가? 백포인들이 수련하는 무공과는 또 다른 무공이 존재한다는 것을 말한다.

금하명은 가부좌를 풀고 눈을 떴다.

백궁의 조직도를 짐작할 수 있다.

백궁은 많은 문도들에게 무공을 전수한다. 그중에 탁월한 성취를 얻은 자는 백포인으로 편입시켜 백포를 뒤집어씌운다. 눈앞에 오가는 무인들의 무공을 극성으로 연마하면 백포인이 되는 것이다.

그중에서도 특별한 자는 따로 뽑아내서 변형된 무공을 전수한다.

빠름만이 최선은 아니다. 눈으로 보기에는 느릴지라도 실제로는 더 빠른 경우가 있다.

따로 선발된 자들은 그런 무공을 수련했을 게다.

그런 자들이 바로 청양문주이며 백납도다.

'재미있군. 싸움이 커졌어. 그런데 난…… 이 싸움에서 뭘 얻어야 하지? 청양문주와 백납도가 같은 유의 무공을 수련했다면, 그 윗길도 있을 거고. 좋아, 이런 무공의 최고수와 겨뤄보는 것으로 의미를 찾지. 백궁이 날 건드린 것도 짚고 넘어갈 문제고.'

청화장과 복건무림의 싸움, 청화장과 삼명 백가의 싸움은 작은 싸움이었다. 속을 한 겹 들췄을 뿐인데, 그 속에는 엄청나게 큰 싸움이 기다리고 있었다.

쉬익! 타악!

하늘에서 내리 꽂힌 솔개의 발톱에 병아리가 잡혔다.

병아리가 발버둥 칠 생각도 못하고 움찔거리는 동안, 솔개는 두 발톱을 꽉 움켜잡고 하늘 높이 비상했다.

솔개는 어디서 병아리를 먹을까? 독수리를 비롯한 다른 천적들에게 위협을 받지 않는 장소다. 그런 곳에 도착했어도 사방을 둘러보고 안전함을 확인한 다음에야 한 입 뜯어 먹는다.

살점이 목구멍을 넘어가는 순간에도 사방을 주시한다.

그러다가 위험이 다가온다 싶으면 병아리고 뭐고 다 팽개치고 하늘로 날아오른다.

터억!

솔개는 병아리를 헛간 한구석에 내동댕이쳤다.

아혈(啞穴)과 마혈(痲穴)을 제압당한 병아리는 영문도 모른 채 불안한 심정으로 눈동자만 뒤룩거린다.

"일 다경, 딱 일 다경만 고문하지. 난 그 정도면 충분하다고 생각하는데…… 넌 아니라고 생각할지도 모르고. 길고 짧은 건 대봐야, 아니, 해보는 수밖에 없겠군."

솔개는 병아리 앞에 쭈그리고 앉아 눈을 들여다봤다.

눈동자에 공포가 어린다. 독기도 스멀스멀 피어난다.

"내가 알고 싶은 건 능완아의 현재 위치인데 말해 줄 수 있어?"

병아리의 눈동자에 득의가 서린다.

꼭 말로 들어야 알아듣는 건 아니다. 표정으로, 눈동자의 움직임으로, 살갗의 떨림으로도 말은 한다.

"거절이다 이거지. 그럼 고문을 해야지 뭐. 아! 일 다경만 한다는 약속은 지켜. 실없는 놈은 아니거든. 잘 버텨봐."

솔개는 장심(掌心)을 병아리의 천지혈에 붙였다.

"이건 잘 받아들이면 무공을 속성할 수 있는 방법이기도 한데…… 그런데 알다시피 속성 방법에는 약속이라도 한 듯이 위험이 따르잖아. 대가가 크니 위험도 감수하라는 거지."

"끄으으윽……."

병아리가 비명을 토해냈다. 성대를 움직일 수 없는 상태에서 토해내는 비명이다. 뱃속에서부터 절절이 끓어 나오는 짐승의 울부짖음이다.

"불이 쇠를 녹이는 건 좋은데, 너무 강하면 쇠가 흔적도 없이 사라져 버리지. 둑이 터지면 그 밑에 사는 사람들이야 모두 죽은 목숨이고. 이건 내 생각인데, 그래도 살 사람은 살잖아? 쉽게 죽진 않을 거야. 아마도 칠 주야 동안은 온몸이 찢겨 나가는 고통에 시달리다 죽을 거야."

"끄윽! 끄으으윽……."

"난 약속을 지켜. 딱 일 다경만 한다니까."

가장 강력한 곳이 가장 취약한 곳이기도 하다. 강력함이 지나치면 약한 곳은 종잇장처럼 구겨져 버린다. 그래서 조화(調和)를 누누이 역설하는 것이다.

독단을 깨물어 자결하기는 쉽다. 혀를 깨무는 것도, 스스로 사혈을 찍어 죽음으로 몰아가는 것도 가능하다. 무언가를 지키려는 사람, 마음이 독심으로 가득 찬 사람들은 언제라도 죽을 준비가 되어 있다.

그런 사람들을 다그치는 방법에는 무엇이 좋을까.

육신에 가하는 고통은 독심만 키워줄 뿐이다. 독을 사용하는 것도 마찬가지다. 인체에 가하는 고통은 모두 마찬가지다. 어차피 죽기로 작정한 사람한테는 죽을 결심만 더 굳혀준다.

머리 속에서 죽음이라는 말을 떠올릴 수 없을 지경까지 몰아쳐야 한다. 잠시라도 틈을 주면 안 된다. 무지막지한 고통 때문에 머리 속이

하얗게 탈색되어 아무 생각도 나지 않아야 한다.
경맥의 파괴는 차라리 빨리 죽고 싶다는 생각조차도 지워 버린다.
고통이 무섭다는, 너무 힘들다는 생각밖에 나지 않는다.
"끄륵…… 끄르륵……"
병아리는 짐승의 울부짖음도 토해내지 못했다. 목구멍을 통해 나오는 소리라고는 오직 가래 끓는 소리뿐이다.
솔개는 비로소 아혈을 풀어주었다.
"능완아는 어디 있나?"
음성에 진기를 실으면 천둥소리가 된다.
"벼…… 벽(碧)…… 옥(獄)……."
"벽옥 위치는?"
"태상(太上)…… 전(殿)…… 지…… 하……."
솔개는 손을 거뒀다.
약속한 일 다경에서 절반도 지나지 않은 상태였다.

음양쌍검의 상처는 하룻밤 사이에 많이 호전되었다.
지극히 위험했던 상태에서 웃음을 띠며 말할 수 있게 되었으니 하늘이 도왔다고 하지 않을 수 없다.
"몸을 움직이지 말도록 해요. 상처가 덧나기라도 하면 지금까지 헛고생한 거예요."
하후가 먼저 상처를 살폈다.
소독을 하고 금창약을 발라주는 건 그녀가 할 일이다.
그 다음은 당운미가 맡는다.
"아직 독기가 빠지지 않았어요. 본 문 말고도 이런 독을 사용하는 곳이 있다니……."

당운미는 해독산을 뿌리고, 깨끗한 붕대로 감아주는 일을 했다.

음양쌍검은 평범한 검에 당한 것이 아니다.

상처에서 추출된 독은 모두 세 가지다. 살갗에 스치기만 해도 정신이 몽롱해지는 취락산(醉樂散), 피가 응고되는 것을 방해하는 혈분(血粉), 혈맥을 타고 심장까지 침투하는 오갈액(鼇搗額)이다.

검 한 자루에 세 가지 독성이 담겨 있다.

해급파환으로 독성들은 거의 대부분 빼냈다. 하지만 오갈액은 지독하기 이를 데 없어서 아직도 혈액 속에 잔류 독액이 남아 있다.

하후의 의술도 성녀라고 불릴 만큼 뛰어나지만 독술에서는 단연 당운미가 앞선다.

이 두 여인이 없었다면 음양쌍검은 명을 달리했거나, 살았더라도 상당한 고초를 겪어야 했을 게다.

마지막으로 빙사음이 명문혈(命門穴)에 손을 얹었다.

타인의 몸에 진기를 주입하는 행동은 원정(元精)이 손상될 염려가 있기 때문에 상당한 주의를 요한다. 하나 무궁무진하게 흐르는 태극오행진기는 일반적인 위험뿐만이 아니라 불의에 표출될 내재된 위험조차도 배제해 버린다.

독이 통하지 않는 태극오행진기, 독에 당한 사람을 치료하는 데는 최적의 진기다.

그때다. 문이 삐걱 열리며 금하명이 잠이 덜 깬 얼굴로 들어섰다.

"좀 괜찮아?"

하후는 후원 연못 정자에 다과를 준비했다.

다탁에 둘러앉은 사람은 하후와 빙후, 당운미, 그리고 금하명.
일남삼녀는 당운미가 끓인 차를 마셨다.
"해순도도 좋았지만 여기도 좋네요. 편안하게 쉴 수 있는 곳이에요."
하후가 연못에서 뛰어노는 잉어를 고즈넉이 바라보며 말했다.
금하명은 그 말을 해순도에 대한 그리움으로 받아들였다.
"언젠가는 해순도로 돌아갈 날이 있겠지."
"호호! 기대도 안 해요."
"이런! 빈말이라도 그날을 기다리겠다고 하면 안 되나."
언제부터인지 정확히는 모르지만 하후와 금하명이 말을 나눌 때면 빙후는 가만히 듣기만 했다. 그리고 당운미도 빙후를 닮아갔다.
"한 가지만 물어도 돼요?"
하후는 잉어에게서 눈길을 떼지 않았다.
"무슨 말을 하려고 이렇게 공포 분위기를 조성하고……."
"난 누구죠?"
"……."
"간밤에 어디 가셨어요?"
"……."
"제가 믿을 수 없나요? 그런 건 아니겠죠. 근심하는 게 싫었을 거예요. 맞죠?"
"그게 그러니까……."
"삼명 백가에 갔었죠?"
금하명은 빙후부터 쳐다봤다.
냉랭함이 흐른다. 도무지 도와줄 기색이 보이지 않는다.

"청화장 문도들을 모두 불러서 무슨 대화를 나눴는지 알아요. 능완아, 상공의 정혼녀, 걱정돼요?"

금하명은 숨이 막혔다.

여인에게 취조를 받는 건 정말 힘들다. 차라리 초절정고수를 만나서 싸움을 하는 것은 훨씬 쉽다. 이건 무슨 말을 해도 빠져나갈 구멍이 없으니.

"이제 약속된 날짜가 삼 일 남았어요. 지난 칠 일 동안 아무도 은원을 해결하러 찾아오지 않았어요. 삼 일 후, 우린 뭘 해야 되죠?"

"오늘 내가 단단히 잡히는 날이네."

금하명은 쓴웃음을 지었다.

"우린 걱정 말아요. 빙 동생 무공이면 웬만한 사람들은 다 막을 수 있어요. 당 동생 독술도 무시할 수 없고요. 해남 노선배님들도 계시고. 우릴 쉽게 볼 수 있는 사람은 없어요. 서로 제 갈 길 가기. 그렇게 할까요?"

"잘못했다니까. 잘못했어, 잘못."

"앞으로는 숨기지 말아요. 솔직히 말해 줘요, 뭐가 되었든. 우린 평생을 함께할 사람들이잖아요."

당운미는 눈을 동그랗게 뜨고 하후와 금하명을 번갈아 쳐다보았다.

혈살괴마같이 무뚝뚝한 사내가 고양이 앞에 쥐가 되어 설설 기는 모습을 상상해 보았는가. 잘못했다고? 이런 말이 혈살괴마의 입에서 나왔다고 믿을 수 있는가.

빙후가 당운미의 표정을 보고는 피식 웃으며 탁자 밑으로 손을 뻗어 허벅지를 꼬집었다.

❷

칠살음은 두 손이 꽁꽁 묶인 채 허공에 매달려 대롱거렸다.

청화장 일곱 검수…… 사형제들 중 최고수였던 노태약이 허무하게 무너졌지만, 일곱 명이 검을 합하면 서너 명쯤 죽더라도 백납도만큼은 요절을 낼 줄 알았다.

너무 헛된 소망이었다.

단 일 합에 무너졌을 때 통곡이라도 하고 싶은 생각이 간절했다.

능완아 말이 옳았다.

"사형들은 상황을 정확히 보는 눈이 없어요. 여자라서 그럴까? 내 눈에는 환히 보이는데. 백납도와 비무를 해보세요. 분명히 단 일 합에 무너질 테니까. 백납도의 검은 청화장 식구들이 상상도 해보지 못한 쾌검이에요."

인정하기 싫지만 받아들일 수밖에 없는 상황이 되었다.

"비무에서 지면 백납도의 수족이 되세요. 사람을 죽이는 일이든 여자를 강간하는 일이든 가리지 말고 하세요. 그가 술 취해서 부축해 줄 사람을 찾을 때, 그 곁에 있어야 해요. 그래야 등 뒤에다 비수를 꽂을 수 있어요."

능완아의 말대로 철저한 수족이 되었다.

여색을 탐하는 백납도를 위해 기방이란 기방은 모두 뒤졌으며, 백납도가 점찍은 여자라면 양갓집 규수든 남편 있는 여자든 가리지 않고 납치해 주었다.

백납도는 간혹 미친 듯이 발광하기도 했다.

그럴 때면 여지없이 피가 튀었다. 아무 은원도 없는 사람, 여자, 아이, 노인네…… 검끝에 걸린 사람은 누구든 죽어나갔다.

시신을 감쪽같이 치우는 일도 칠살음에게 던져졌다.

복건무림에는 뼈대가 있는 무인도 있다. 어떤 회유나 협박도 통하지 않는 진정한 무인이다.

그들의 숨통을 죽여놓는 일도 도맡았다.

온갖 궂은일을 다 했다. 백납도의 그림자로 존재하며, 삼명 백가에서조차 모습을 숨긴 채 살며 쓰레기를 치우는 일은 모두 처리했다.

그렇게 육 년이란 세월을 보냈다.

다시는 정파무림으로 돌아갈 수 없을 만큼 더러운 피로 손과 몸이 얼룩졌다.

그런데도 백납도는 의심을 풀지 않는다.

마치 뱃속에 숨긴 구렁이를 알고 있다는 듯, 자신이 신이라도 되는 듯 경멸적인 조소만 던진다.

개의치 않는다. 조소가 아니라 팔다리를 잘라도 꾹 참을 자신이 있다. 자신 앞에서 사랑하는 여인을 능욕해도 참아낼 각오가 서 있다.

오직 한순간만을 기다린다.

그 순간은 물 건너갔다.

어디서 일이 틀어졌나? 아무리 생각해도 틀어질 곳이 없는데…….

덜컹!

철문이 육중한 소리를 내며 열렸다.

"흠……! 대단한 변초(變招)군. 화살 세례를 당한 것도 아니고…… 살갗을 그어놓는 솜씨가 능숙해. 사람 여럿 잡은 놈이라더니."

"이놈 좀 봐. 환상적이지 않나? 꺾어지는 각도가 붓놀림 같아."

양호상투(兩虎相鬪) 필유일상(必有一傷) 279

두 놈이다.

전에 왔던 놈들은 아니다. 새로운 놈들이 왔고, 금하명에게 당한 상처를 낱낱이 분석하고 있다.

걸레처럼 헤어진 옷을 그냥 입고 오는 게 아니었는데.

이것뿐이기를…… 단지 금하명의 무공을 탐지하기 위해 꽁꽁 묶어 놓은 것이기를.

"흠! 난 자신없는데. 이 정도라면…… 자신없어. 놈의 내공을 절반 쯤 삭감해 놓는다면 모를까."

"피차일반. 그럼 방향은 정해졌네. 일단 놈의 내공을 삭감시킬 수 있는 방도를 찾아야지."

뚜벅! 뚜벅! 끼이익! 덜컹!

두 놈이 사라졌다.

자신들 때문에 금하명의 무공은 대부분이 드러나게 되었다.

절초가 세상에 공개된다는 것은 사형 선고나 다름없다. 공개된 절초는 즉각 대응 초식이 창안될 것이고, 절초를 사용하는 순간 죽음을 맞이하게 될 것이다.

공개된 절초를 사용하느니 차라리 막무가내로 검을 휘두르는 것이 낫다.

칠살음은 불안하지 않았다. 금하명의 절초가 공개되기는 했어도, 대환검이 어디 안다고 막을 수 있는 무공이던가. 당해보았지 않나, 두 눈으로 확인하지 않았나. 환상적인 빛무리를.

'금하명은 누구도 죽일 수 없어. 네놈들이 당할 거야. 그래, 부지런히 파악하고 나서봐라. 꼭 나서야 한다, 꼭.'

시간이 얼마나 흘렀을까?

어둠 때문에 시간 감각을 상실한 지 오래되었다.

전신에 경련이 일어나고 내장 감각이 마비되는 현상으로 보아 십여 일 정도는 지난 것 같다.

청화장은 봉파했을 게다.

어쩌면 지금쯤 청화장에서는 아비규환의 지옥도가 펼쳐지고 있을지도 모른다.

금하명이 당해낼 수 있을까?

놈들은 내공을 삭감시킨 후에 공격한다고 했는데, 혹여 당한 건 아닐지.

삐걱! 덜컹!

한동안 꿈쩍하지 않던 철문이 열렸다.

칠살음은 숨소리조차 죽였다. 이번에 나타난 자는 전에 놈들과는 비교조차 할 수 없는 강자다.

숨이 막힌다. 전신에 수만 개의 칼날이 쑤셔드는 착각도 든다.

"청화장에 대환검이라는 절정검공이 있지. 청화신군도 채 연성하지 못한 검공이라던데, 그거군."

뚜벅, 뚜벅!

놈은 칠살음을 한 명 한 명 상세히 살폈다.

"호오! 이건 감당할 수 없는 내공이지 않은가. 창이 긋고 지나갔는데 흉터가 거의 남지 않았어. 몇 년만 더 지나면 찾을 수도 없을 거야. 애송이인 줄 알았더니 대단한 놈이었군."

백납도보다도 강하다. 백납도에게서도 이런 위압감은 느껴본 적이 없다. 손으로 몸을 만지는 것만으로도 전율이 일어난다. 솜털이 곤두선다.
　이런 자가 어디서 나타난 것인가. 도대체 뭘 하는 놈인가.
　그가 말했다.
　"오랜만에 네 솜씨 좀 보자. 어디가 좋을까? 그래, 네 연공실이 좋겠어. 널찍하고 피 냄새도 진하게 맡을 수 있고."

　칠살음은 안대로 눈이 가려진 채 어딘가로 끌려갔다.
　관원이 죄인을 압송하듯이 두 손을 동아줄로 꽁꽁 묶인 채 인도하는 자가 이끄는 대로 질질 끌려갔다.
　밝은 빛이 안대를 통해 느껴진다.
　느낌으로 보아 태양이 떠 있는 밖은 아니고 석실에 횃불이 밝혀진 곳 같다.
　안대가 풀렸다.
　생각했던 대로 석실이다. 백납도의 연공실로 몇 번 들어와 본 적도 있다. 지하에 암굴을 뚫고 두께 일 장에 이르는 석돌을 쌓아서 만든 지하 연공실이다.
　손을 묶었던 동아줄도 풀렸다.
　칠살음은 절망감에 사로잡혔다.
　백납도가 가부좌를 틀고 앉아 운공조식을 하던 석대(石臺)에는 낯선 자가 앉아 있다. 얼굴을 백포로 감싸서 진면목을 확인할 수는 없지만 풍기는 기도가 숨통을 조여오는 것으로 보아서는 누군지 대충 짐작할 수 있다.
　백포인 옆에는 능완아가 앉아 있다.
　화려한 분홍색 경장(輕裝)을 입고 검까지 소지하고 있지만 체념의

빛이 역력하다.

검을 들고 서 있는 백납도도 눈에 띈다.

"지난 육 년간 충심 잘 받았어. 한데 말이야. 개는 역시 개란 말이지. 개가 사람이 되려 하면 죽이는 게 상책이야. 두 손이 꽁꽁 묶였을 때 죽이는 게 상책이기는 한데 너무 야박하다고 할 테고. 자, 얼마나 검이 날카로워졌는지 볼까?"

능완아의 눈썹이 파르르 떨렸다.

눈가에 이슬방울도 맺힌다.

'틀렸어. 모두……'

능완아가 틀린 것은 아니다. 상대가 백납도 한 명뿐이었다면 얼마든지 통할 수 있는 계획이었다. 백납도의 뒤에 가공할 세력이 버티고 있다는 것을 알았을 때, 좌절은 그때부터 시작된 거다.

칠살음은 서로를 쳐다봤다.

'하명이를 봤잖아. 그놈이라면……'

'치사하게 등 뒤를 노린다는 것부터 마음에 들지 않았어. 차라리 우리에겐 잘된 일이야. 무인답게 죽자.'

'청화장 무공이 겨우 이 정도인가 했는데. 우리 자질이 부족했지. 아냐, 노력이 부족했어. 하명이도 해냈는데. 지난 육 년간 개 노릇을 하지 말고 대환검에 몰두했다면……'

칠살음은 발밑에 나뒹굴고 있는 자신들의 검을 집었다.

쉬잇! 쒜에엑! 쒜엑!

검의 부딪침은 없었다. 검광이 번쩍이고, 잘려진 팔다리가 사방 석벽에 흩뿌려졌다.

❸

　네 여인의 관계는 복잡 미묘했다.
　좋은 관계로 보자면 빙후와 하후가 가장 편하다. 해남도에서부터 어려움을 함께 겪어온 사람들이라서 눈빛만 봐도 상대가 원하는 것을 읽어낸다.
　그 다음으로 편한 사람은 빙후와 당운미다.
　빙후와 당운미는 한 살 차이밖에 나지 않는다.
　빙후는 당운미의 거침없는 성격이 마음에 들었고, 당운미는 차분하고 깨끗한 용모의 빙사음을 친언니처럼 따랐다.
　당운미는 하후를 어려워한다. 온화한 면에서는 네 여인 중 하후가 제일 낫지만 나이 차가 워낙 크다 보니 조심스러워지는 것은 어쩔 수 없다.
　소현 부인과의 관계에 들어서면 더욱 어렵다. 하후는 자신보다 열두어 살밖에 차이가 나지 않는 여인을 시어머니로 모신다는 점이, 빙후는 대나무처럼 꼿꼿한 시어머니의 모습에, 당운미는 금하명의 여인도 아니면서 한솥밥을 먹자니.
　모두들 어려운 관계인데도 스스로들 알아서 조율해 나간다.
　금하명에게는 여복이라고 아니 할 수 없다.
　하후는 빙후와 당운미를 데리고 아침, 점심, 저녁에 걸쳐서 소현 부인을 방문했다.
　무인의 삶을 택한 이상 어떤 삶을 살게 될지 아무도 모른다.
　청화장에 있을 적에 혈육의 정을 쌓아두지 않으면 영원히 그런 날이

오지 않을지도 모른다는 판단 때문이다.
 소현 부인은 세 여인의 방문을 마다하지 않았다. 어색해하지도 않았고, 친딸을 맞이하는 듯 달갑게 대했다.
 세 여인이 소현 부인을 방문했을 때, 소현 부인은 한 폭의 화조도(花鳥圖)를 그리고 있었다.
 "뛰어난 솜씨시네요. 일가(一家)의 숨결이 풍겨집니다."
 빈말이 아니다. 소현 부인의 화조도에서는 살아 있는 듯한 생명감이 느껴진다.
 "어머니, 이거 저 주세요. 너무 아름다워요."
 빙후도 눈을 반짝였다.
 소현 부인은 빙후를 쳐다보며 빙그레 웃어 보인 후, 낙관까지 찍어서 내밀었다.
 "가다가 버리지나 마라."
 "어멋! 어머니, 무슨 말씀이세요. 영원히 간직할게요."
 "잊어버리기라도 하면 제가 혼내주렵니다."
 하후가 옆에서 거들었다.
 당운미는 여느 때와 마찬가지로 찻물을 준비했다.
 그의 여자인가 아닌가에 따라서 대화에 끼어들 수 있는 부분이 있고, 끼어들지 못하는 부분이 있다. 지금은 끼어들 수 없는 부분이다.
 "아가, 오늘은 이리 와서 앉아라. 그림까지 선물했으니 찻물 정도는 끓여주겠지?"
 먼저 말은 당운미에게, 나중 말은 빙사음을 쳐다보며 했다.
 "어쩌죠? 저…… 찻물 잘 못 끓이는데……."
 "호호! 검을 들면 무서운 게 없는 여장부가 물 한 담자에 쩔쩔매다니, 이걸 어쩔꼬?"
"놀리시면 싫어요."
빙사음은 활짝 웃으며 찻물을 끓이기 시작했다.
그사이, 소현 부인은 당운미의 손을 잡으며 부드럽게 말했다.
"흔히들 무뚝뚝한 사내보고 하는 말이 있다. 잔정은 없지만 깊은 정이 있다고. 이 시어미는 그렇게 생각하지 않는다. 정이란 표현하면 할수록 깊은 맛이 우러나는 것이라고 생각해. 특히 무림같이 살얼음판 위에서 사는 사람들은 깊은 정이고 잔정이고 많이 표현하면서 살아야지. 말하지 않으면 모른단다."
당운미의 얼굴은 반쯤은 일그러지고 반은 활짝 퍼졌다.
시어미, 그 말 한마디에 모든 불안감이 봄눈 녹듯 녹아내린다.
"어머니, 오늘 정말 큰 선물은 셋째가 받았네요. 셋째가 찻물을 끓여야 되는 것 아닌가요?"
"정말이에요. 셋째! 어서 이리 오지 못해! 불 좀 봐. 이 정도 불길이면 되는 거야?"
청화장 문밖에는 일촉즉발의 삭풍이 몰아치려고 한다. 하나 네 여인의 작은 가슴에는 훈훈함이 맴돌았다.

그 시간, 금하명은 일섬단혼, 청화사검과 함께 정문을 나섰다.
금하명은 혈혼창을 들었고, 다섯 사람은 검을 패용했다. 또한 청화사검은 야괴 수하의 주검을 실어온 황소 수레를 이끌고 나왔다.
"사형, 이틀만 더 수고해."
팔 일이 지났다. 목판에 예시한 은원 해결 날짜는 이제 이틀밖에 남지 않았다.

"이틀 후에는?"

노태약이 무겁게 입을 뗐다.

"청화장 무공을 복건제일로 만들어야지. 사형들이 아는 걸 모두 토해내야겠어."

"장주가 아는 게 더 많을 텐데?"

장주? 노태약이 금하명을 장주로 인정했다.

금하명은 노태약과 말을 나누면서도 눈길은 다른 곳으로 향했다.

구월 말에 피어나는 꽃.

꽃잎은 보라색이고 꽃술은 빨갛다. 색깔도 화려하거니와 특이한 점은 꽃 주변에서는 어떤 곤충도 눈에 띄지 않는다는 점이다.

당운미가 심어놓은 독화(毒花)가 틀림없다.

어쩌다가 청화장이 온통 독 천지로 변했단 말인가.

무심히 지나치려던 금하명은 퍼뜩 다른 생각이 떠올랐다.

백납도는 백포인들과 연관이 있다. 그렇다면 삼명성에 들어서기 전에 청악산에서 만났던 백포인들을 만날 수도 있지 않은가. 자신은 무사할 수 있지만 청화사검은 취약한 위치에 처하게 된다.

청화장 식솔은 단 한 명도 죽이지 않으련다. 야괴의 수하들이 죽은 것만으로도 충분한 피를 봤다.

품에서 가죽 주머니를 꺼내 독화분(毒花粉)을 채취했다. 그러면서 노태약의 물음에 대답했다.

"나도 토할 생각이야. 그러나저러나 날씨가 꽤 쌀쌀해졌네. 감기나 들지 않도록 조심하쇼."

금하명은 휘적휘적 걸어나갔다.

보고받은 대로 복건 무인들은 그림자도 비치지 않았다. 조금 더 정확히 말하면, 무인이라는 사람들은 한 사람도 남김없이 삼명성을 빠져 나갔다.

삼명 백가의 암중 지시 때문이다.

하후는 이 일을 두고 삼명 백가와 청화장의 전면전이라고 규정했다. 아니, 도살이다. 며칠이 지난 후에는 청화장 식솔들 중에 숨을 쉬는 사람은 없게 만든다는 것이 저들 생각이라고.

복건 무인들이 엄두를 내지 못하는 청화장을 쓸어버림으로써 복건 제일무가로 우뚝 선다는 발상이다.

삼명 백가의 실력이라면 언제라도 가능한 일이었다.

그들은 그러지 않았다. 청양문과 삼명 백가 같은 신흥 문파를 탄생시켰고, 암중에서 복건무림을 요리해 왔다. 그러던 것이 근래에 와서 패도(覇道) 쪽으로 선회한 것을 보면 저들 내부에 모종의 이변이 일어난 것이 틀림없다.

그것이 어떤 이변이든 청화장에 좋을 것은 없다.

삼명성 거리를 걸었다.

육 년이라는 세월이 흘렀지만 예전이나 지금이나 변한 것이 없다.

"아저씨, 오랜만이네. 잘 계셨소?"

곡물상 주인은 황급히 시선을 돌렸다. 뿐만 아니라. 슬그머니 일어나 자리까지 피했다.

야괴가 청화장에 투입시킨 사람은 무려 백오십여 명에 이른다. 그들 중 대부분은 백팔겁이 아니다. 백팔겁과 뗄 수 없는 관계를 맺고 있지만 단순히 잡일을 하러 온 사람들이다.

그들을 먹여 살리는 문제가 보통이 아니다.

포위망이 구축되지 않았다면 하루에도 몇 번씩 곡물이며 야채며 고기들을 들여왔을 터이지만, 들어가는 사람은 있어도 나오는 사람은 죽는 현 상황에서는 아무것도 조달되지 않는다.

　유일하게 살아서 오갈 수 있는 사람은 금하명과 빙후 정도뿐. 천소사굉이나 일섬단혼, 벽파해왕조차도 백포인의 손길에서 무사하기를 바랄 수는 없다.

　급기야 금하명이 직접 양식을 구하기 위해 나선 것이다.

　그런데 어려서부터 잘 알고 지내던 상인들이 눈길조차 마주치려 하지 않으니.

　"퍼 담아. 필요한 만큼."

　청화사검은 이의를 달지 않았다. 주인이 자리를 피해 버린 곡물상은 눈 깜짝할 사이에 텅 빈 점포가 되고 말았다.

　금하명은 회계대에 금자를 놓았다.

　"이만하면 곡물 값은 충분할 거요."

　그런데…… 곡물상 대신 길 저쪽에서 귀에 익은 음성이 들려왔다.

　"충분하지 않은데. 셈을 더해야겠어."

　차앙! 창!

　청화사검은 일제히 병기를 뽑아 들었다.

　일섬단혼은 느긋했다. 곡물을 실어놓은 수레 위에 앉은 것으로도 모자라서 신발까지 벗어서 탁탁 털었다.

　"혈살괴마. 천하에 다시없는 마인이라더니, 이제 남의 물건까지 손대는 지경에 이르렀나?"

　듣는 사람의 비위를 긁는 음성, 백납도다.

　그의 뒤로는 백포인이 십여 명이나 뒤따르고 있다. 상점들 지붕에도 이십여 명쯤 백포인이 모습을 드러냈다.

모두들 백포인이다. 삼명 백가에서 보았던 무인들, 본색을 드러낸 무인은 한 명도 보이지 않는다.

"사검, 이들과는 안면있지?"

"퉤!"

성금방이 대답 대신 손에 침을 뱉었다.

백포인들의 급습을 받은 적이 있고, 절체절명의 순간에 금하명의 도움으로 심공을 얻었다. 그 한순간의 깨달음이 서로 간에 삶과 죽음을 바꿨다. 백포인들은 죽었고, 자신들은 살았으니까.

지금도 자신있다. 상대가 워낙 많으니 살아날 자신은 없지만 몇 명쯤 죽음의 동반자로 데려갈 자신은 있다.

"저들을 잘 봐. 지붕 위에 있는 놈들만 상대해. 백납도와 어깨를 나란히 한 놈들은 절대 상대하지 마. 공격해 온다 싶으면 피해."

금하명의 말은 항거를 생각할 수 없을 만큼 무거웠다.

같은 백포인이 아니다. 백납도와 같이 걸어오는 자들은 청악산에서 만났던 자들과 동일한 부류고, 지붕 위에 있는 자들은 조금 격이 떨어진다.

"비 맞은 참새처럼 중얼거리는 모습이라니. 안타깝군. 이 순간 네 옛 형제들은 모두 도륙되고 있을 거야. 정확하게 숫자를 헤아려 줄까? 예순 명. 벌써 이승에서 손을 놓은 칠살음까지 합하면 예순일곱."

하후가 맞았다. 청화장의 뿌리를 뽑으려고 한다.

금하명은 혈흔창을 들어 깃발 꽂듯이 땅에 박았다.

"혈첩을 보냈더니 쥐 죽은 듯 숨어 있던 사람이 무슨 바람? 방조자가 나타나니 기운이 넘치나 본데…… 쯧! 그립군. 그래도 옛날에는 참 당당했는데…… 어쩌다 이렇게 타락했나?"

"하하하! 아비를 죽인 자가 계집을 껴안고 술판을 열었어도 새가슴이 되어 숨기 바빴던 놈이 참 많이 컸구나."

"대머리, 말싸움하자고 온 거야?"

금하명의 말에 충격을 받았음인가? 갑자기 백납도의 얼굴이 차디차게 경색되었다.

"잔…… 재주만 늘었구나. 무슨 짓을 한 거냐!"

"말해 봐. 이제 이 싸움의 승패는 누가 쥔 거지? 그리고 넌 잔재주 운운할 입장이 아니잖아. 검에 독이나 묻히고 다니는 놈이 잔재주 타령이라니."

백납도가 지척에 다가왔을 때…… 그때 알았다, 음양쌍검을 벤 사람이 다름 아닌 백납도란 사실을. 그의 검에서 취락산, 혈분, 오갈액의 냄새가 풍긴다. 무색무취무미(無色無臭無味)로 정제된 독들이지만 만물의 기운을 훑어내는 태극오행진기만은 속일 수 없다. 검이 검집에 숨어 있어도 강렬한 독 기운만은 숨기지 못한다.

이럴 생각은 없었다. 무인 대 무인으로 싸울 생각이었다. 그러나 상대가 독을 사용하는 이상, 자신에게 독이 아무런 위협이 되지 않는다고 해도 용납할 수 없다.

이에는 이, 눈에는 눈, 피에는 피, 독에는 독이다.

정문을 나서기 직전에 채취한 독화분(毒花粉)을 퍼뜨렸다.

무슨 독인지는 모른다. 해약이 있는지 없는지도 모른다. 딱 하나 아는 것은 독성이 지독하다는 것뿐이다.

"데리고 놀다 죽이려고 했는데, 죽음을 재촉하는군."

"더 올 사람이라도 있어? 시작하지 않고 뜸 들이게."

차앙!

백납도가 검을 뽑았다.

그는 항상 여유가 넘쳤다. 노태약 사형의 팔을 자를 때도 여유로웠고, 삼명성을 활보할 때도 전신 허점을 고스란히 드러내 놓고 다녔다.

지금은 그런 여유가 없다. 검을 든 손에서 팽팽한 긴장감이 느껴진다. 자신을 노려보는 눈길에서는 뜨거운 불길이 용암처럼 터져 나온다.

"제길! 독이야! 이런 빌어먹을 놈들이 있나!"

일섬단혼이 가슴을 움켜잡으며 말했다.

청화사검도 비틀거렸다.

'독…… 피장파장이군.'

자신이 독을 썼다면 상대도 썼다. 아니다. 자신이 쓰기 전에 상대가 먼저 썼다. 자신이 쓴 독은 인체에 치명적인 위해를 가하는 독인 반면에 상대가 쓴 독은 산공독(散功毒)이다.

산공독이니 얼마간 시간이 흐른 후에야 약효가 발휘될 것이고.

그랬나? 백납도는 산공독이 퍼질 때까지 기다린 건가.

금하명은 청화사검처럼 움찔거리다 뒤로 두 걸음이나 물러섰다.

"후후후! 네가 한 말, 이번에는 내가 해야겠다. 자, 말해 봐. 이제 이 싸움의 승패는 누가 쥔 거지?"

"아직은 나지."

찰칵! 쉬익!

혈흔창의 창날이 핏빛 혈광을 뿜어냈다. 동시에 백납도의 가슴을 노리고 짓쳐들었다.

그런데 다르다. 창이 제대로 뻗어나가지 못한다. 어쩐지 주춤거리는 것 같기도 하고, 중도에서 힘이 끊기는 것 같기도 하고…… 뭔가 매끄

럽지 못한 점이 있다.

스으윽……!

백납도는 과감하게 혈흔창을 신법으로 제치며 달려들었다.

병기 대 병기의 부딪침은 없다. 곧장 품 안으로 달려들며 옆구리에서 시작하여 가슴까지 저미는 검광을 토해낸다. 그때,

슈욱!

무엇인가 금하명의 몸에서 솟구쳐 나온 것이 곧장 백납도의 얼굴을 향해 덮쳐 갔다.

"뭐…… 큭!"

백납도의 신형이 거짓말처럼 멈춰졌다. 혈흔창은 허공을 가리키고 있었고, 백납도의 검은 옆구리에 바짝 밀착되어 금방이라도 살점을 베어낼 기세였다.

백납도는 눈알을 굴려 자신에게 무슨 일이 벌어졌는지 알아보려고 했다. 하지만 시력을 잃어버린 눈동자는 어두운 암흑만을 뒤질 뿐이다.

"대머리, 대머리가 마음에 들지 않았어. 알고나 죽어. 이게 바로 능 총관, 능완아의 부친인 능 총관의 천음대혈식이야. 초식 명칭은 비부낙인(飛斧烙印). 넌 정확히 찍힌 거야."

금하명은 백납도에 정수리 한가운데 틀어박힌 석부를 쑥 뽑아냈.

붉은 핏줄기가 거세게 솟구쳤다.

"내, 내가 이겼……."

금하명은 옆구리에 닿은 장검을 밀쳐 내고 백납도의 귓가에 입을 갖다 댔다. 그리고 속삭였다.

"난 산공독이 통하지 않아. 혈흔창으로 죽일 수도 있었지만, 왠지 능

총관의 부법을 쓰고 싶더군. 그만 가서 아버님이나 만나."

손을 들어 백납도의 가슴을 슬쩍 밀치자, 백납도는 썩은 고목처럼 나뒹굴었다.

백납도는 알고 있을까? 금하명이 사용한 독에 그도 중독되었다는 것을. 그가 전개한 검초는 옆에 있는 사람도 확실히 볼 수 있을 만큼 느려졌다는 것을.

금하명은 주위를 쓸어봤다.

"여기서 죽을래, 가서 죽을래?"

백포인들은 달려들지 못했다. 그들도 봤다. 백납도의 검이 얼마나 무뎌졌는지.

또 자신들 역시 산공독에 중독된 것처럼 진기를 제대로 끌어올릴 수 없을 뿐 아니라, 다리 기혈이 막혔는지 두 다리가 후들거리고 있지 않은가.

이런 상태에서 금하명과 싸운다면 백이면 백 죽는다.

백납도와 같이 왔던 자들이 먼저 등을 돌렸다. 그러자 지붕 위에 있던 자들도 순식간에 사라져 갔다.

"빌어먹을! 빨리 가야겠어. 이놈의 산공독이 너무 지독해. 내공이 전부 흩어졌는지 기운을 차릴 수가 없네. 이런 상태에서는 파락호조차도 감당할 수 없겠는걸."

일섬단혼이 힘들게 말했다.

청화사검도 말은 하지 않지만 일섬단혼보다 더하면 더했지 못하지는 않은 듯싶다. 얼굴색까지 파리하게 질렸으니.

"천천히 갑시다."

일섬단혼은 수레 위에 벌렁 드러누웠다. 청화사검도 걸을 힘이 없어

보여서 수레에 태웠다. 도대체 무슨 산공독이기에 이토록 지독하단 말인가.

금하명은 황소를 이끌며 천천히 청화장으로 향했다.

그때 그의 눈에 황급히 몸을 감추는 사람이 잡혔다.

'개방도? 개방? 그렇군. 개방이 백포인들의 눈과 귀였단 말이지. 이것참…… 싸움 커지네.'

모든 무인들이 사라져 버린 삼명성에 아직까지 남아 있는 무인이 있다면 백납도와 연관 지어도 무방하다. 삼명 백가가 암중 지시를 내린 순간부터 삼명성에 남아 있는 무인은 청화장 사람으로 간주되어 추살될 테니까.

잘못 봤을 리는 없다.

거지는 많지만 매듭이 달린 허리띠를 매고 타구봉(打狗棒)을 든 거지는 오직 개방도뿐이다.

사라진 거지는 확실히 개방도다.

이 부분은 신중하게 다뤄야 한다. 자칫하면 명문정파로 소문난 개방까지 상대해야 할지도 모르니까.

정말 우습다. 얼마 전까지만 해도 개방 복건 총타주의 도움을 받았었는데.

'개방을 뒤져봐야겠어.'

고개를 돌려 일섬단혼과 청화사검의 상태를 살폈다.

얼굴이 점점 하얗게 질려간다. 산공독 이외에 다른 독도 함유된 듯.

백납도의 시신이 눈에 들어오는 것은 왜일까? 금방이라도 일어나서 예의 건방진 태도로 일갈을 터뜨릴 것 같은데, 피를 뿜어내며 쓰러져 있으니.

그 무렵, 천소사굉과 벽파해왕은 삼명 백가로 잠입해 들어갔다.

담장은 수월하게 넘었다. 삼명 백가를 지키는 무인은 많지만 그들의 행동을 발견해 낼 만한 고수는 없었다.

금하명이 양식을 구하기 위해 청화장을 나서는 순간이 잠입할 수 있는 최적의 기회다. 백납도를 비롯해서 백궁 백포인들이 모조리 빠져나갔을 테니까.

"저기가 태상전인 것 같은데…… 지하에 벽옥이라니."

"글글…… 늘그막…… 에 밤…… 글글…… 고양이 흉내…… 내는 것…… 글글…… 도 괜찮지?"

천소사굉이 맞장구쳤다.

『사자후』 8권에 계속…